ULRICH MAIER

Spätzle mit Himbeersoß

ULRICH MAIER

Spätzle mit Himbeersoß

Rita Delboscos dritter Fall

GMEINER SPANNUNG

Bisherige Veröffentlichungen im Gmeiner-Verlag:
Schrebergartenmafia (2016), Gift im Brezelteig (2015)

*Personen und Handlung sind frei erfunden.
Ähnlichkeiten mit lebenden oder toten Personen
sind rein zufällig und nicht beabsichtigt.*

Besuchen Sie uns im Internet:
www.gmeiner-verlag.de

Im Ehnried 5, 88605 Meßkirch
Telefon 07575/2095-0
info@gmeiner-verlag.de

1. Auflage 2017

Lektorat: Claudia Senghaas, Kirchardt
Herstellung: Mirjam Hecht
Umschlaggestaltung: U.O.R.G. Lutz Eberle, Stuttgart
unter Verwendung eines Fotos von: © Lutz Eberle und
Bratscher / photocase.de
Druck: GGP Media GmbH
Printed in Germany
ISBN 978-3-8392-2142-6

»Das Land, das die Fremden nicht beschützt,
geht bald unter.«

(Johann Wolfgang Goethe, West-östlicher Divan,
Stuttgart, 1819, S.334)

HANDLUNGSORTE

Schoppendorf: Schoppendorf am Neckar ist eine bedeutende Provinzhauptstadt im Württembergischen, umgeben vom Bäringer Bergland, ein erdachter, aber typischer Ort mitten in Baden-Württemberg. Er liegt an der Mündung der Sulz (ebenfalls erdacht bzw. nach Schwaben transloziert) in den Neckar. Das Sulztal öffnet sich in Richtung Schoppendorf, das zwischen ausgedehnten Weinberghängen in einem weiten, sonnigen Talkessel liegt.

Stuttgart: Landeshauptstadt und Schwabenmetropole am Nesenbach (heute größtenteils in der Mischkanalisation verschwunden)

Im Übrigen: Siehe Seite 119/20

MONTAG, 28.11., VORMITTAGS

»Deutschland den Deutschen! Asylantenpack! Assis raus!«, ertönen Sprechchöre vor der brennenden Unterkunft. Breitbeinig und grinsend lümmeln die Männer der »Schoppendorfer Heimatfront« auf ihren Motorrädern und schauen interessiert zu, wie sich das Feuer seinen Weg durch den Eingangsbereich des Schulzentrums frisst. Allen voran ihr Anführer, Dave S.

Inzwischen hat der Lärm ihrer laufenden Maschinen weitere Neugierige angelockt. In der Ferne ertönen die Sirenen der Feuerwehr. Aus der Turnhalle direkt neben der offenen Eingangshalle zum Uhland-Gymnasium laufen Bewohner des Notquartiers für Asylbewerber verschreckt auf den Schulhof. Mit aufgerissenen Augen starren sie hinüber, wo ein roter Feuerschein hinter der Glasfront aufleuchtet und schwarze Rauchwolken aus der offenen Tür qualmen. Einige schleppen bereits Feuerlöscher herbei.

Da greift der Brand auf die Eingangshalle über, die Schulgebäude und Turnhalle verbindet. Auch die Hecken zwischen Gymnasium und Turnhalle haben jetzt Feuer gefangen. Zwei Asylanten kämpfen mit ihren Feuerlöschern gegen die Flammen, um das Feuer vom Wohnheim abzuhalten. Als es ihnen schließlich gelingt, den Brand wieder zurückzudrängen, machen sich die

Motorrad-Rowdies mit Knattern und Dröhnen auf den Weg. Ihre Maschinen abzustellen und mit anzupacken – daran haben sie wohl nicht gedacht.

Da geht in einem der Klassenzimmer im dritten Stock Licht an! Entsetzt starren die jungen Leute nach oben. Da sind Menschen eingeschlossen!

Eine Gruppe beherzter Asylbewerber versucht nun mit den Feuerlöschern in das Foyer der Schule einzudringen. Vergeblich! Der Brand wütet zu stark. Durch den schwarzen Qualm schlagen immer noch meterhoch die Flammen heraus. Einem von ihnen gelingt es, wenigstens den offen stehenden Türflügel zuzuwerfen, um dem Feuer den Luftstrom abzuschneiden, der den Brand drinnen immer weiter anfacht.

Ein weiterer versucht, über die Regenrinne aufs Dach der Eingangshalle zu klettern. Dort ist eine Feuerleiter, die nach oben führt, aber da ist auch ein Fenster direkt zu erreichen. Mit einem faustgroßen Kieselstein hämmert er auf die Scheibe ein. Ein zweiter Mann folgt ihm nach. Gemeinsam gelingt es ihnen, ein Loch in die Verglasung zu schlagen, hindurchzugreifen und das Fenster zu öffnen. Dann verschwinden sie im Gebäude.

Es dauert keine fünf Minuten, bis sie im obersten Stockwerk am Fenster neben der Feuerleiter wieder erscheinen. Der erste klettert voraus, die Leiter hinunter, der andere bleibt oben. Dann folgen Kinder! Eines nach dem anderen werden sie vorsichtig aus dem Fenster gehoben, in den Käfig der Feuerleiter. Sie hangeln die Leiter runter aufs Flachdach, zuletzt folgen zwei Frauen und ein junger Mann, bevor sich der oben gebliebene Retter selbst auf die Feuerleiter schwingt.

Vor der Eingangshalle hat sich ein enger Kreis von Asylanten gebildet. Während die Gruppe mit den Feuerlöschern immer noch das Feuer zurückhalten kann, fangen andere die Kinder auf, die vom Flachdach direkt in ihre Arme springen. Zuletzt folgen die Erwachsenen über die Regenrinne. Nach fünf Minuten ist die Rettungsaktion beendet.

Inzwischen treffen die ersten Löschzüge ein. Als die Schläuche endlich gelegt sind, scheint das Feuer bereits abzuklingen. Immer weniger Rauchschwaden dringen aus dem Gebäude. Die Kinder stehen etwas abseits und schauen ängstlich hinauf zu ihrem Klassenzimmer. Sie hatten in der Nacht zum Sonntag hier oben ihre Lesenacht verbringen wollen. Die Lehrerin, zwei Mütter und ein Referendar kümmern sich jetzt um sie.

Dann die Schreckensmeldung: Einer fehlt! Immer wieder ruft die Lehrerin verzweifelt seinen Namen. Während einer der beiden Retter zum Einsatzleiter läuft, klettert der andere noch einmal die Feuerleiter hoch und verschwindet im Gebäude.

Nun stoßen die Leute von der Feuerwehr mit einem ihrer Einsatzwagen in aller Eile rückwärts die Einfahrt hoch zur Eingangshalle und fahren eine Leiter aus. In einem Rettungskorb fährt ein Feuerwehrmann hoch. Da erscheint der junge Mann wieder beim Fenster und winkt. Er hat das Kind gefunden, aber es ist bewusstlos. Der Feuerwehrmann nimmt den leblosen kleinen Körper zu sich in den Korb, dann steigt der Retter dazu.

Unten werden sofort Wiederbelebungsmaßnahmen eingeleitet.

Sie haben den Jungen etwas abseits auf eine Matte gelegt. Er beginnt zu husten und keuchend zu atmen. Als endlich der Krankenwagen eingetroffen ist, legen die Sanitäter ihn auf eine Bahre, wenig später geht es mit Blaulicht und Martinshorn ins Krankenhaus.

Wer aber sind die mutigen jungen Männer, die es gewagt hatten, ins brennende Schulhaus einzusteigen? Der Einsatzleiter spricht gerade mit ihnen. Einer von den beiden ist Michel S. aus Burkina Faso, erst seit wenigen Tagen im Notquartier der alten Turnhalle des Uhland-Gymnasiums untergebracht. Er spricht nur gebrochen Deutsch, aber fließend französisch. Der andere ist Mario R., Mitglied der Freiwilligen Feuerwehr hier in Schoppendorf.

Alles drängt sich nun um den jungen dunkelhäutigen Asylbewerber, der unter Einsatz seines Lebens ein zweites Mal hochgeklettert ist und in dem verrauchten Schulhaus nach dem fehlenden Jungen gesucht hat.

Nach Aussagen des behandelten Arztes ist das Kind inzwischen außer Lebensgefahr und wird die Rauchvergiftung bald überwunden haben. Wie es zum Brand im Foyer des Gymnasiums gekommen ist, wird gegenwärtig von der Kriminalpolizei noch untersucht. Manches spricht für einen Brandanschlag – und dass die »Schoppendorfer Heimatfront« ihre Finger im Spiel hatte, ist nicht auszuschließen, obwohl von einem ihrer Mitglieder der Notruf an die Feuerwehr abgegeben worden sein soll.

Die Großsporthalle des Schulzentrums und die ande-

ren Gebäude blieben unversehrt, ebenso die alte Turnhalle mit der Asylantenunterkunft. Wann das Schulgebäude des Uhland-Gymnasiums wieder genutzt werden kann, wird sich erst im Laufe des Tages herausstellen. Die Kriminalpolizei hat ihre Untersuchungen gestern Abend beendet. Heute und morgen fällt jedenfalls der Unterricht aus.

Noch ganz betroffen von dem Artikel faltete ich das »Schoppendorfer Echo« zusammen und lehnte mich in meinem Schreibtischstuhl zurück, die Augen starr auf die gegenüberliegende Wand meines Büros im sechsten Stock des SWR-Funkhauses in der Stuttgarter Neckarstraße gerichtet. Auf dem meterlangen Wandkalender blieb mein Blick in der letzten Novemberwoche hängen.

Das gute Stück war vollgeschrieben mit Notizen in allen Farben: Rot für ganz wichtige Termine, zum großen Teil bereits wieder durchgestrichen, schwarze Notizen für die alltäglichen Angelegenheiten, einige blaue für private Termine, Geburtstage von Freunden und Verwandten und Ähnliches.

Ich hatte die neueste Ausgabe des »Schoppendorfer Echos« vor mir liegen. Heute war Montag. Der Brand im Uhland-Gymnasium war gestern ausgebrochen beziehungsweise gelegt worden, in den frühen Morgenstunden des ersten Advents. Die Meldung musste auf dem schnellsten Weg auf Sendung! Weshalb hatte ich weder gestern noch heute Morgen davon was mitgekriegt? Auch in der Onlineausgabe des »Echos« keinerlei Hinweise!

Ich griff zum Telefonhörer, wählte die Nummer der leitenden Lokalredakteurin, mit der ich seit meiner Zeit als Lokalredakteur in Schoppendorf befreundet war.

»Delbosco?«

»Rita, ich habe gerade deinen Artikel über den Brand im Uhland-Gymnasium gelesen. Das ist ja eine aufregende Geschichte. Sag mal, warum habt ihr das nicht sofort weitergegeben? Kein Mensch hier weiß Bescheid!«

Sie zögerte mit der Antwort. Es schien ihr schwer zu fallen, auf meine direkte Frage einzugehen. Schließlich seufzte sie: »Ach Nils, wir diskutieren seit gestern Nachmittag stundenlang in der Redaktion. Da ist noch so viel unklar, so viel muss da bedacht werden, das kann ich dir am Telefon so auf die Schnelle gar nicht verklickern. Außerdem ist ja – Gott sei Dank! – niemand ernsthaft zu Schaden gekommen …«

»Na hör mal«, unterbrach ich sie, »die Rauchvergiftung eines Schülers, du schreibst von mutmaßlicher Brandstiftung gleich neben einer Asylantenunterkunft, von möglicher Beteiligung einer rechtsradikalen Gang, ausländerfeindlichen Parolen und vom beherzten Eingreifen der Asylbewerber – diese Nachricht ist ein Hammer, nicht nur auf lokaler Ebene!«

»Eben«, gab Rita etwas kleinlaut zurück. »Das weiß ich auch. Aber genau das ist der Grund, warum wir so gezögert haben. Ach, das ist alles so verzwickt! Ich will das jetzt nicht übers Telefon erklären. Was meinst du, was bei uns zurzeit los ist! Am besten, du kommst selbst mal in der Redaktion vorbei. Ich bin heute den ganzen Tag in meinem Büro.«

Ich schaute wieder hoch zum Terminkalender an der Wand. Die Wochenbesprechung könnte ich ausfallen lassen, dann wäre da noch das Gespräch mit dem Ressortleiter.

»Ich seh' mal, wann ich mich hier loseisen kann, bis nachher!«

Zehn Minuten später schwang ich mich auf mein Rad und sauste die Villastraße runter, bog in den Mittleren Schlosspark ein und trat feste in die Pedale. Zwischen Funkhaus und Bahnhof benutzte ich gerne das Fahrrad und konnte fast die ganze Strecke durch den ausgedehnten Park fahren, der Bad Cannstatt mit dem Zentrum verband – ganz ohne Autoverkehr. Wenn ich mich beeilte, könnte ich vielleicht noch den Zug um 9.20 Uhr nach Schoppendorf erreichen.

Es war noch einmal recht mild geworden an diesem Spätherbstmorgen Ende November. Die gerade aufgegangene Sonne strahlte von einem tiefblauen Himmel und malte die langen schwarzen Schatten der uralten Baumriesen auf die Wege, die mit einem Teppich aus leuchtend gelben Blättern bedeckt waren. Ich musste aufpassen, dass ich in dem feuchten Laub nicht rutschte. Dass gestern die Adventszeit begonnen hatte, war schwer zu begreifen.

Immer näher rückte die Großbaustelle mit ihren blauen Entwässerungsrohren, den Planierraupen und Baggern. Trotz der riesigen Bauflächen war ein Teil des Parks weiterhin zugänglich geblieben, bis zum Bahnhof.

Ich schloss mein Rad bei meinem bewährten Stellplatz kurz vor den Fußgängerunterführungen ab und hastete durch die Katakomben des Baustellenbereichs von Stuttgart 21 zu den vorverlagerten Bahnsteigen. Obwohl die Baukosten inzwischen ins Astronomische gestiegen waren, wurde hier fleißig weitergearbeitet – und weiterdemonstriert, denn viele Stuttgarter wollten sich mit diesem Großprojekt immer noch nicht abfinden. Ob der neue Bahnhof jemals fertig würde? Jetzt waren wohl Fakten geschaffen. Einfach alles wieder zuschütten und den alten Zustand wiederherstellen ging nicht mehr.

9.18 Uhr erhaschte ich beim Vorbeilaufen an einer Bahnhofsuhr. Da stand mein Zug! Ich lief bis zur ersten offenen Tür, hechte hinein und pünktlich schlossen sich die Türen. Mit einem Aufatmen ließ ich mich auf einen Sitz fallen.

Sven Blaschke, mein Ressortleiter, hatte mich geradezu gedrängt, im Funkhaus alles stehen und liegen zu lassen und mich sofort auf den Weg nach Schoppendorf zu machen.

»Nils, das ist genau das, was wir jetzt in dieser aufgeheizten Atmosphäre gegen die Flüchtlinge brauchen«, hatte er mich dankbar angelächelt, als er Ritas Artikel überflogen hatte. »›Asylbewerber retten eine Schulklasse aus dem brennenden Schulhaus‹ – das schafft Sympathien und stopft den Nörglern und Zauderern das Maul! Das muss noch heute in die Landesschau!«

Aber was sollte dieses merkwürdige Herumdrucksen von Rita Delbosco am Telefon bedeuten? Was konnte an diesem Geschehen denn problematisch sein? Ich nahm mir noch einmal ihren Artikel zum gründlicheren Studium vor.

Die »Schoppendorfer Heimatfront«! – Ich schüttelte den Kopf. Dieser Dave Schmelzle, mehrfach wegen Diebstahls und Rauschgiftdelikten vorbestraft, hatte seine Jungs vom »Abstellgleis«, wie sie letztes Jahr ihren autonomen Jugendclub getauft hatten, nun also zu einer rechtsradikalen Motorradbande umgemodelt. Waren sie etwa zufällig am Tatort vorbeigekommen – mitten in der Nacht? Oder steckten sie hinter der Brandstiftung, wie Ritas Artikel vermuten ließ? Aber warum sollten sie die Schule und nicht die alte Turnhalle direkt daneben angesteckt haben, wo die Asylanten untergebracht sind? Hatten sie die Lokalitäten etwa verwechselt? So dumm waren selbst die wohl nicht! Aber wenn sie tatsächlich Feuer gelegt hatten, warum alarmieren sie dann selbst die Feuerwehr?

Woher hatte Rita überhaupt all diese detaillierten Angaben über den Ablauf des Geschehens? Der Artikel war so geschrieben, als ob sie persönlich dabei gewesen wäre. Respekt, Respekt, da hatte sie wohl den ganzen Sonntag über gründlich recherchieren müssen!

Dann dieser Asylant, der spontan in das brennende Schulhaus geklettert war, Michel aus Burkina Faso. Das lag wohl südlich der Sahara, irgendwo da unten in Westafrika. War Frankreich nicht die ehemalige Kolonialmacht in Westafrika gewesen? Französisch war immer noch Verkehrssprache in den meisten Ländern der sogenannten Francophonie. *Michel* sprach man dann wohl französisch aus, mit langem »e«. Dieser Michel also hat mit einem jungen Feuerwehrmann zusammen die Kinder aus der brennenden Schule herausgeholt! Moment mal, Rita schrieb doch, dass die Feuerwehr erst nach der Rettungsaktion eingetroffen war! Wo kam dann so plötzlich dieser Feuerwehrmann her?

Vom Bahnhof, einem langgezogenen Gebäude aus den Fünfzigerjahren, nahm ich ein Taxi zum Redaktionsgebäude des »Schoppendorfer Echos« in der Robert-Bosch-Straße. Durch die Bahnhofsvorstadt ging es zunächst zur Theodor-Heuss-Brücke, die über den Neckar in den Stadtkern führt. Kurz davor bog der Fahrer in einem Kreisverkehr links ab und fuhr auf der gut ausgebauten Umgehungsstraße am Fluss entlang Richtung Industriegebiet.

Fünf nach elf betrat ich das gläserne Foyer des Echogebäudes. Mit einer Mischung aus Neugier, Wehmut und Erleichterung ließ ich meine Augen schweifen. Nichts hatte sich hier verändert. Immer noch dasselbe etwas steril wirkende Dauergrün in gestylten Pflanzkästen in kühler Atmosphäre! Mit einem Mal waren die alten Gefühle wieder da, wie ich als junger Redakteur vor zwei Jahren hier meine ersten Erfahrungen gesammelt hatte und nach kurzer Zeit im hohen Bogen hinausgeflogen war. Der Krach mit dem Juniorchef! Aber die hier geschlossenen Freundschaften hatten bis heute gehalten.

Den Aufzug ließ ich links liegen und stürmte die Treppen hoch zu Ritas Büro.

Als ich um die Ecke schoss, wäre ich beinahe mit Susanne Friedle zusammengestoßen, die mit zwei Tabletts voller leckerer Häppchen aus dem Aufzug stieg und krampfhaft versuchte, die Balance zu halten.

»Hi Nils, wo kommst du denn her?«

»Direkt aus der Landeshauptstadt, wohl gerade rechtzeitig«, grinste ich frech, griff nach einem der Sandwiches und biss herzhaft hinein. Lachs mit Ei und falschem Kaviar.

Susanne zog die Augenbrauen hoch und blickte mich griesgrämig an. Uiuiui, was war denn das für eine gereizte Stimmung? Sie wirkte völlig gestresst, mit dunklen Ringen unter den sonst so munter dreinblickenden Augen. Hatte ich mich im Ton vergriffen oder war sie heute einfach nur schlecht drauf?

»Dafür helfe ich dir jetzt«, versuchte ich sie zu beschwichtigen, steckte den Rest meines Brötchens in den Mund und nahm ihr vorsichtig eines der beiden Tabletts aus der Hand.

Als ich geschluckt hatte, fragte ich: »Zu Ritas Büro?«

Susanne nickte wortlos und ging voraus.

Meine frühere Kollegin Susanne Friedle arbeitete in der Lokalredaktion des »Echos« eng mit Rita Delbosco zusammen, mit der sie auch persönlich befreundet war. Ein bisschen flatterhaft und sensibel hatte ich sie in Erinnerung und immer für eine Überraschung gut. Wir hatten bestens zusammengearbeitet – trotz mancher Fehlpässe und Missverständnisse.

»Ich versteh' euch nicht«, begann ich sie auf die Brandgeschichte anzusprechen, während wir hintereinander den Gang nach hinten liefen. »Ihr haltet die Nachricht zurück, bringt aber selbst die Sache als Aufmacher auf der ersten Seite! Das ist doch sonst nicht euer Stil!«

Susanne blieb stehen und drehte sich abrupt zu mir um. »Nach heißer Diskussion«, gab sie seufzend zurück, »und wie es weitergehen soll – davon hat niemand eine Ahnung!«

Ich balancierte mein Tablett auf die flache rechte Hand, um die linke frei zu bekommen, klopfte kurz, die heftigen Wortwechsel hinter Ritas Tür verstummten jäh, und als ich eintrat, blickte ich auf betretene Gesichter, die sich erst allmählich aufhellten. Wegen mir oder wegen der Häppchen?

Rita Delbosco, meine frühere Kollegin und Leiterin des Regionalteils beim »Schoppendorfer Echo«, Mike Kalupke, mein Nachfolger im Redaktionsteam und die Seniorchefin Nora Martini begrüßten mich mit einem herzlichen Hallo. »Die Gräfin«, wie man Nora Martini respektvoll aber mit leiser Ironie nannte, war längst offiziell im Ruhestand, mischte aber als Anteilseignerin der Zeitung und Freundin von Rita Delbosco bei der aktuellen Tagesarbeit in der Lokalredaktion als graue Eminenz immer noch kräftig mit.

»Wenigstens bringste was Vernünftiges mit!«, flachste Rita, als ich das Tablett mit Schwung auf den runden Tisch platzierte, um den sie versammelt waren. Sie bot mir Platz an. Susanne stellte leise ihr Tablett daneben.

»Ich hab dir schon mal einen Stuhl dazustellen lassen.« Rita wies auf einen leeren Bürostuhl zwischen Kalupke und Nora Martini. »Vielleicht kannst du uns ja auch frischen Wind in die Diskussion pusten. Die hat sich nämlich gerade ein bisschen verhakt.«

Ich setzte mich brav und schaute sie neugierig an.

Nora Martini räusperte sich. Ihre lebendigen Augen funkelten. Sie strich sich eine weiße Haarsträhne aus der Stirn, blickte kurz zu Rita, die ihr mit einer kurzen Handbewegung signalisierte, dass sie nichts dagegen hätte, wenn sie es übernähme, mich aufs Laufende zu bringen.

»Über das, was geschehen ist, weißt du im Wesentlichen Bescheid, nehme ich an«, begann sie, »du hast ja Ritas Artikel gelesen. Dort wird doch dieser junge Asylant Michel erwähnt.«

Ich nickte.

»Den Namen Michel habe ich von der Polizei«, unterbrach Rita sie. »Der heißt wirklich so.«

»Dieser junge Asylant aus Burkina Faso also steht unter Verdacht, etwas mit der Brandstiftung zu tun zu haben«, setzte Nora ihre Ausführungen fort.

»Aber er war es doch, der die Kinder gerettet hat!«, warf ich ein.

»Und steht jetzt als Held da«, mischte sich Susanne mit bedrückter Stimme ein.

»Ja ist er das denn nicht?«, platzte ich heraus. Allmählich zweifelte ich am gesunden Menschenverstand meiner Kolleginnen. »Wer kommt denn auf so einen blödsinnigen Verdacht?«

»Die Polizei«, sagte Nora ruhig und lächelte mich fast dankbar an. »Ich bewerte diesen Verdacht übrigens genauso wie du – als ausgemachten Unsinn!«

Ich begriff immer noch nicht. »Dieser Michel hat doch überhaupt kein Motiv!«

»Vielleicht schon.«

Susanne Friedle stand auf und begann im Raum auf und ab zu gehen. Ihr Pferdeschwanz wippte rhythmisch – besonders, wenn sie die Laufrichtung änderte.

»Er könnte seinen Auftritt doch inszeniert haben. Nehmen wir einmal an, der Verdacht der Polizei trifft zu. Er legt Feuer, schlägt Alarm, holt die Kinder raus – hat sich vorher schon mal den Rettungsweg überlegt, die Feuerleiter gesehen. Seit Tagen geht er ja immer wieder daran vorbei. Er weiß, dass die Feuerwehr bald sowieso zum Löschen kommt, also ist niemand ernsthaft in Gefahr, er ist als erster am Brandherd, setzt sich ein, wird von den Medien gefeiert …«

Rita brauste auf und unterbrach sie unwirsch. »Lass doch diese Spekulationen, Susanne! Wir sollten von den Fakten ausgehen.«

Nora Martini wandte sich wieder zu mir und erklärte: »Noch in der Nacht wurde Michel im Polizeiwagen vernommen. Da entdecken die Beamten ein Päckchen Kaminanzünder, das aus seiner Jackentasche herausblitzte. So weiße Tabletten aus Trockenspiritus, du weißt schon. Darauf angesprochen, sagt er aus, er habe das Päckchen auf dem Boden zwischen Turnhalle und Schulgebäude gefunden, einfach aufgehoben und eingesteckt.«

»Reste derselben Kaminanzünder hat die Spurensicherung im Foyer sichergestellt – als Brandbeschleuniger«, schaltete sich Kalupke mit wichtiger Miene ein. »Der Karton lag angekohlt in einer Ecke hinter der Tür.«

»Mit diesen Dingern kann man doch kein Haus anzünden«, lachte ich erregt auf. »Das klappt ja kaum bei einem Kaminfeuer. Bis da was brennt, da brauchst du schon kunstvoll aufgeschichtete Holzspäne und viel, viel Geduld.«

»Hier spricht offenbar der Fachmann«, versetzte Rita spöttisch. »Aber ich kann dich beruhigen. Hauptsächlich hat der Brandstifter mit Benzin gearbeitet, aus einem Kanister überall im Foyer verteilt, dann wohl eine dieser Spiritustabletten angezündet und in eine Benzinlache hineingeworfen, von der Tür aus, die er ganz bewusst nicht wieder geschlossen hat, damit das Feuer Luft bekommt.«

»Aber dieser junge Asylant kann doch die Wahrheit gesagt haben!«, rief ich aus, immer noch aufgebracht.

Nora nickte mir wieder lächelnd zu und wies mit offener Hand in meine Richtung. Sie wollte mit dieser Geste wohl klar machen, dass ich sie in ihrer Auffassung gerade bestätigte. Susanne dagegen zog ihre Stirn kraus.

Ihre meergrünen Augen blitzten mich an. »Warum hat er dann nicht den Einsatzleiter auf den Fund angesprochen, der gleich danach mit ihm gesprochen hat? Warum nicht die Polizei, als sie ihn zur Vernehmung führte, warum hat er dieses Päckchen Brandbeschleuniger einfach eingeschoben? Kann mir das bitte mal jemand erklären?«

»Mein Gott, bei all dem Trubel!«, rief ich aus. »Er hatte, weiß Gott, anderes im Kopf, als an dieses dumme Päckchen zu denken, von dem er wahrscheinlich gar nicht wusste, was drin war! Es ging um die Rettung der eingeschlossenen Kinder!«

»Die Polizei hat auch noch einen anderen Hinweis, der ihn belastet«, warf Kalupke ein. »Aber den hat sie uns leider nicht mitgeteilt – aus ermittlungstechnischen Gründen.«

»Und jetzt stellen wir uns die Frage, ob wir in der Ausgabe morgen von den Verdachtsmomenten gegen den jungen Asylanten berichten sollen«, fasste Rita mit bedrückter Stimme zusammen.

»Was dann los ist, kannst du dir vorstellen!«, rief Nora entrüstet.

Mir verschlug es die Sprache. Mit einem Mal konnte ich meine Kolleginnen verstehen. Schlimmer noch: Ich saß in derselben Patsche wie sie. Mein Chef erwartete einen Beitrag für die Landesschau heute Abend. Für heute Nachmittag hatte ich den Sendewagen zum Schulzentrum bestellt. Ich wollte den beherzten Retter in einem Interview vorstellen, hatte mir schon eine Dolmetscherin besorgen lassen. Konnte ich dieses Gespräch durchführen ohne den Verdacht zu erwähnen? Ich müsste ja auch dem Sprecher der Polizei Gelegenheit zu einer Stellungnahme geben!

Nora unterbrach die beklommene Stille, die sich ausgebreitet hatte. »Jetzt bleiben wir doch einmal alle schön auf dem Teppich. Dass der junge Asylant etwas mit der Brandstiftung zu tun hat, ist doch nur ein sehr vager Verdacht. Warum gehen wir nicht einfach davon aus, dass seine Aussage zutrifft und er wirklich das Zeug nur aufgelesen und eingesteckt hat? Im Übrigen gilt doch: ›im Zweifel für den Angeklagten‹! Das ist ein alter

Rechtsgrundsatz. Wenn wir das einfach so berichten, entspricht es genau dem, wie sich der Fall uns zurzeit stellt, wir verschweigen nichts und brauchen deshalb den Verdacht der Polizei auch gar nicht zu erwähnen. Wir bewerten dieses weiße Päckchen in seiner Tasche eben anders, nämlich als ein völlig nebensächliches Detail.«

»Aber alle werden doch mehr von diesem Michel aus Burkina Faso hören wollen«, rief Susanne in den Raum. »Können wir ihn denn als Held aufbauen und uns dann von der Polizei eines Besseren belehren lassen?«

»So kommen wir nicht weiter. Wir müssen dringend Zeit gewinnen«, versuchte Rita die Gemüter zu beruhigen. »Mein Artikel für morgen steht. Es gibt ja auch noch die anderen Asylbewerber, die an der Rettung der Kinder beteiligt waren. Dann stellen wir eben die in den Vordergrund!«

»Es wird uns wohl nichts anderes übrig bleiben«, seufzte ich auf und ging in Gedanken schon meinen Bericht für die Landesschau durch. Aber was los wäre, wenn der Verdacht der Polizei gegen den jungen Asylanten zuträfe, das wollte ich mir gar nicht ausmalen.

MONTAG 28.11., NACHMITTAGS

»Wenn du willst, nehm ich dich mit.«

Rita wies auf ihr rotes Sportcabriolet auf dem Parkplatz vor dem Redaktionsgebäude, einen Alfa Romeo aus den Achtzigerjahren, ein Traumauto aus meiner Jugendzeit. Seit ich ab und zu bei ihr mitfahren durfte, hatte sich die Begeisterung allerdings etwas gelegt. Ich war ja auch deutlich größer geworden.

Obwohl ich ihren Fahrstil zur Genüge kannte, nickte ich hocherfreut und zwängte mich durch die Beifahrertür auf den schmalen Sitz tief unten im Chassis. Dann sah ich plötzlich nur noch grüne Sterne und ein stechender Schmerz klopfte in meinem Schädel. Ich hatte wohl die Höhe der Türöffnung überschätzt. Stöhnend rieb ich meinen Kopf und begann meine Beine nachzuziehen. Wenn ich auf der Schiene ganz nach hinten fuhr, brachte ich sie in diesem Schlitten einigermaßen unter.

»Du Armer, tut's noch sehr weh?«

»Geht schon«, murmelte ich und ärgerte mich über mein Missgeschick.

Trotz ihrer Körperfülle saß Rita längst hinter dem Lenkrad und schaute belustigt zu mir rüber. Als ich meinen Gurt endlich eingeklickt hatte, brauste sie los.

Unterwegs fasste sie die Diskussion zusammen: »Bisher gibt es für die Polizei anscheinend nur einen Verdächtigen, was natürlich noch gar nichts heißt. Susanne und Kalupke halten es ebenfalls für möglich, dass dieser Asylbewerber den Brand tatsächlich selbst gelegt hat, und haben sich dieses merkwürdige Tatmotiv zusammengebastelt: Michel hätte durch einen fingierten Rettungseinsatz Punkte für sein Anerkennungsverfahren sammeln wollen. Nora hält das für blanken Unsinn, das hast du ja selbst gehört, und du scheinst ja auf Noras Linie zu liegen.«

»Was ist eigentlich mit dir?«, unterbrach ich sie.

Rita trat aufs Gaspedal und witschte bei Spätgelb über die Kreuzung. »Ich bin mir da nicht mehr so sicher, weiß ja auch nicht, was die Polizei noch sonst gegen ihn in der Hand hat. Aber ganz gleich, wer Recht hat – wir müssen höllisch aufpassen, wenn wir den Pressesprecher der Polizei interviewen. Wir sollten auf jeden Fall ein ausführliches Vorgespräch mit ihm führen. Vielleicht lässt er was raus, wegen des anderen Hinweises.« Hastig fügte sie an: »Du hast ihn doch dazu gebeten?«

»Ja klar«, beruhigte ich sie und sah auf meine Armbanduhr. Viertel vor zwei. Sicherheitshalber hatte ich mit dem Polizeisprecher den Termin erst um halb vier ausgemacht. Blieb noch genügend Zeit, sich vor Ort gründlich umzusehen.

»Und da ist noch was«, gab sie mir zu verstehen, als wir auf den Parkplatz zum Schulzentrum einbogen. »Dieser Michel hat vermutlich noch keine Ahnung, dass ihn die Polizei verdächtigt. Wir dürfen ihn deshalb auch nicht darauf ansprechen.«

Das war ja tatsächlich recht verzwickt. Da gäbe es endlich eine prächtige Story und dann überall diese Fußangeln! Nicht unterkriegen lassen, Nils!, sagte ich mir und nahm dankbar zur Kenntnis, dass wir beim Parkplatz des Schulzentrums angekommen waren und ich diese enge Kiste endlich verlassen konnte.

Schon von Weitem fielen uns die großen rotbraunen Container auf. Als wir näherkamen, sahen wir, dass einer von Ihnen schon bis oben mit Brandschutt gefüllt war. An die zwanzig südländisch aussehende junge Männer waren damit beschäftigt, das Foyer des Gymnasiums auszuräumen, kommandiert von einem rüstigen Senior mit wallenden weißen Haaren und imposantem Vollbart. Sie schleppten verkohlte Reste von Schultischen, Brettern und Ausstellungstafeln heraus, wuchteten sie zu den Containern hoch und ließen sie polternd hineinfallen.

Die bereits tief stehende Novembersonne hatte sich durch die dunklen Wolken gezwängt und beleuchtete grell die Szenerie. Der Alte sah uns kommen, schirmte mit seiner Hand das Sonnenlicht ab, das ihn offensichtlich stark blendete, und als er uns erkannt hatte, eilte er freudig herbei. Über seinen dicken Pullover hatte er ein T-Shirt gezogen, mit der Aufschrift: »Jeder ist Ausländer, fast überall auf der Welt.« Das auffällige Kleidungsstück spannte etwas über seinem beachtlichen Bauch, wodurch die Schrift aber desto besser lesbar wurde.

»Heinz Engel!«, begrüßte ich ihn herzlich. »Sie packen hier mit an?«

»Wer loslässt, hat beide Hände frei!«, antwortete er kryptisch, wie es typisch für ihn war. Wie oft hatte er mir schon einen seiner Sprüche an den Kopf geknallt, den ich erst einmal dechiffrieren musste. Aber diesmal verstand ich sofort, was er meinte: Heinz Engel, ewiger Student, dann Taxifahrer in Berlin, Tierpfleger, Seemann, erfolgreicher Werbeunternehmer in den Vereinigten Staaten, reisender Philosoph und Aussteiger – immer da zu finden, wo er gerade gebraucht und nicht erwartet wurde. Er hatte losgelassen, – um sein Leben ganz nach seinen Vorstellungen zu führen. Ich hatte ihn schon vor zwei Jahren kennenglernt, als er uns dabei geholfen hatte, die Bäringer Giftaffäre aufzuklären.

»Ich kümmere mich hier um die Jungs – ehrenamtlich«, erklärte er, strahlte übers ganze Gesicht und rieb sich die Hände. »Gerade sind wir dabei, hier klar Schiff zu machen, damit übermorgen wieder der Unterricht beginnen kann.« Er lachte verschmitzt. »Die Kinder brennen sicher schon darauf – Verzeihung, falscher Begriff – Ton zurück, sie freuen sich schon darauf, endlich wieder in die Schule zu dürfen. Morgen früh kommen die Handwerker. Wollt ihr mal einen Blick hineinwerfen?«

Er wartete unsere Antwort erst gar nicht ab, drehte sich um und stiefelte voraus. Wir folgten fünf Schritte hinter ihm.

Die angekohlten Eingangstüren waren ausgehängt. Stattdessen baumelte rechts und links ein dicker Vorhang herab, auf die Seiten zurückgeschlagen und notdürftig mit Seilen zusammengerafft.

»Glücklicherweise ist es zurzeit nicht kalt, aber nachts gehen die Temperaturen deutlich runter«, erklärte Engel, als er uns am Eingang erwartete. »Die Türen da müssen weg, die sind nicht mehr zu retten. Für meine Jungs sind sie aber zu schwer. Die müssen fachmännisch entsorgt werden. Das macht morgen der Bauhof. Die rücken mit Motorsägen an.«

Wir machten zwei jungen Asylanten Platz, die verrußte Deckenbretter an uns vorüber zu den Containern trugen. Innen im Schulhaus-Foyer schlug uns ein scharfer Geruch nach Brandschutt entgegen.

»Das wird sich wohl noch wochenlang halten«, meinte Engel, der uns spöttisch betrachtete, als wir die Nase rümpften. »Aber morgen kommen die Maler, dann stinkt's wenigstens sauberer.«

Die Wände ringsum waren mit einer schmierigen Rußschicht überzogen, angekohlte Deckenverkleidung lag abgerissen am Boden, fertig zum Abtransport. Leitern und ein kleines Malergerüst lehnten an der Wand. Trotzdem – ich hatte mir den Schaden irgendwie spektakulärer vorgestellt.

Rita verzichtete darauf zu fotografieren. »Die Motive draußen sind besser, vor allem auch vom Aussagewert. Ich seh' schon die Schlagzeile: ›Erneuter Einsatz der Asylanten zum allgemeinen Wohl‹.«

Engel wies uns mit einer seitlichen Kopfbewegung und Augenzwinkern auf zwei Personen im Obergeschoss hin, die gerade dabei waren, die Treppen zu uns hinabzusteigen. Eine resolute, trotz angegrauten Haaren jugendlich wirkende Dame in anthrazitfarbenem Hosenanzug und kurz geschnittener Frisur redete erregt und gestenreich auf einen gemütlich wirkenden Endfünfziger ein.

»Die Schulleiterin und der Brandmeister«, raunte uns Engel zu und verzog leicht die Mundwinkel zu einem angedeuteten Grinsen. Dann fügte er laut hinzu: »Ich darf Sie dann hier allein lassen und mich wieder auf den Weg zu meinen Jungs machen?«

Als sie Engel vernahm, blickte die Schulleiterin mit hochgezogenen Augenbrauen zu uns herab, während sie an der Seite ihres Begleiters auf uns zuschritt.

»Guten Tag, Frau Rasch«, begrüßte ich sie, als sie auf der untersten Stufe angekommen war und wir uns auf Augenhöhe gegenüberstanden. Ich bemerkte mit Vergnügen, wie es in ihr arbeitete. Sie war so freundlich und beteiligte mich an ihrem Erkenntnisprozess:

»Wir hatten doch schon mal das Vergnügen«, begann sie in bemerkenswertem Tempo, »sind Sie nicht, aber ja, doch – Sie sind von der Zeitung. Wissen Sie, was hier gestern passiert ist, zum einen natürlich erschreckend, zum anderen aber auch unglaublich faszinierend, diese spontane Hilfsbereitschaft …«

»Inzwischen vom SWR«, versuchte ich mich – leicht verspätet – in ihren Redeschwall zu drängen. »Nils Niklas, und die Dame neben mir ist Rita Delbosco vom ›Schoppendorfer Echo‹.«

»Also doch von der Zeitung«, trumpfte sie auf. Dann ließ sie uns stehen, wandte sich wieder dem Brandmeister zu und verabschiedete sich wortreich von ihm.

»Und denken Sie daran«, ermahnte sie dieser, bevor er sich auf den Weg machte, »solche Weihnachtsdekorationen mögen ja ganz schön sein, aber aus Brandschutzgründen haben sie nichts im Foyer einer Schule zu suchen!«

Hanna Rasch sah ihm missbilligend nach und schüttelte den Kopf. »Brandschutzgründe – wie stellt der sich Schule vor? Bald ist Weihnachten!«

Dann wandte sie sich wieder zu uns, ohne ihren Redestrom zu unterbrechen. »Ist doch wahr! Gegen Brandstiftung hilft es auch nicht, alle Brandschutzregeln penibel einzuhalten. Wir hatten ein bisschen dekoriert: Einen wunderschönen großen Christbaum – ausschließlich mit elektrischen Kerzen, ökologisch sinnvollem LED-Licht –, liebevoll von unseren Schülerinnen und Schülern mit Strohsternen geschmückt, Krippen aus dem Kunstunterricht – in einer eindrucksvollen Ausstellung im Foyer dargeboten mit Informationstafeln zu Weihnachtsbräuchen in aller Welt – Ihre Zeitung hat doch erst letzte Woche darüber berichtet!«

Rita nutzte das Stichwort, um sich blitzschnell einzuhaken: »Hat die Bausubstanz gelitten? Sind größere Sanierungsmaßnahmen erforderlich? Gibt es schon neue Erkenntnisse wegen der Brandstiftung?«

Irritiert blickte die Schulleiterin sie an. »Immer der Reihe nach!«, mahnte sie. »Glücklicherweise ist das Feuer bald in sich zusammengefallen, als die Weihnachtsdekoration ausgebrannt war. Das hat sicher eine halbe Stunde lang schlimm ausgesehen, als alles auf einmal in Flammen aufging. Aber die Schäden halten sich in Grenzen.« Sie deutete auf den schwarz verschlierten roten Backsteinfußboden und die Betonwände rings um die breiten Kunststeintreppen. »Wie Sie sehen, gibt es hier unten fast keine brennbaren Materialien, abgesehen von den Handläufen bei den Treppen, die aber nur äußerliche Brandspuren aufweisen. Das kann man abschleifen.«

Ihr Blick ging nach oben. Wir hoben ebenfalls unsere Köpfe und starrten andächtig in ein Gewirr von Kabeln und Leitungen vor schwarzem Hintergrund. »Nur die abgehängten Decken da droben haben gelitten, einige elektrische Leitungen müssen neu eingezogen und neue Beleuchtungskörper installiert werden. Aber das können wir auch während des Unterrichtsbetriebes machen lassen. Die Klassenzimmer befinden sich nämlich weiter oben, dort haben wir außer der Rußschicht, die überall klebt, keine ernsthaften Beeinträchtigungen zu verzeichnen. Auch die Heizung und die Wasserleitungen sind noch intakt. Brandstiftung? Zweifellos. Aber wer? Die Polizei hat noch keine heiße Spur! Ich hoffe nur, dass niemand aus unserer Schulgemeinschaft dahintersteckt!«

Sie wusste also noch nichts von dem Verdacht der Polizei, stellte ich zufrieden fest. Alles nicht so dramatisch, wie es vorhin bei der Redaktionskonferenz geklungen hatte! Vielleicht hatte die Polizei den Verdacht gegen Michel bereits längst abgehakt. Während sich Rita eifrig Notizen machte, wagte ich noch eine Frage. »Halten Sie es für möglich, dass ein Zusammenhang besteht zu der Unterbringung der Asylbewerber in Ihrer Turnhalle?«

»Schon denkbar, die Turnhalle wird ja nachts von einem Sicherheitsdienst bewacht, die Schule ist normalerweise nachts ebenfalls mit zusätzlichen Sicherheitsschlössern geschützt, nach leidvollen Erfahrungen mit wiederholten Einbrüchen. Die Täter hatten es damals auf Bargeld abgesehen, selten was gefunden, doch der materielle Schaden war jedes Mal enorm. In der Nacht zum Sonntag war diese Tür offen geblieben – übrigens paradoxerweise aus Brandschutzgründen, da wir die Sechstklässler über Nacht hier hatten – wegen des Fluchtwegs, der offen bleiben sollte, und das hat der Brandstifter wohl ausgenützt.«

Sie blickte überstürzt auf ihre Uhr und verabschiedete sich. »Sie müssen mich jetzt entschuldigen, ich muss dringend zu einem Gespräch mit dem OB. Wenn Sie mich noch brauchen, rufen Sie einfach im Sekretariat an.«

Forschen Schrittes hastete sie die Treppen hinauf. Ob der OB bereits im Vorzimmer zu ihrem Rektorat wartete?

Wir machten uns auf den Weg nach draußen. Heinz Engel blickte uns erwartungsvoll entgegen.

»Sie scheint zu befürchten, dass ein Schüler oder Ehemaliger der Brandstifter sein könnte«, rief ich ihm zu.

»Nach dem Motto ›Hurra, die Schule brennt‹?, eher unwahrscheinlich!«, kommentierte Engel und winkte ab. Dann zeigte er mit ausgestrecktem Arm zu einem der Container. »Da drüben steht übrigens unser Michel. Wollt ihr kurz mit ihm sprechen?«

Er wies mit einer Kopfbewegung zum Container, wo ein schlaksiger junger Afrikaner mit Rastalocken gerade allein einen verkohlten Schultisch hinaufwuchtete. Er trug weiße Turnschuhe, mittelblaue Jeans und über seinem grauen Sweatshirt eine olivgrüne Jacke. Rita knipste fleißig für ihren Artikel. Engel begleitete uns hinüber, nachdem ich ihm deutlich gemacht hatte, dass wir an einem Gespräch sehr interessiert wären.

»Michel – si tu as un moment?«

Der Junge blickte kurz auf und strahlte Engel fröhlich an. Dann nickte er und kam uns entgegen. »Oui bien sûr!«

Engel legte ihm seinen Arm um die Schultern. »Darf ich vorstellen, Michel Sankara aus Ouagadougou, der Hauptstadt von Burkina Faso.«

Er erklärte ihm kurz in fließendem Französisch die Situation, stellte uns ebenfalls vor und forderte uns auf, Fragen zu stellen, er könne gerne dolmetschen, Michel spreche ausgezeichnet Französisch.

Er war der einzige Dunkelhäutige unter den Asylanten, fiel mir auf. Michel lachte uns an, streckte seine Hand aus und begrüßte uns mit einem herzlichen: »Grüß Gott!«

Machte er sich lustig über uns?, schoss es mir für einen Moment durch den Kopf, aber seine unkomplizierte natürliche Offenheit sprach dagegen. Wir baten ihn, uns die Ereignisse der Brandnacht aus seiner Sicht zu schildern und Engel übersetzte:

»Also, ich konnte nicht schlafen, ging zur Tür und schaute durch den Glaseinsatz hinaus. Da bemerkte ich einen Feuerschein, drüben in der Schule. Flammen schlugen heraus und begannen gerade, die Hecken in Brand zu setzen. Das Feuer kam immer näher auf unser Wohnheim zu! Ich zog mir meine Jacke über und stürzte hinaus …«

»Moment«, unterbrach ich ihn, »sind die Türen nachts nicht verschlossen?«

»Nein, nein«, übersetzte Engel wieder und fügte seinerseits erklärend hinzu: »Die Türen haben eine sogenannte Paniksperre. Von außen sind sie zwar abgesperrt, aber von innen kann man sie öffnen.«

Michel schaute auf Engel und als dieser ihm mit einer Handbewegung zu verstehen gab, fortzufahren, sagte er: »Ich rannte sofort hinüber und als ich sah, dass das ganze Foyer brannte, schrie ich »Feuer, Feuer«, lief zurück und warnte die anderen in der Halle. Dann war da ein Junge, der nach oben zeigte …« Michel stockte und seine Miene trübte sich ein wenig. Er zeigte zu den Fenstern der dritten Etage hinauf und berichtete stockend weiter. »Da war ein Licht angegangen …« und dann erzählte er den Ablauf des Geschehens, so wie es Rita in ihrem Artikel berichtet hatte.

»Wo hast du denn den bewusstlosen Jungen gefunden?«, fragte Rita.

»Michel hat immer wieder seinen Namen gerufen, den wusste er von der Lehrerin«, übersetzte Engel. »Dann hat er ein Wimmern gehört und ist dem nachgegangen. Der Junge ist mitten auf der Treppe zusammengebrochen. Er hatte versucht, durch den Qualm nach draußen zu fliehen.«

»Und wann hast du dieses Päckchen mit den weißen Würfeln gefunden«, fragte ich in ruhigem Ton nach. Engel runzelte die Stirn, zögerte, übersetzte dann aber doch.

»Das war ganz am Anfang«, sagte Michel eifrig und nickte zur Bestätigung mit dem Kopf, »als ich zur Schule hinüberlief. Die Polizeibeamten haben es an sich genommen, als sie mich in ihrem Auto ausgefragt hatten.«

»Hast du denn keine Angst gehabt, als du die Feuerleiter hochgeklettert bist?«, wollte Rita wissen.

»Ein bisschen schon«, sagte Michel und grinste, »besonders oben, als ich mich dann ins Fenster hineinschwingen wollte. Aber erst mussten wir unten die Scheibe einschlagen. Das war nicht leicht. Wir hatten ja nur die Steine vom Flachdach.«

»Wie seid ihr dann ins Treppenhaus gekommen?«

»Als wir endlich drin waren, fanden wir die Tür zum Treppenhaus verschlossen vor. Aber der Zugang zum Nebenraum war nicht abgeschlossen und endlich fanden wir eine offene Tür ins Treppenhaus. Da war überall Rauch. Wir pressten die Jacken vors Gesicht und rannten die Treppen hoch. Der andere Junge wusste Bescheid, wo das Klassenzimmer war und dann haben wir sie rausgeholt. Wir liefen nicht mehr die Treppen runter, wo alles verqualmt war, sondern gleich mit allen Schülern in das Klassenzimmer, dessen hinterstes Fenster zur Feuerleiter führt.«

Er lachte wieder über das ganze Gesicht. »Ich bin so froh, dass alle gut die Leiter hinuntergekommen sind!«

Wir lachten mit. Engel klopfte ihm auf die Schultern und Michel blickte uns neugierig an. Engel meinte, wenn wir noch weitere Fragen hätten, sollten wir sie ruhig stellen. Doch Rita hatte genug Material und winkte ab. Wir bedankten uns bei Michel mit einem Handschlag und er zog ab, zu den Containern hinüber, um einem Kameraden zu helfen, lange Bretter hineinzuwerfen.

»Eine böse Geschichte«, sagte Engel leise, als er außer Hörweite war. »Wer wird ihm glauben, dass er dieses ominöse Päckchen wirklich bloß gefunden und eingesteckt hat? Er ahnt noch nichts von diesem blöden Verdacht. Die Polizei hat mich heute Morgen ziemlich lang über ihn ausgefragt – ihr habt doch selbst gesehen, wie arglos er ist!«

Wir schauten uns betroffen an.

Rita unterbrach die eingetretene Stille. »Wie haben denn die Eltern der Sechstklässler reagiert?«

Engel begann wieder über sein ganzes Gesicht zu strahlen. Seine Augen leuchteten. »Dic sind am Sonntagvormittag, so gegen Elf hier erschienen mit Kuchen, Kaffee, Kisten mit Cola und Körben von Süßigkeiten. Wir haben gefeiert, in der Turnhalle, alle miteinander, schnell ein paar Bänke geholt und im Vorraum aufgestellt, und dann ging's los: ›Hoch soll'n sie leben … dreimal hoch!‹ Besonders den Michel haben sie hochleben lassen.«

»Er kommt aus Burkina Faso?«, fragte ich nach.

Engels Gesichtszüge verhärteten sich. Sorgenfalten machten sich auf seiner Stirn breit. Er stemmte die Hände in die Hüften und atmete tief durch. »Was der alles durchgemacht hat in den letzten Monaten! Wochenlang durch die Sahara nach Libyen, dann mit einem Schlauchboot hinaus aufs Meer, bis er von einem italienischen Wachboot aufgegriffen wurde, dann Lampedusa, wieder wochenlang im Flüchtlingscamp, schließlich setzen ihn die Italiener mit etwas Taschengeld in den Zug nach Deutschland – wie viele andere auch, um sie loszuwerden. Große Chancen auf Anerkennung hat er nicht, obwohl er beide Eltern während des letzten Umsturzversuchs in Burkina Faso verloren hat. Aber das Land gilt in den meisten europäischen Staaten als sicher.«

»Und wie ist es hier in Deutschland?«, wollte Rita wissen.

»Die Einschätzung des Außenministeriums über die Lage in Burkina Faso beginnt sich gerade zu ändern – nach den Terroranschlägen des IS im Norden des Landes und in der Hauptstadt vor nicht allzu langer Zeit«, meinte Engel. »Aber die letzten Wahlen sind wohl weitgehend nach demokratischen Regeln verlaufen. Es wird auf die Einzelfallprüfung ankommen. Er ist ein so netter Junge, war auf dem Gymnasium in Ouagadougou, sprach wohl auch zu Hause mit seinen Eltern französisch, sie waren beide Mediziner.«

»Hat er denn keine Verwandten, die sich um ihn kümmern?«

»Da ist schon das nächste Problem. Die waren wohl alle mit seinen Eltern zerstritten gewesen. Michel hat erzählt, dass alle seine Verwandten Anhänger des kürzlich gestürzten Präsidenten Blaise Compaoré seien, während Michels Eltern für die Demokratie gekämpft hatten. Seine Familie gehört zur katholischen Minderheit im Land. Er hat noch einen Bruder, mit Frau und vier kleinen Kindern.«

Ich fragte Engel, ob er für ein Fernsehinterview bereitstünde.

»Aber immer«, sagte er und lachte breit, »allerdings muss ich Sie warnen: Die besten Antworten fallen mir immer erst nach dem Gespräch ein.«

Die paar Minuten für den Landesschaubeitrag waren schnell abgedreht. Die Asylanten beim Aufräumen, einige Fragen an Heinz Engel, ein Schwenk durch das inzwischen fast ganz ausgeräumte Foyer, ein paar Eindrücke vom Innenraum der Turnhalle.

»Niedliche Flüchtlingskinder mit Kulleraugen kann ich allerdings nicht bieten«, meinte Engel, als Kameras und Mikros ausgeschaltet waren. »Alles junge Männer aus Afghanistan, Pakistan und dem Irak und eben Michel aus Westafrika. Formal gesehen sind viele tatsächlich noch Kinder – unbegleitete Minderjährige, wie es so schön auf Amtsdeutsch heißt, der jüngste ist erst sechzehn, der älteste Mitte zwanzig. Aber ich tu mich etwas schwer Siebzehn- und Achtzehnjährige als Kinder zu bezeichnen, vor allem, wenn man ihre Lebensgeschichte kennt. Was gehört da für ein Mut und eine Durchsetzungskraft dazu, eine solche Flucht ins Ungewisse durchzustehen!«

Vor dem Schulgebäude wartete bereits der Pressesprecher der Polizei. Rita war gerade dabei, ihn zu befragen. Ich dirigierte die Kameraleute hinüber und begrüßte ihn. Es tue mir leid, dass ich etwas verspätet sei, ich hätte mich drüben im Übergangswohnheim zu lange aufgehalten. Ob wir gleich drehen könnten? Ich gab der Kamera ein Zeichen, nahm das Mikrophon, stellte meinen Gesprächspartner vor und fragte gleich nach den neuesten polizeilichen Erkenntnissen im Brandfall.

Der Pressesprecher der Polizei machte ausweichende Angaben zu den Ermittlungen. Fest stehe inzwischen, dass der Brand vorsätzlich gelegt worden sei. Er erwähnte ausführlich die spontane Rettungsaktion der Flüchtlinge und mögliche Hinweise auf einen rechtsradikalen Hintergrund. Schließlich schob er nach: »Eine heiße Spur führt aber auch zu einem der Asylanten selbst.«

Ich blickte schnell zu Rita hinüber, die entschuldigend die Achseln zuckte. Sie hatte ihn im Vorgespräch doch nicht darauf angesprochen! Und jetzt war er da, dieser Satz! Ich bemühte mich, weiterhin ruhig und gelassen zu wirken. Jetzt wäre es meine Pflicht gewesen nachzufragen. Der Polizeisprecher wartete geradezu darauf! Aber ich bedankte mich, beendete das Gespräch. Während die Mannschaft des Sendewagens begann, die Kabel einzurollen, blickte ich konsterniert zu Rita.

»Soll ich den letzten Satz rausschneiden lassen?«

Rita zuckte die Achseln. »Schneiden musst du vermutlich sowieso – oder macht das eine Kollegin von dir? Ich bring das jedenfalls nicht in meinem Artikel.«

Ich bat Rita, fünf Minuten zu warten und lief zum Sendewagen hinüber. Jetzt war noch Zeit, Schlimmeres zu verhindern. Ich spürte, wie es in mir arbeitete. Unsere erste Pflicht ist es zu berichten, was geschehen ist, nichts überspitzen, nichts verharmlosen, nichts hinzufügen und nichts weglassen. So hatte ich es in meiner Ausbildung immer wieder gehört. Andererseits fühlte ich neben der journalistischen auch eine menschliche Verantwortung. Ich ahnte es: Hier würde nachgebohrt werden. Wir würden Anrufe von Nachrichtenagenturen, von Kollegen erhalten – und die würden keine Ruhe geben, bis sie diesen Michel ins Scheinwerferlicht der Öffentlichkeit gezogen und anschließend auseinandergenommen hätten. Ohne diesen Satz dagegen würde vermutlich niemand sich die Mühe machen, noch einmal direkt auf den Polizeisprecher zuzugehen. Rita hatte Recht: Es galt, Zeit zu gewinnen. Aufgeschoben ist ja nicht aufgehoben, sagte ich mir zur Beruhigung. Diese letzte Meldung könnten wir auch noch zu einem späteren Zeitpunkt bringen, wenn die Ermittlungen der Polizei mehr Ergebnisse ans Licht gebracht hätten, – oder sie hätte sich bis dann selbst erledigt. Aber konnten wir uns darauf verlassen, dass nicht doch etwas durchsickerte?

Ich fühlte, wie mich dieser neue Fall bereits in seinen Strudel gerissen hatte. Es blieb mir keine andere Wahl als dranzubleiben. Zu sehr hatte mich Michels Schicksal, dieser seltsame Verdacht gegen ihn, die Sorgen Engels und der anderen Flüchtlingshelfer gepackt. Nun beschäftigte mich vor allem die Frage: Wie sollte ich Sven, meinen Ressortleiter, davon überzeugen, dass ich der Sache weiter auf den Grund gehen müsste? Denn mein eigentlicher Auftrag war ja mit diesem Beitrag beendet.

Auf der Rückfahrt zur Redaktion fragte ich Rita, von wem sie denn die detaillierte Schilderung des Geschehens in der Brandnacht hätte.

»Den müsstest du auch noch kennen«, antwortete sie mit einem vielsagenden Lächeln, »einer aus der Schrebergartenmafia, der archäologiebesessene Rentner Manfred Ellwanger.«

»Was machte denn der am frühen Sonntagmorgen vor dem Schulzentrum?«

Rita holte aus und erklärte: »Alle drei, Heinz Engel, Manfred Ellwanger und Clemens Sauter, das ganze verschworene Rentnertrio, haben sich spontan als ehrenamtliche Helfer für die Flüchtlingsunterkunft gemeldet. Ellwanger unterstützt den privaten Sicherheitsdienst und läuft einmal am Wochenende nachts Streife.«

»Wie geht es ihm denn in seinem idyllischen Bahnwärterhäuschen?«

»Etwas laut ist es geworden, seitdem die Baumaschinen immer näher gerückt sind. Aber er hält eisern durch.«

»Dem sollten wir bald einen Besuch machen!«

DIENSTAG, 29.11.

Mein Beitrag für die Landesschau war gut angekommen. Ich sollte dringend dranbleiben, hatte mein Chef gemeint. Bingo! Mir fiel ein Stein vom Herzen. Das ersparte mir eine Menge Überzeugungsarbeit. Als ich mir dann noch ein Herz fasste und ihm die problematische Situation näher erklärte, fiel ein Schatten auf sein Gesicht. Einer der Asylanten als möglicher Brandstifter? Ich hätte richtig gehandelt, ebenso meine Kollegin vom ›Echo‹, als wir uns entschieden hatten, diesen Verdacht zunächst nicht weiterzugeben.

Er schüttelte den Kopf. »Ein rechtsradikaler Brandanschlag oder ein krimineller Akt aus dem Kreis der Asylanten selbst! Junge, Junge, da braut sich was zusammen!«

Es fiel mir anschließend nicht mehr schwer, ihn davon zu überzeugen, dass ich von nun an wohl häufiger nach Schoppendorf fahren müsste.

Gleich nach der morgendlichen Besprechung verließ ich das Funkhaus und machte mich durch den herbstlichen Park der Villa Berg auf den Weg zu meiner Wohnung in der Abelsberstraße, wo ich mein Auto stehen hatte. Ich kam an dem etwas verwahrlosten, aber eigentlich wunderschönen Schlösschen vorbei, das in seinem Dornröschenschlaf vor sich hindämmerte. Erst vor Kurzem hatte sich die Stadt Stuttgart dazu entschlossen, die im italienischen Landhausstil erbaute Villa, in welcher einst der württembergische Kronprinz Karl residierte, von einem insolventen Investor zu übernehmen. Jetzt sollte sie saniert und der Öffentlichkeit zugänglich gemacht werden. Endlich!

In Gedanken ging ich den Fall noch einmal durch, suchte nach einem Ansatzpunkt. Wer könnte uns weiterhelfen? Wer außer Michel war frühzeitig am Tatort? Richtig! Der andere der beiden mutigen Retter. Dieser junge Feuerwehrmann gehörte zu den ersten, die dort anwesend waren, lange bevor seine Kollegen von der Schoppendorfer Feuerwehr eintrafen. Er war bei meinen bisherigen Überlegungen etwas in den Hintergrund gerückt. Dabei war er nicht nur Augenzeuge und Retter, sondern auch Fachmann, was Gebäudebrände anging – und er hatte mit Michel gesprochen, bevor beide kurz entschlossen in das brennende Schulhaus eingestiegen waren. Mit dem sollten wir dringend Kontakt aufnehmen.

Hatte Rita nicht auch einen privaten Sicherheitsdienst erwähnt? Privater Sicherheitsdienst! Ob so etwas bei der Überwachung von Flüchtlingsunterkünften sinnvoll war? Eine solch verantwortungsvolle Aufgabe einer dieser schnell aus den Boden geschossenen Überwachungsfirmen anzuvertrauen? Das wäre doch eigentlich die Aufgabe der Polizei!

Nachwächterdienste wie die Tätigkeiten der Wach- und Schließgesellschaft, so was können solche privaten Firmen ja übernehmen. Aber hier ging es nicht um Bürogebäude oder Fabriken, auf die aufgepasst werden sollte, hier handelte es sich um öffentliche Aufgaben im öffentlichen Bereich, um Menschen, die vor möglichen Anschlägen geschützt werden mussten! Auch dass Privatpersonen wie Ellwanger anscheinend *ehrenamtlich* Streife gingen, fand ich – ehrlich gesagt – mehr als befremdend. Hatte er in dieser Nacht von Samstag auf Sonntag nur ausgeholfen? War er alleine im Einsatz gewesen? Wer hat ihm diesen Auftrag erteilt? Danach bei unserem geplanten Besuch zu fragen, dürfte ich auf keinen Fall vergessen.

Meine Gedanken schweiften zu diesem Dave Schmelzle von der »Schoppendorfer Heimatfront« und ich verspürte ein Unbehagen. Ich hatte eigentlich keine ausgeprägte Lust, mich mit ihm noch einmal zu unterhalten, musste ich mir eingestehen. Letztes Jahr war ich mit dem Hünen am alten Schoppendorfer Bahnhofsschuppen zusammengerasselt. Vielleicht könnten wir uns in diesem Fall auf die Ermittlungen der Polizei beschränken? Wenn die was rausließen!

Auf jeden Fall müsste ich noch einmal intensiv mit Michel sprechen, dem mutigen jungen Mann aus Burkina Faso mit dem blitzenden Lachen und den Rastalocken, der seine Mitbewohner in der Flüchtlingsunterkunft, sofort nachdem er das Feuer bemerkt hatte, geweckt und damit Schlimmeres verhindert hatte. Nein, er hatte es anders berichtet, erinnerte ich mich nun genauer. Er sagte, zuerst habe er das Feuer von innen durch den Glaseinsatz in der Turnhallentür gesehen, dann die Flammen, die bereits die Hecken in Brand gesetzt hätten. Dann habe er seine Jacke angezogen und sei hinausgegangen, erst darauf sei er wieder zurück, um seine Kameraden zu alarmieren. War diese Reihenfolge denn glaubhaft? Warum hat er nicht gleich Alarm gegeben? Er hatte doch bereits von der Tür aus erkannt, dass das Feuer sich auf die alte Turnhalle zubewegte! Und er zieht erst mal seine Jacke an und geht raus! Doch diese Einzelheiten, wann er seine Kameraden nun alarmiert hatte, das ließe sich überprüfen. Ich müsste – am besten zusammen mit Engel – in der Flüchtlingsunterkunft eben ein paar weitere Gespräche führen.

Ich war bei meiner Wohnung angekommen. Ohne noch einmal nach oben zu gehen, rasselte ich mit meinem bejahrten Käfer los, hinunter in den Talkessel mit seinem infernalischen Verkehr, hinauf zum Pragsattel mit dem Dauerstau und eine Stunde später bei Zuffenhausen auf die Autobahn. Meine Reisetasche hatte ich schon heute Morgen auf die Rücksitzbank gepackt.

Überall hatte sich Hochnebel gebildet. Wenn das so weiterging, hatten wir bald wieder Feinstaubalarm. Nur mit Mühe hatte ich die grüne Plakette bekommen.

Viel lieber hätte ich die Bahn genommen – aber ich wollte in Schoppendorf nicht immer nach einer Mitfahrgelegenheit fragen und unabhängig von den nicht immer zuverlässigen Zugverbindungen bleiben. Aber ständig mit dem Auto hin- und herfahren? Sollte ich Frau Eisele anrufen, bei der ich die letzten Male in Schoppendorf gewohnt hatte? Warum war mir das nicht früher eingefallen!

Ich hielt am nächsten Parkplatz an und tippte auf ihre Nummer in meinem Handyspeicher.

»Eisele?«

»Schönen guten Morgen Frau Eisele. Nils Niklas, erinnern Sie sich noch an mich?«

Stille.

Dann rauschte es im Lautsprecher. »Jessas, der Herr Niklas vom Rundfunk. Bin i auf Sendung?«

»Nein«, beruhigte ich sie. »Ich bin ganz privat. Sagen Sie, vermieten Sie noch ihre Einliegerwohnung und wäre sie denn frei?«

»Do hen Se Glück«, rief sie in den Hörer, so laut, dass ich mein Handy vom Ohr nehmen musste, »geschtern isch er auszoga. I vermiet se jetzt als Ferienwohnung. Also net an richtige Feriegäscht, die sich bei mir erhole wolle, noi, meischtens an Handwerker auf Montage. Die nächschte drei Woche wär se frei. 's geht ja auf Weihnachta zu. Herr Niklas! Ja so was! I dät mi richtig freia, wann wäre Sie denn do?«

»So in einer halben Stunde?«

Stille.

»So schnell?, ha i müsst halt no a bissle butza, gell.«

»Lassen Sie sich ruhig Zeit bis heute Abend. Ich hab davor noch einiges zu tun in Schoppendorf. Ich freue mich auch sehr. Wiederhören, Frau Eisele!«

Ich schaltete das Autoradio ein. Nachrichten.

Schoppendorf. Im Fall der Brandstiftung im Schoppendorfer Schulzentrum gibt es noch keine Neuigkeiten, was den oder die Täter betrifft. Oberbürgermeister und Landrat besuchten heute Morgen die Flüchtlingsunterkunft in der ehemaligen Turnhalle neben dem Ludwig-Uhland-Gymnasium. Sie bedankten sich bei den noch jugendlichen Asylbewerbern, die in der Nacht zum Sonntag eine ganze Schulklasse aus dem brennenden Schulhaus gerettet hatten, allen voran bei dem siebzehnjährigen Michel Sankara aus Burkina Faso, der unter Einsatz seines Lebens ein zweites Mal in das brennende Gebäude eingestiegen war und einem bewusstlosen Jungen das Leben gerettet hat.

Jetzt war die Nachricht draußen! Michel war den Medien preisgegeben. Rita könnte in ihrem nächsten Artikel nicht mehr daran vorbeigehen! Die Öffentlichkeit würde darauf bestehen, mehr über diesen jungen afrikanischen Asylanten als Lebensretter zu erfahren. Die Zeit drängte!

Als ich zum Parkplatz der Redaktion des »Schoppendorfer Echos« abbog, stieß ich fast mit Rita zusammen, die mit ihrem Alfa in vollem Karacho aus der Ausfahrt preschen wollte. Mit quietschenden Bremsen brachte ich wenige Zentimeter vor ihrem Wagen meinen Käfer zum Stehen.

Sie kurbelte ihr Fenster herunter.

»Tag, Nils«, begrüßte sie mich gelassen, als ob wir uns sonst wo begegnet wären. »Stell deinen Wagen ab und steig ein.«

»Wir könnten auch gerne mit meinem Käfer …«

Sie blickte mich mit einem ironischen Grinsen an. »Beeil dich, ich hab gleich einen Termin mit dem Brandmeister bei der Feuerwehr.«

»Wir fahren aber nicht mit Blaulicht und Sirene.« Ich grinste zurück, rangierte an ihr vorbei, parkte mein Auto ein und stieg zu ihr in den Wagen. Diesmal passte ich höllisch auf, fasste zuerst mit der Hand an den Rahmen über der Beifahrertür und zog meinen Kopf ein.

Zehn Minuten später begrüßte uns der Brandmeister in seinem Büro neben den Garagen für die Einsatzfahrzeuge der Feuerwehr. Er trug angegrautes blondes, leicht schütteres Haar, zurückgekämmt und über seinen massigen Schädel verteilt. Zwei graublaue Augen unter buschigen Augenbrauen blitzten mich verwundert an. Offenbar erwartete er eine Erklärung, warum wir zu zweit ankamen.

»Nils Niklas, Südwestrundfunk«, stellte ich mich vor und überreichte ihm meine Karte. »Frau Delbosco war so freundlich, mir anzubieten, dass ich sie zu ihrem Besuch bei Ihnen begleiten könnte. Wären Sie denn damit einverstanden?«

Er verzog keine Miene, musterte mich von oben bis unten und nickte bedächtig.

»Häberle«, stellte er sich nun seinerseits vor. »Na dann schießen Sie mal los mit Ihren Fragen«, eröffnete er gelassen das Gespräch.

»Sie haben den Einsatz in der Brandnacht im Schulzentrum geleitet«, begann Rita.

»So ist es. Außerdem die anschließenden Aufräumungsarbeiten im Außenbereich«, ergänzte Häberle.

»Dann wissen Sie sicher auch Bescheid über den Ausbruch des Brandes«, fuhr Rita fort. Uns interessiert zunächst einmal, wie der Brandstifter vorgegangen ist, also die Reihenfolge seiner Schritte.«

»Das können wir ziemlich genau sagen«, antwortete er ohne Umschweife. »Er hat die Schule durch die offene Eingangstüre betreten, einen Kanister Benzin über den Weihnachtsbaum und einige Ausstellungstische gekippt, eine Spur zur Tür gelegt und schließlich den leeren Kanister in weitem Bogen Richtung Christbaum geworfen. Dann hat er eine oder mehrere Trockenspiritustabletten angezündet und von der Tür aus auf die Benzinlache geknallt. In wenigen Sekunden hat alles gebrannt. Die Tür hat er bewusst offen gelassen, damit das Feuer gehörig Luft bekam, und zu diesem Zweck einen dicken Stein vor den geöffneten, von außen gesehen rechten Türflügel gelegt.«

»Würden Sie sein Vorgehen als typisch für eine Brandstiftung bewerten?«

Häberle nickte. »Der Kerl hatte wohl Erfahrung mit Brandbeschleunigern und wusste genau, wie er vorgehen musste.«

»Die Turnhalle wurde ja von einem Sicherheitsdienst bewacht. Können Sie sich erklären, warum ihn niemand bemerkt hat?«

»Das müssten Sie die Leute vom Sicherheitsdienst fragen.«

»Einer Ihrer Leute war erstaunlich schnell am Tatort«, servierte ihm Rita übergangslos ihre nächste Frage.

»Sie meinet den Mario?« Er verfiel in den Schoppendorfer Dialekt. »Des war reiner Zufall. An glücklicher Zufall. Er wohnt in der Näh vom Schulzentrum und kam grad von einer Party zurück. Als er g'seha hat, was los isch, hat er sofort gehandelt.«

»War er es, der die Feuerwehr alarmiert hat?«, fragte ich dazwischen.

Der Brandmeister hob die rechte Augenbraue und sah mich tief aus seinen wasserblauen Augen an. Hans Albers – auf schwäbisch! Schoss es mir durch den Kopf.

Nein, sein Handyakku sei leider leer gewesen. Er hätte wohl zu viel im Internet gesurft auf der Party.

»Als I in seim Alter war, hen mir gemeinsam gfeiert, gsunga ond glacht, wenn mir auf ama Feschtle waret.« Er schüttelte den Kopf und lächelte leicht wehmütig vor sich hin.

»Dann ist es richtig, dass Sie von einem der Motorradfahrer benachrichtigt wurden?«

Häberle grinste. »Des hen Sie jetzt sehr vorsichtig ausdrückt. Tatsächlich hat oiner von dene uns informiert, und zwar kein Geringerer als ihr Häuptling Dave Schmelzle selber.«

Rita befragte ihn nach etwaigen weiteren Auffälligkeiten, aber Häberle konnte uns da nicht weiterhelfen.

»Wir würden auch gerne mit Herrn Renzi sprechen«, sagte Rita zum Abschluss des Gesprächs.

Häberle erhob sich etwas schwerfällig. »Heut isch Schulungsabend, ein Stock tiefer, im Saal neben der Kantine. I bin au do. Kommet Se am beschta gega halb zehn, wenn mir fertig send.«

Ich blickte nicht gerade begeistert zu Rita hinüber, doch sie bedankte sich auffallend herzlich für das Gespräch. So spät am Abend noch Leute interviewen?

Draußen erklärte Sie mir: »Wir werden vermutlich noch einmal auf seine Bereitschaft, mit uns zu sprechen, angewiesen sein und immerhin hat er uns angeboten, heute Abend unser Gespräch mit Renzi zu vermitteln. Was hältst du davon, wenn wir inzwischen Ellwanger besuchen?«

Ich nickte ergeben und wir machten uns auf den Weg zur Großbaustelle bei den Neckarwiesen, wo ein ganzer Stadtteil auf dem ehemaligem Rangierbahnhofsgelände entstehen sollte. Unterwegs erkundigte ich mich bei Rita, wie denn der Streit zwischen den Schrebergärtnern und den Baulöwen ausgegangen sei, die seit letztem Jahr die angrenzende Kleingartenanlage, einstige Eisenbahnergärten, platt machen wollten.

»Die Archäologen haben geholfen«, verkündete Rita mit einem Lachen. »Aber das soll dir Ellwanger selber erzählen.«

Die Sonne hatte den Hochnebel verdrängt und strahlte plötzlich von einem wolkenlosen, leuchtend blauen Spätherbsthimmel. Hohe Kranen kündigten schon von Weitem das Baugebiet an. Inzwischen hatten die Planierraupen auch den alten Bahnhofsschuppen verschwinden lassen und ich staunte über die Berge von Abraum, Muttererde und Bauschutt, die sich überall auftürmten. Wie eine grüne Oase in der Wüste ragte Ellwangers Grundstück mit dem schmucken Bahnwärterhäuschen und dem immer noch blühenden Rosengarten aus der riesigen durchwühlten Fläche, wo die künftigen Straßenverläufe schon in Ansätzen erkennbar waren. Es hatte etwas Unrealistisches, fast Komisches an sich, wie sich dieses Relikt aus einer heilen Welt inmitten dieses scheinbaren Chaos erhalten hatte.

Eine schmale Zufahrt von einer der das Gebiet eingrenzenden Straßen führte zu Ellwangers Anwesen. Lastwagen luden gerade polternd Schotter ab. Ellwanger stand, die Hände in den Hosentaschen, in seinem Rosengarten und schaute zu. Über seinen verwaschenen Jeans trug er einen grob gestrickten Pullover. Sein weißer Haarkranz um seine spiegelnde Glatze schien von den Staubwolken gepudert. Als er Ritas Auto hörte, fuhr er herum. Rita ließ mich schon mal aussteigen und parkte ihren Alfa neben den Schuppen, der dem Häuschen gegenüberstand und das Anwesen abrundete.

»Herr Niklas! Was für eine Überraschung! Wie lang hen mir uns jetz' net g'säha? Des isch ja scho bald a Johr!«, begrüßte er mich freudig mit glitzernden Augen unter seinen buschig-weißen Augenbrauen und schüttelte mir ausgiebig die Hand. Er ließ mich gar nicht zu Wort kommen. »Sie hen mir letscht Johr mei Schtückle g'rettet, erinnern Sie sich noch? Ihr Einsatz bei diesem italienischen Banker? Wie hat er g'heißa? Mercadona? Noi, wartet Se, jetz' hab ich's Mercadante! Gugget Se, die Fläche glei hinter meim Zaun, des gibt die Grünanlage mit Bäumen und Sträuchern – und do, danäba kommt an neuer Kinderspielplatz na, der zieht sich bis hinter mein Schuppa.«

Es fiel mir schwer, seine Phantasiebilder nachzuvollziehen, angesichts der rumpelnden LKWs, die wie Spielzeugautos in den tiefen Baugruben rangierten und einen ständigen Lärmpegel erzeugten.

Nun war auch Rita zu uns gestoßen.

»Ja die Frau Delbosco«, empfing Ellwanger sie fröhlich und schmunzelte. »So prominenten Besuch in meiner bescheidenen Hütte!«

»Und wo sind jetzt die Schrebergärten?«, fragte ich interessiert.

Er grinste verschmitzt und antwortete in fast akzentfreiem Hochdeutsch: »Ein Großteil musste erhalten werden, aus Denkmalschutzgründen. Die archäologische Prospektion hat ergeben, dass genau darunter die römische Straßenstation liegt, wie ich es vorausgesagt hatte. Aber ausgegraben wird sie nicht. Die ruht ja sicher unter Himbeeren und Kopfsalat. Des wird was für künftige Generationen. Kommet se, glei neba meim Häisle, auf der andere Seit, do lieget se.«

Er führte mich ein paar Schritte weiter zu seinem Zaun und deutete hinüber. Tatsächlich! Vom Südrand des Baugebiets zog sich eine grüne Halbinsel fast bis zu seinem Häuschen. Das Gartengelände mit den Schrebergartenhäuschen stach eigenartig ab zu den lehmbraunen Flächen und tiefen Gruben.

»Des zu erhalta war net oifach«, verkündete er stolz und ruderte mit seinem rechten Arm. »Aber mir hen des älle mitanander gschafft, letscht Johr, gell?«

Er führte uns in sein Häuschen, in dem sich nichts verändert hatte. Links neben der Eingangstür führte die steile Stiege ins Dachgeschoss, rechts davon ging's ins Wohnzimmer mit den hohen Regalen an den Wänden, voller Bücher und Schachteln mit römischen Funden.

Ellwanger scheuchte seinen Kater Cicero vom Sofa und bot uns Platz an. Wir versanken in der weichen, etwas ausgeleierten Federung, während er sich seinen Schreibtischstuhl heranrückte und eine Etage höher saß. Cicero zog sich auf sein Plätzchen hoch oben auf dem Bücherregal zurück und beäugte uns misstrauisch.

Ellwanger faltete seine Hände über seinem Bauch. »Sie wollet no amol von mir höra, wie des gwäsa isch, an sellem Sonntagmorgen, eigentlich jo mitta in der Nacht«, begann er, ohne eine Frage abzuwarten.

Dann erzählte er, wie er den Mann vom Sicherheitsdienst zunächst vermisst hätte, dann plötzlich, als der Brand ausgebrochen sei, sei er doch da gewesen. Ja, den jungen Asylanten habe er auch gesehen, der hätte erregt mit dem Sicherheitsmann gesprochen und auf das Feuer in der Schule gedeutet, das bereits auf die Eingangshalle und die Anlagen übergegriffen hatte. Keine halbe Stunde später und die Turnhalle hätte ebenfalls gebrannt, wenn der Michel – er betonte wie Frau Eisele die erste Silbe des Namens – nicht Alarm geben hätte! Nein, dass er etwas vom Boden aufgelesen und in seine Tasche gesteckt hätte, hätte er nicht gesehen, bemerkte er verwundert. Dann sei ein anderer junger Mann dazugekommen – und die Motorradfahrer? Ja, die seien erst aufgetaucht, als es schon gebrannt hätte.

Ob er ausländerfeindliche Parolen gehört hätte, fragte ich.

Er verzog sein Gesicht zu einem knappen Lächeln, runzelte etwas die Stirn und blickte verstohlen zu Rita, die knallrot anlief.

»Ja, das habe ich als Einstieg zu meinem Artikel dazugenommen, war ein Fehler«, gestand sie kleinlaut.

Jetzt runzelte ich die Stirn. »Du hast das einfach frei erfunden und behauptet, dass einer aus der Motorradgang …?«

»Lag ja irgendwie nahe, oder?«, versuchte sich Rita herauszureden.

»Jetzt reißet Se ihr net da Kopf ab«, versuchte Ellwanger zu beschwichtigen und wechselte wieder ins Hochdeutsche. »Es lag tatsächlich nahe, denn am selben Abend habe ich an der Hinterfront der Turnhalle Hakenkreuzschmierereien entdeckt und auch böse ausländerfeindliche Parolen. Vielleicht hat Sie was falsch verstanden, als sie mit mir telefoniert hat.«

»Könnten Sie uns die mal zeigen?«, fragte ich interessiert.

Ellwanger schüttelte den Kopf. »Die hat Heinz Engel von seine Buba scho wieder überpinseln lassen. Er hat g'sagt, mir solltet koi Öl ins Feuer gießen.«

»Aber solche Schmierereien gelten nach dem Gesetz bereits als Anschlag auf eine Flüchtlingsunterkunft«, rief ich aufgebracht. »Außerdem – wenn das mit der Brandstiftung zusammenhängt, dann hätten wir einen Hinweis auf einen rechtsradikalen Hintergrund der Tat und andere Verdächtige wären entlastet!«

Ellwanger zuckte hilflos die Schultern und rechtfertigte sich. »I hab damit nix zu tun g'het.«

Um ihn nicht in getrübter Stimmung zu verlassen, lenkte ich das Gespräch auf die Archäologen. Wir fragten ihn nach seinen neuen Funden auf der Baustelle und Ellwanger präsentierte uns stolz eiserne Beschläge von römischen Holzeimern.

»Ein weiterer Beweis für die römische Straßenstation«, stellte er zufrieden fest.

Kurz vor halb zehn fuhr ich auf den Parkplatz vor dem Feuerwehrgebäude, der von hellen Scheinwerfern ausgeleuchtet war. Der nasse Asphalt glänzte schwarz und spiegelte die Lichter. Es hatte wieder zu nieseln begonnen.

An die zwanzig Autos, meist älterer Bauart, drängten sich auf dem Platz. Ich quetschte meinen Käfer zwischen den Zaun und einen Dreiliterlupo und hangelte durch den schmalen Türspalt. Rita jubelte mir bereits zu. Ihren Alfa hatte sie nicht auf dem vollen Parkplatz, sondern direkt vor der Eingangstür abgestellt. Knapp zwei Meter hatte sie den Besuchern des Schulungsabends als freie Verkehrsfläche eingeräumt. Als sie meinen fragenden Blick bemerkte, erklärte sie in stoischer Ruhe: »Vorne drin liegt mein Presse-Schild.«

»Sollen wir gleich reingehen?«

Rita nickte, dann strich sie entschlossen mit beiden Händen über ihre rote Lockenmähne und strebte zum Eingang.

Das Foyer war nur spärlich beleuchtet. Hinter der geschwungenen Treppe, die frei im Raum zu einer Galerie im oberen Stockwerk führte, hörten wir gedämpfte Stimmen, Stühlerücken, dann ging eine Tür auf, eine Gruppe junger Männer und Frauen kam heraus und alle blickten uns erstaunt an.

»Wir suchen Mario Renzi«, erklärte Rita.

Ein Mädchen deutete zum Schulungsraum. »Der wird gleich kommen. Er spricht noch mit dem Brandmeister.«

Wir gingen hinüber, schauten in den Raum hinein. Ein Feuerwehrmann in Uniform war gerade dabei, seinen PC herunterzufahren und den Beamer abzuschalten. Im Hintergrund stand Häberle und unterhielt sich mit einem jungen Mann, der uns den Rücken zuwandte. Als er uns in der Tür stehen sah, winkte er und rief uns zu: »Ah, da sind Sie ja! Kommen Sie herein!«

Sein Gesprächspartner fuhr herum und musterte uns fast erschrocken. Renzi mochte so um die zwanzig sein, hatte ein blasses Gesicht mit Pickeln, blondes kurz geschnittenes Haar, blaue Augen und eine eher schmächtige Figur. Als er sich gefasst hatte, grinste er etwas verlegen.

»Darf ich vorstellen, Frau Delbosco und Herr Niklas von der Presse«, begann Häberle leutselig, als ob er dem jungen Mann Mut machen wollte. »Und das ist unser junger Kollege Mario Renzi, der am Sonntagmorgen diesen beispielhaften Einsatz gezeigt hat.« Er klopfte ihm auf die Schultern und schob ihn leicht nach vorne.

Schüchtern lächelnd streckte uns Renzi seine Hand zur Begrüßung hin. Sie fühlte sich kalt und feucht an.

Häberle bot uns Platz an und wir setzten uns um einen der Schulungstische.

»Sie haben also gleich gewusst, wie man es anstellen musste, die Kinder schnell in Sicherheit zu bringen«, begann Rita mit einem gewinnenden Lächeln.

»Ich war bis letztes Jahr selbst Schüler im Uhlandgymnasium«, antwortete Renzi stockend und blickte zu Häberle, als ob er sich von ihm Hilfe erhoffte. Der nickte ihm aufmunternd zu.

»Eigentlich müsste die Feuerleiter ganz bis hinunter führen und nicht auf dem Vordach enden«, erklärte Renzi. Er schien seine Unsicherheit überwunden zu haben und wirkte auf einmal recht selbstsicher. »Das war mir schon als Schüler aufgefallen und damals hatte ich mir schon überlegt, dass der Rettungsweg nur über die Dachrinne gehen kann.«

Häberle schüttelte den Kopf. »Eigentlich wäre da laut Gesetz gar keine Feuerleiter vorgeschrieben. Der erste Rettungsweg geht über das Treppenhaus und als zweiter Rettungsweg gilt die Möglichkeit, per Drehleiter der Feuerwehr eingeschlossene Personen zu retten. Nur wenn es aufgrund der örtlichen Verhältnisse nicht möglich wäre, eine Leiter anzulegen, müsste eine feste Feuerleiter hin. Aber wenn sie schon eine hinbauen, dann müsste sie auch sinnvoll platziert sein, da hast du freilich Recht.«

»Wie haben Sie denn so schnell das Klassenzimmer der Sechstklässler gefunden?«, schob ich nach.

Renzi zeigte sich etwas verwundert über meine Frage, wirkte aber aufgeschlossen und antwortete: »Wie gesagt, ich kenne mich im Schulhaus ganz gut aus. Blöd war nur, dass der Chemiesaal, in den ich eingestiegen bin, verschlossen war, aber die Tür zum Vorbereitungsraum stand offen und dessen Tür zum Treppenhaus war unverschlossen, vermutlich hat sie ein Lehrer oder die Putzfrau vergessen abzuschließen.«

Nun schaute er Rita fragend an, die ihm freundlich zunickte. »Der junge Asylbewerber, dieser Michel, ist vor Ihnen hochgeklettert?«

Seine Miene verzog sich leicht. »Der hat mich eher bei meinem Einsatz gestört. Ohne ihn wär alles viel schneller gegangen.«

»Wir sehen es nicht so gern, wenn unsere Arbeit von Laien behindert wird«, mischte sich Häberle wieder ein.

Ohne auf seinen Einwurf einzugehen fragte ich Renzi: »Wann haben Sie die Motorradfahrer bemerkt, die Ihnen bei der Aktion zugesehen hatten?«

Er überlegte. »Die kamen ungefähr zur gleichen Zeit wie ich, glaub ich.«

Rita wandte sich an Häberle: »Was sagen Sie dazu, dass Schmelzle mit seiner ›Heimatfront‹ einfach weggefahren ist, statt zu helfen?«

Häberle schnaubte: »Das hätte uns gerade noch gefehlt. Man kann zu diesen jungen Leuten stehen, wie man will, aber Schmelzle hat in diesem Fall genau das Richtige getan, nämlich den Notruf abgesetzt und die Straße frei gemacht für die Feuerwehr. Nichts ist lästiger und vor allem auch gefährlicher, als aus guter Absicht oder reiner Neugier den Rettungsweg zu blockieren. Auch dass dieser junge Asylant da hochgeklettert ist – das wird jetzt als Heldentat gefeiert –, aber unsere Leute von der Feuerwehr hätten die Kinder wenig später auch gerettet und zwar fachmännisch! Wenn ich daran denke, dass die Kinder im dritten Obergeschoss aus dem Fenster auf die Feuerleiter geklettert sind – ohne jede Absicherung –, wird mir jetzt noch schlecht. Was hätte da alles passieren können! Und erst der Sprung vom Dach der Eingangshalle! Dieses gefährliche Spiel, sie einfach springen zu lassen und aufzufangen – ohne Sprungtuch!«

»Vielleicht wäre es zu spät gewesen, einfach auf das Eintreffen der Feuerwehr zu warten? Vor allem für den Jungen mit der Rauchvergiftung?«, warf ich ein.

»Ach was«, winkte Häberle ab.

Rita wandte sich wieder an Mario Renzi: »Dieser Michel stand schon da, als Sie kamen?«

Renzi nickte. »Ich sah den Feuerschein, den Qualm, ging auf ihn zu, um ihn anzusprechen –, ich wusste ja nicht …, jedenfalls hat er mich nicht verstanden. Da zeigte er auf das Licht, das oben in einem Klassenzimmer anging. Ich bin zu Tode erschrocken. Dann lief alles ab wie im Film, ich habe meine Pflicht als Feuerwehrmann getan ohne weiter nachzudenken.«

Häberle räusperte sich. »Jetzt ist nur noch die Rede von den Asylanten und es ist noch nicht gesagt, ob nicht einer von ihnen sogar das Feuer gelegt hat. Aber Mario hat sofort gewusst, was zu machen war. Er hat den Einsatz sozusagen geleitet, bis wir eintrafen. Wir können stolz auf ihn sein.«

Renzi blickte ihn dankbar an.

»Wie kommen Sie zu dem Verdacht, ein Asylant könnte das Feuer gelegt haben?«, fragte ich scharf nach.

»Nicht ich, die Polizei selbst hat mit gegenüber diesen Verdacht geäußert!«, rechtfertigte sich Häberle. Seine Laune hatte sich beträchtlich verschlechtert.

Rita ging nicht weiter darauf ein und fragte den jungen Mann mit sanfter Stimme: »Herr Renzi, wo hat denn die Party stattgefunden, von der sie gerade nach Hause gingen.«

»Ich denke, das ist Herrn Renzis Privatsache«, unterbrach sie Häberle schroff. »Herr Renzi hat alles zur Genüge bei der Polizei zu Protokoll gegeben.«

Renzi schaute verwirrt zu Häberle, dann wieder zu Rita und sagte schließlich: »Ich war bei Freunden.«

»Wollen Sie von Herrn Renzi noch was wissen?«, fragte Häberle aufgeräumt.

Ich blickte zu Rita, die Renzi einen Kuli und ihren Block hinlegte und ihren ganz Charme in ihre Stimme fließen ließ: »Wie kann ich Sie denn telefonisch erreichen?«

Renzi nahm den Kuli und kritzelte seine Handynummer auf den Zettel.

Wenig später standen wir bei ihrem Wagen. Häberle und Renzi waren noch drinnen.

»Merkwürdig, findest du nicht auch?«, Rita schüttelte ihre Mähne.

»Er hat sich aufgespielt wie sein Rechtsanwalt oder sein Vormund.«

»Dabei hat es dafür doch gar keinen Grund gegeben!«, warf Rita ein. »Wir haben uns doch gut mit ihm unterhalten. Auf mich hat Mario Renzi keinen schlechten Eindruck gemacht. Etwas schüchtern vielleicht, aber nicht unsympathisch. Seine Erklärung, warum er so schnell am Tatort war, klang für mich plausibel.«

»Wohingegen die Anwesenheit von Schmelzle und seinen Mannen immer noch nicht geklärt ist«, gab ich ihr Recht.

»Renzi scheint zu denen zu gehören, die eher im Hintergrund handeln und sich nicht in die Öffentlichkeit drängen«, meinte Rita versonnen.

»Das ärgert Häberle und würde seine Beschützerrolle erklären!«

»Auch er hat wieder damit angefangen, dass Michel das Feuer gelegt haben könnte«, meinte Rita nachdenklich.

Wir verabschiedeten uns.

»Fährst du jetzt noch nach Stuttgart?«

»Ich bin bei Frau Eisele untergekommen.«

»Viele Grüße!«, grinste Rita beim Einsteigen und ließ den Motor an. Als sie die Tür schon geschlossen hatte, kurbelte sie das Fenster herunter und sagte ernst: »A propos Dave Schmelzle – Er hat mir einen bitterbösen Brief geschrieben. Wenn ich weiter solche Unwahrheiten über ihn und seine Freunde veröffentlichte, würde ich es bereuen.«

»Schmelzle ist zwar ein gefährliches Monster, aber in diesem Fall kann ich ihn schon verstehen«, spottete ich. »Das mit den ausländerfeindlichen Parolen war schon ein starkes Stück!«

»Ich hab die Schuld auf meine Informanten geschoben.«

»Sehr mutig!«

»Eine Gegendarstellung schreibe ich nicht!«, brauste sie auf. »Das hat Schmelzle auch nicht ausdrücklich von mir verlangt. Und ob die ›Schoppendorfer Heimatfront‹ nicht doch hinter dem Anschlag steckt, ist noch lange nicht geklärt.«

Sie gab Gas, setzte zurück und flitzte davon.

MITTWOCH, 30.11.

Nach dem Frühstück machte ich mich auf den Weg zum Schulzentrum – zu Fuß. Sollte heute nicht wieder der Unterricht im Gymnasium beginnen? Kaum vorstellbar! Baumaßnahmen, Handwerkerlärm – und dies alles während des Unterrichts? Wie wirkte sich wohl die Asylantenunterkunft in dieser unmittelbaren Nähe zu den Schulen aus? Einerseits fand ich es richtig, dass die Kinder und Jugendlichen mit der traurigen Realität der Flüchtlinge konfrontiert wurden. Aber Spannungen waren da wohl unvermeidbar! Ich nahm mir vor, mich mal vorsichtig umzuhören.

Längs der Auffahrt parkten Handwerkerfahrzeuge – und ein Polizeiauto. Heinz Engel redete auf eine Polizeibeamtin ein, die gerade dabei war, in ihren Wagen einzusteigen. Kurz bevor ich die offene überdachte Eingangshalle erreicht hatte, brauste sie im Rückwärtsgang an mir vorbei.

Engel machte einen geknickten Eindruck, begrüßte mich nur mit einem schwachen »Hallo«. Was denn los sei, fragte ich betroffen.

»Michel ist heute Nacht verprügelt worden, hier in der Unterkunft. Zu Dritt sind sie auf ihn losgegangen, die anderen haben zu- oder weggeschaut. Jetzt wird er im Krankenhaus durchgecheckt.«

»Verprügelt? Ja weshalb denn?«, fragte ich erschrocken.

Engel zuckte die Schultern. »Sie haben ihn immer schon als Außenseiter behandelt. Er spricht kein arabisch und ist kein Moslem. Vielleicht haben sie ihm auch übelgenommen, dass er von den Medien so in den Vordergrund gestellt wurde, was weiß denn ich!«

Ein Junge hatte uns wohl zugehört. »Er … Feuer … brennen«, sagte er in gebrochenem Deutsch.

Engel fuhr herum. »Was sagst du da? Er hat euch alle geweckt, als er das Feuer bemerkt hatte!«

Der Junge zog die Schultern hoch und verzog leicht abschätzig sein Gesicht. Dann ging er zu seinen Kumpels, die auf den Treppenstufen bei der alten Turnhalle saßen und interessiert zu uns hinübersahen.

»Weiß man denn, wer auf ihn eingedroschen hat?«

Engels Miene verfinsterte sich. Er schüttelte den Kopf. »Die halten alle zusammen wie Pech und Schwefel.«

»Oder einer von ihnen setzt sie unter Druck!«

»Nicht mal Michel hat auf unsere Fragen geantwortet«, entgegnete Engel, ohne auf meinen Einwurf einzugehen.

»Dann war er also wenigstens ansprechbar«, stellte ich erleichtert fest.

»Ich bin so was von enttäuscht!«, murmelte Engel mit verhaltenem Zorn.

Ich sprach ihn auf die Wandschmierereien an. Warum er sie nicht der Polizei gemeldet hätte.

»Hab ich doch«, antwortete er gereizt. »Die Beamten haben alles fotografiert. Aber dann haben wir es schnell übermalt. Das muss ja nicht tagelang da zu lesen sein!«

»Das ist doch ein Hinweis auf einen rechtsradikalen Hintergrund der Tat?«

Engel blickte mich müde an: »Die Polizei hat gemeint, dass die Graffiti vermutlich nichts direkt damit zu tun haben. Sie waren wohl schon etwas früher angebracht worden. Die Farbe war völlig trocken. Man hat sie auf der Rückseite der Halle ja nur gesehen, wenn man durch die Anlagen um sie herumgeht. Aber wenn tatsächlich einer meiner Jungs …«

Er sprach nicht weiter, wischte sich mit dem Handrücken über die Augen und man sah ihm an, wie sehr ihn nicht nur die Beschuldigung gegen Michel bewegte.

Ich fragte ihn, ob ich noch einmal einen Blick in die Turnhalle werfen könnte. Er nickte und führte mich die Außentreppe hoch. Die jungen Männer rückten bereitwillig ein Stück zur Seite. Engel zog seinen Schlüsselbund aus der Tasche, schloss auf und wir betraten durch einen Nebeneingang die Halle. Diese Tür sei normalerweise immer zu, erklärte Engel. Sie führe zu einer Art Empore. Von dort könne man sich den besten Eindruck verschaffen von diesem ganzen Elend.

»Da, schauen Sie hin«, sagte er, als wir hinabblickten auf die notdürftig abgeteilten Räume mit den eng aneinanderstehenden Stockbetten. »Das ist doch menschenunwürdig! Hier müssen sie hausen, Tag und Nacht, wenn sie nicht draußen herumlungern.« Er begann zu deklamieren: »›Die Würde des Menschen ist unantastbar. Alles andere regelt das Ausländergesetz.‹«

»Kein Wunder, wenn hier Konflikte ausbrechen«, stimmte ich ihm zu.

In einer Art Gruppenraum bemerkte ich einen Senior mit wallendem weißen Haar, um ihn herum acht junge Asylanten. Engel hatte bemerkt, wo mein Blick hängen geblieben war.

»Kennen Sie ihn noch?«

»Das ist doch Clemens Sauter?, der Kunsttöpfer aus Bäringen?«

»Er kommt regelmäßig und gibt Deutschunterricht – ohne Lehrbücher, ohne Tafel und Kreide nur mit der Magie des Wortes.«

Ich blickte in lachende Gesichter und verstand sofort Sauters methodisches Konzept. Er arbeitete nur mit Gestik und Mimik, sprach seine Schüler direkt an. Ich erinnerte mich, dass Maximilian Berlitz aus Horb, der Begründer der weltweit bekannten Sprachschulen vor rund 150 Jahren in Amerika jungen Einwanderern auf diese Weise Englisch beigebracht hatte.

Engel rief ihn beim Namen, Sauter schaute zu uns hoch und ich winkte ihm fröhlich zu. Ob ich ihn kurz begrüßen könnte, fragte ich Engel.

Wir gingen wieder nach draußen und benutzten den Haupteingang. Zielsicher steuerte Engel den nach oben offenen Unterrichtsraum im Labyrinth der alten Turnhalle an.

Sauter erklärte gerade mit Händen und Füßen den Satz: »Ich möchte arbeiten.« Seine Schüler wiederholten immer wieder lachend den Satz.

»Hi, Fans«, begrüßte ich sie, legte kurz meinen Arm um Sauters Schultern und zeigte auf ihn: »Er ist mein Freund.« Grinsend wiederholten die Jungen meinen Satz.

»Sie können gleich morgen bei uns anfangen«, meinte Sauter.

»Und Ihre Politgartenzwerge?«, fragte ich ihn.

Clemens Sauter betrieb in Bäringen seit vielen Jahren eine Werkstatt, in der er freche Karikaturen auf Politiker in Gartenzwergformat entwickelte.

»Das hat Zeit«, antwortete er fröhlich, »aber Herausforderungen gibt es immer. Derzeit arbeite ich an Guido Wolf.«

»Guido Wolf«, wiederholten seine Schüler im Chor.

Was er denn von Michel Sankara hielte, fragte ich ihn. Als ich den Namen genannt hatte, verdüsterten sich die Gesichter der jungen Asylanten, die mich von nun an nicht mehr aus den Augen ließen.

»Jetzt nicht«, bat er mich leise um Verständnis. »Rufen Sie mich heute Abend an, ab sechs bin ich zu Hause.«

Engel zupfte mich am Ärmel und wir verließen wieder die alte Turnhalle. Die beiden Ehrenamtlichen hatten Angst, vor den Flüchtlingen über Michel zu sprechen!

»So schlimm hatte ich mir das nicht vorgestellt. Für die jungen Leute scheint Michel tatsächlich der Brandstifter zu sein. Gibt es denn außer diesem verdammten Päckchen mit Trockenspiritus irgendeinen begründeten Verdacht?«

»Er war wohl der einzige, der draußen war, als das Feuer bemerkt wurde.«

»Es ist doch hirnrissig, zuerst Feuer zu legen, dann die Kameraden zu alarmieren und bei der Rettung mitzuhelfen!«

Engel sah mich mit großen Augen an. »Michel steht hier mächtig unter Druck. Das war vor dem Brandanschlag auch schon so. Er will hier raus und er muss es wohl auch – spätestens jetzt, nach dem, was gestern Nacht passiert ist. Einmal den großen Helden spielen, Punkte sammeln für sein Asylverfahren – nicht dass ich ihm so eine Schweinerei zutraue, aber ausschließen kann ich es auch nicht.«

Wir hatten wieder die Eingangshalle erreicht. Ich verabschiedete mich von Engel und als ich mich auf den Weg zur Straße machte, kam mir vom Parkplatz die Schulleiterin entgegen.

»Hallo, Herr Niklas – wieder mal bei uns zu Besuch gewesen? Hoffentlich nicht erneut wegen eines unangenehmen Vorfalls? Sie waren in der Flüchtlingsunterkunft? Deprimierend, wie die da drin hausen müssen, nicht?«

Ich bestätigte ihre Ansicht und erzählte kurz von dem nächtlichen Überfall auf Michel. Sie schaute mich betrübt an.

»Furchtbar!«, begann sie. »Aber diese Verhältnisse lösen solche Aggressionen aus. Der arme Junge!«

»Die Unterkunft besteht doch schon seit einigen Wochen«, fragte ich nach. »Wie funktioniert das eigentlich: Mehrere hundert Schülerinnen und Schüler und so viele Flüchtlinge in direkter Nachbarschaft?«

»Bisher haben wir vorwiegend gute Erfahrungen gemacht. Freilich empfehlen wir unseren Kindern, etwas Abstand zu halten, lieber den Osteingang zu benutzen – nicht weil wir den Asylanten misstrauten«, beeilte sie sich zu versichern. »Aber unsere Kinder sind neugierig und manche neigen manchmal auch dazu zu provozieren …«

»Und umgekehrt?«

Sie schwieg einen Moment, suchte wohl eine passende Formulierung. »Sehen Sie«, meinte sie dann, »die Flüchtlinge sind nicht viel älter als manche unserer Schüler. Freilich wollen sie miteinander ins Gespräch kommen, das ist ja auch durchaus wünschenswert …«

»Aber?«, hakte ich nach.

»Na ja, wir sind hier als Erzieherinnen und Erzieher in die Pflicht genommen, müssen eben oft vermitteln oder moderieren.«

»Und die Eltern?«

»Die meisten verhalten sich da durchaus aufgeschlossen«, versicherte sie. »Aber es gibt auch einige, die ihre Kinder morgens bis zum Schulhaus begleiten und auch nach Unterrichtsschluss dort wieder abholen. Auch das müssen wir akzeptieren.«

Sie schaute etwas nervös auf ihre Uhr, ich verstand, bedankte und verabschiedete mich.

Ganz in Gedanken spazierte ich durch die Anlagen am Neckar Richtung Innenstadt. Die letzten gelben Blätter an den Platanen tanzten im Wind vor den tief hängenden Novemberwolken. Ein kurzer Sonnenstrahl traf die Wasseroberfläche des träge dahin strömenden Flusses und tauchte sie wenige Sekunden in gleißendes Licht. Die Eindrücke der letzten Stunde zogen an mir vorüber. Suchten die jungen Männer im Flüchtlingsheim einen Sündenbock für ihre frustrierende Lage? Michel erfüllte jedenfalls alle Voraussetzungen dafür. Oder wussten die Jungs um Heinz Engel mehr, als sie zugeben wollten? Auf jeden Fall wurde ihm die Brandstiftung in die Schuhe geschoben. Und die Zeugen? Hatte die Polizei hier in der Unterkunft weitere Hinweise gefunden?

Dieser Mario Renzi – weshalb hatte er so geringschätzig über Michel gesprochen? Er hätte ihn mehr behindert als ihm geholfen, hatte er gesagt und Häberle hatte ihnen gestern Abend zwischen den Zeilen zu verstehen gegeben, dass eigentlich Renzi die rasche Rettung der Kinder zu verdanken sei. Neid, Eifersüchteleien?

Bei Renzi könnte ich das vielleicht nachvollziehen, obwohl er ansonsten recht sachlich über das Geschehen berichtet hatte, aber bei den Asylanten? Gut, sie hatten sich an der Rettungsaktion beteiligt. Das wäre ein Bild gewesen für die Zeitung oder für die Landesschau! Voller Symbolik! Die Kinder springen in die Arme der Asylbewerber. Vertrauen ihr Leben für einen kurzen Moment ausgerechnet ihnen an! Schade, dass das nicht festgehalten wurde!

Was mir nicht in den Kopf gehen wollte: Dieselben Jungs, die so fröhlich mit Sauter Deutsch paukten, blickten mich mit feindseligen, hasserfüllten Augen an, wenn ich von Michel sprach. Allein die Nennung seines Namens hatte dieses Umschwenken von entspannter Fröhlichkeit zu Aggressivität ausgelöst! Was sollte nun mit ihm werden? Wieder zurück in die Asylantenunterkunft?

Da düdelte mein Handy. Ein kurzer Blick auf das Display: »Rita ruft an.«

»Nils? Bist du noch in Schoppendorf? Ich hab da in unserem Pressearchiv was Interessantes gefunden. Hallo?«

»Ja ich höre – und ich bin auch noch in Schoppendorf.«

»Also, vor einigen Jahren – vor meiner Zeit hier – gab es vergleichbare Brandanschläge in Schoppendorf. Damals sprach man sogar von einem Feuerteufel hier in der Region. Der ist ganz ähnlich vorgegangen.«

»Hast du seinen Namen?«

»Ja, und seine Adresse auch. Stell dir vor, er wohnt noch hier. Ich glaube, den sollten wir demnächst mal besuchen. Bevor ich's vergesse – wir treffen uns gegen halb fünf bei Nora. Engel wird auch dabei sein. Worum es geht, weiß ich nicht.«

»Ich kann es mir denken«, seufzte ich. »Ich komm dazu. Es gibt Neuigkeiten.«

Mehr wollte ich Rita am Handy nicht erklären.

Ich kaufte auf dem Markt vor dem Rathaus einen bunten Strauß Herbstblumen, Astern in allen Farben, zwei leuchtend rote Dahlien dazwischen, und machte mich auf den Weg in die Parkstraße. Frau Eisele hatte mich zum Mittagessen eingeladen.

Eine Viertelstunde später stand ich vor ihrem Häuschen. Letzte Rosenblüten prangten über den verschmitzten Gartenzwergen. Ich suchte – und fand sie nicht gleich, Frau Merkel, die ich meiner Vermieterin vor zwei Jahren zum Abschied geschenkt hatte – in einer unglaublichen Gartenzwergversion von Clemens Sauter. Was war in diesen beiden Jahren nicht alles geschehen!

Sie war umgefallen. Nein, das konnte man ihr wirklich nicht vorwerfen! Vermutlich wurde sie einfach umgeworfen. Ich hob sie behutsam auf, wischte vorsichtig die feuchte Erde aus ihrem Gesicht und positionierte sie so, dass sie demjenigen, der Frau Eiseles Haus verließ, milde zulächelte und fröhlich winkte. Na also, geht doch!

Sie empfing mich schon in der offenen Tür, bevor ich geläutet hatte.

»Da sind Sie ja! Kommet se rai, I bin glei fertig. I hab Ofaschlupfer gmacht mit Vanillesoß! Meget Se des?«

»Da bin ich hin und weg!«, rief ich hocherfreut aus, nahm das Zeitungspapier von meinem Strauß und streckte ihn ihr entgegen.

»Ja die sind ja wunderschön! Die stell I glei ins Wasser und dann kommet Se auf unsern Esstisch.«

Da klingelte ihr Backofen.

»Der Ofaschlupfer!« Frau Eisele fuhr herum und verschwand in der Küche. »Gehet Se scho mal vor ins Wohnzimmer!«, hörte ich sie aus der Ferne rufen.

Ich zog meinen Mantel aus, hängte ihn in die Flurgarderobe und setzte mich an den gedeckten Tisch, gleich neben der Durchreiche zur Küche.

Während Sie sorgsam eine große Portion aus der Auflaufform hob und auf meinem Teller platzierte, fragte sie mich: »Der Brandanschlag im Gymnasium, des isch scho schlimm, gell? Hoffentlich isch net wieder der Feierdeifel onderwegs!«

Ich horchte auf, erinnerte mich an Ritas Hinweis.

»Ein Feuerteufel? Hier in Schoppendorf?«

»Ha freilich, vor a paar Johr, gell«, begann sie und setzte sich an ihren Platz.

Ich nahm meinen ersten Löffel – ein Gedicht! Zart und weich und dieser feine Duft nach Vanille, etwas Rum, Zitronenaroma und Rosinen!

Während ich im Genuss versank, erzählte sie: »Wenn I mi richtig b'sinn, ischs doch scho länger her, mei Sohn war no im Kindergarta, aber I erinner mi no ganz genau. Die Volksbank hat brennt, dann an Lagerschuppe, glei nebe der Tankschtell, sogar des katholische Gemeindehaus hat er azündet!«

»Hat man ihn denn geschnappt?«

»Fünf Jahr hat er kriegt, anschließend Einweisung in eine psychiatrische Klinik. Der war net ganz richtig do obe!« Sie fuchtelte mit der Hand vor ihrer Stirn.

»Ein Pyromane?«, fragte ich nach.

»An Feierdeifel halt.«

Sie wechselte das Thema: »Werdet Sie länger hier bleiba?«

»Das weiß ich noch nicht. Ich berichte über die Asylanten bei der Schule, die so tatkräftig angepackt haben.«

»Des hätt i dene gar net zutraut«, erklärte Frau Eisele, nachdem sie sich zu mir an den Tisch gesetzt hatte. »Mr hert so schlimme Sacha von dene Flüchtling, gell? Aber der junge Schwarze, der Michel«, sie betonte ebenfalls die erste Silbe des Namens, was mich für den Moment etwas irritierte, »wie der da hochklettert isch und die Kinder rausgholt hat, und dann no amol hoch, als oiner g'fehlt hat, an richtiger Held!«

Ich staunte über ihr Wissen, so genau hatte Rita darüber doch gar nicht berichtet! Sie sah mir wohl meine Verwunderung an.

»Beim Friseur«, begann sie, »also meine Friseuse«, sie tupfte ihren Mund mit der Serviette ab, wechselte ins Hochdeutsche, »die hat eine Tochter im Gymnasium und zwar in der Klasse, die dort übernachtet hat, Lesenacht oder so. Was die mir alles erzählt hat! Die Eltern waret jo so froh und gfeiert hen Se am nächschte Tag mit alle dene Kerle vom Asylantenheim und vor allem mit am Michel.«

Michel Sankara hatte also doch – bewusst oder unbewusst – seinen Kameraden die Schau gestohlen. Aber ob das als Erklärung für deren Hass ausreichte?

Kurz vor halb fünf machte ich mich auf den Weg zu Nora Martini. Ihre gepflegte Jugendstilvilla lag gleich um die Ecke. Am Baustil der Häuser konnte man das allmähliche Vorrücken der Wohngebiete vom Stadtkern Schoppendorfs ins Sulztal hinaus erkennen. Es war also ein Weg in die Vergangenheit, als ich die paar hundert Meter Richtung Innenstadt spazierte, aus der Mitte des zwanzigsten Jahrhunderts zu dessen Anfang. Die Gärten wurden größer, die Häuser gediegener, teilweise aber auch deutlich renovierungsbedürftiger.

Über einen Kiesweg, vorbei an Rhododendren und Noras Landrover näherte ich mich der dreistöckigen Villa mit dem geschwungenen Giebel. Als ich vor der Haustüre mit den bunten Glaseinsätzen stand, hörte ich dumpfes Bellen. Ich bediente den Glockenzug und ein feines »Dingdong« ertönte.

Die Tür öffnete sich wie von Geisterhand mit einem leisen Surren und ich stand Bismarck gegenüber, Noras Dogge. Gott sei Dank blieb er am Boden und stellte sich nicht – wie letztes Mal – auf seine Hinterbeine, um mir seine Vorderpfoten auf die Schultern zu legen und mit seiner Zunge über mein Gesicht zu fahren. Rasch kraulte ich seinen Nacken, bevor er es sich vielleicht doch noch anders überlegte.

»Komm rein«, rief mir Nora aus den Tiefen ihrer Wohnung zu.

»Hat Bismarck mir jetzt die Tür aufgemacht«, fragte ich verwundert, als ich unter der Tür zum Salon stand und sie entspannt in einem Sessel sitzen sah.

»Ich hab jetzt einen elektrischen Türöffner«, verkündete sie stolz. »Ist bequemer. Und Bismarck schaut sich meine Besucher immer erst ganz genau an, bevor er sie reinlässt.«

»Da habe ich ja Glück gehabt. Gesichtskontrolle bestanden.«

Neben Ihrem Sessel hatte sie auf einem Tischchen ein aufgeklapptes Laptop stehen.

»Ich hab' gerade gegoogelt. Dieser Name Sankara ist mir gleich so bekannt vorgekommen. Und ich hab mich nicht getäuscht. In den Achtzigerjahren wurde Burkina Faso von einem Thomas Sankara regiert, einem sozialistischen Offizier. Man hat ihn auch den Che Guevara Westafrikas genannt. Vorher hieß das Land Obervolta. Er hat es in Burkina Faso umbenannt. Weißt du, was das bedeutet?«

Ich schüttelte den Kopf.

»Land der Aufrechten. Dieser Name war sein Programm: Er kämpfte gegen die Korruption, führte tiefgreifende Reformen durch und war in Ouagadougou äußerst populär – auch als Gitarrist einer Band und begeisterter Motorradfahrer, aber mehr beim einfachen Volk als bei den Reichen, denen er an ihr Geld und ihre Privilegien wollte. Der damalige französische Präsident Mitterand versuchte ihn zu stürzen, um den französischen Einfluss auf das Land zu retten. Helfer fand er bei den einflussreichen Familien des Landes genug. Aber Sankara setzte sich durch – zunächst zumindest. Er nahm sich Fidel Castros Kuba zum Vorbild für eine sozialistische Umstrukturierung seines Landes, verpflichtet seine Regierung zu einem rigorosen Sparkurs, bekämpfte die Korruption, initiierte Wiederaufforstungsprojekte als grüne Mauer gegen die vordringende Wüste ...« Sie war ins Schwärmen geraten. »Ließ dir mal seine Vita durch: Mehr solcher Politiker in Afrika und es gäb wieder Hoffnung für die Wiege der Menscheit, als die der Kontinent doch gilt!«

»Und was ist aus ihm geworden?«

»Vier Jahre nach seinem Amtsantritt wurde er ermordet. Er hatte sich geweigert die Staatsschulden an ausländische Banken zurückzuzahlen. Die hatten mit immensen Zinsforderungen sein Land regelrecht ausgesaugt. Vermutlich steckten der französische und der amerikanische Geheimdienst dahinter. Sankara war den mächtigen Drahtziehern zu unbequem geworden.«

»Aber bis heute gibt es in Burkina Faso Menschen, die an seine Politik glauben, besonders junge Leute an der Universität von Ouagadougou!«, ertönte plötzlich eine sonore Stimme hinter mir.

Ich fuhr herum. Da stand ein Grandseigneur: Grauer Anzug, Hornbrille, dichtes silbernes zurückgekämmtes Haar und ein gewinnendes Lächeln.

»Entschuldigen Sie, ich wollte Sie nicht erschrecken.«

Er streckte mir freundlich seine Hand hin und ich konnte nicht anders als zurückzulächeln und ihm meine Hand zum Gruß zu reichen.

»Ihr kennt euch ja noch gar nicht«, rief Nora aus, »darf ich vorstellen: Gregor Vulpius, emeritierter Literaturprofessor, und das ist …«

»Nils Niklas, oh, ich kenne ihn gut und schätze seine Sendungen.«

Seine dunkle Stimme klang angenehm warm.

»Gregor ist ein lieber Freund und wohnt seit einiger Zeit bei mir«, erklärte Nora und blickte mit fröhlichen Augen zu ihm hoch.

Da begann Bismarck zu fiepen und wenige Augenblicke später ertönte von der Straße fröhliches Bellen.

Nora hob den Zeigefinger. »Brunhilde! Rita ist mit ihrer Dackeldame im Anmarsch.«

Woff! Bismarck blickte auffordernd zu Nora. Sie griff zum Türöffner neben dem Laptop auf dem Tischchen und drückte ein rotes Knöpfchen.

»Funkgesteuert!«, erklärte sie stolz.

Als erstes erschien Brunhilde im Salon und blickte sich suchend um. Bismarck erhob sich würdig und empfing seine Hundefreundin durch ausgiebiges Schnuppern, das sie freudig erwiderte, dann zogen sich die beiden einträchtig an ihr Lieblingsplätzchen auf einem Teppich neben dem Kamin zurück.

Rita kam mit Susanne an, die mich mit einer herzlichen Umarmung begrüßte. »Dann sind wir ja fast komplett«, flötete sie.

»Engel rangiert seinen VW-Bus gerade hinter deinen Landrover«, verkündete Rita. »Ich hab ihm gesagt, du hättest sicher nichts dagegen und die Haustür offengelassen, er wird gleich da sein.«

Wir nahmen Platz in den tiefen Sesseln vor dem Kamin. Ein weiteres Mal ertönte das feine »Dingdong«.

»Aber wir haben doch aufgelassen?«, wunderte sich Rita, während sich Susanne bereits mit Vulpius in einem angeregten Gespräch befand.

»Die Tür geht automatisch wieder zu, wenn niemand mehr in ihrem Schwenkbereich steht«, erklärte Nora und drückte erneut ihr Knöpfchen.

Als auch Engel zu uns gestoßen war, begann Nora über ihre Entdeckung zu berichten.

»Ob Michel mit diesem Thomas Sankara verwandt ist?«, fragte sie in die Runde.

»Das könnte schon sein«, meinte Engel, »seine Eltern waren beide Mediziner und gehörten wohl zur Oberschicht. Sie sind bei einem Attentat ums Leben gekommen.«

»Habt ihr schon gehört, dass Michel im Krankenhaus ist? Wie geht es ihm denn?«, fragte ich mit einem Blick zu Engel.

Engel hob die Hände und beschwichtigte. »Äußerlich ist alles so weit in Ordnung, außer ein paar Prellungen und blauen Flecken hat er die Prügelei gut überstanden. Wie er die Sache innerlich verarbeitet hat, weiß ich nicht. Ich hab ihn heute Mittag im Krankenhaus besucht und da machte er einen fröhlichen Eindruck – wie immer. Er hat gerade mit der Krankenschwester geflirtet.«

Dann erzählte er den Vorfall letzte Nacht und dass sich die Polizei überlege, Michel sicherheitshalber einstweilen in Untersuchungshaft zu nehmen. Es läge ja immer noch dieser üble Verdacht gegen ihn vor, womit man das rechtfertigen könnte, und außerdem sei er wohl in der Asylantenunterkunft nach diesem Vorfall nicht mehr sicher. Nur vorübergehend, versicherte Engel, bis man wüsste, in welchem anderen Wohnheim man ihn unterbringen könnte.

»Er soll ins Untersuchungsgefängnis? Das kommt ja gar nicht in Frage!«, widersprach Nora entschieden. »In Schutzhaft will die Polizei ihn nehmen? Was sind denn das für merkwürdige Methoden! Ja wo leben wir denn?«

Engel zuckte ratlos die Schultern. »Es gibt wohl kaum eine Alternative.«

»Oh doch, die gibt es!«, verkündete Nora und sah ihn energisch an. »Michel Sankara kommt zu mir. Ich nehme ihn bei mir auf und werde ihm einen guten Anwalt besorgen!«

»Was für ein schöner Gedanke«, sagte Gregor Vulpius, nahm ihre Hand und küsste sie.

Die passen gut zusammen, dachte ich mir und schmunzelte über Noras Entschluss. Diese Tatkraft, diese Noblesse, wenn andere sich hilflos mit unbequemen Situationen einfach abfanden und zur Tagesordnung übergingen, das war typisch für sie.

Im Laufe des Abends berichtete Rita von ihrer Entdeckung im Archiv des »Schoppendorfer Echos«, vom Feuerteufel, der vor vielen Jahren die Stadt in Atem gehalten hatte.

»Das war in den Achtzigerjahren, noch vor der Wiedervereinigung, und kurz vor der Umstellung auf elektronische Dateien.« Sie erzählte, dass sie den Tipp von einem älteren Kollegen im Pressearchiv bekommen hätte, wie sie mit ihm gemeinsam die dicken Bände durchgeblättert hatte, bis sie endlich die Berichte gefunden hätten.

»Ich kann mich noch gut dran erinnern«, bestätigte Nora. »Glaser, Horst Glaser hat er geheißen. Immer wieder mussten wir über diese Brandstiftungen berichten – und dann ausführlich über seinen Prozess. Da müssten sogar einige Artikel von mir dabei gewesen sein. Aber das war vor gut dreißig Jahren und damals kam er mir schon als älterer Herr vor. ›Mein Gott, in seinem Alter noch zündeln?‹, hatte ich mir gedacht. – Und der lebt noch?«

»Er wohnt sogar hier in Schoppendorf, mitten unter uns«, sagte Rita und genoss die Aufmerksamkeit, die sie mit ihrer Neuigkeit erregte. »Wir haben gleich die elektronischen Adressbücher durchgesehen und sicherheitshalber auch die letzten Einträge bei den Todesfällen im Standesamt abgefragt.«

Engel wollte gleich Einzelheiten erfahren, wie Glaser damals denn vorgegangen sei, aber bevor Rita antworten konnte, winkte Nora ab. Der müsse inzwischen ein gebrechlicher Methusalem sein. Es lohne sich sicher nicht, diese Spur weiter zu verfolgen. Rita widersprach. Zumindest sei es doch interessant, ihn mal zu der neuerlichen Brandstiftung zu befragen.

»Könnt ihr ja machen! Aber warum konzentriert sich die Polizei denn nicht auf die eigentlichen Tatverdächtigen?«, fragte Nora gereizt. »Es liegt doch auf der Hand, dass man im rechtsradikalen Umfeld suchen sollte. Jede Woche brennen in Deutschland Flüchtlingsheime und immer gibt es dafür einen ausländerfeindlichen Hintergrund! Das sagt zumindest der gesunde Menschenverstand.«

»Woff!«, bestätigte Bismarck von seinem Teppich, angeregt durch die engagierten Worte seines Frauchens.

Alle lachten und die Spannung löste sich. Gregor Vulpius schlug vor, Michel neben seinem Zimmer in der Villa unterzubringen. Da gäbe es doch noch ein weiteres Gästezimmer und dann könne er sich problemlos an ihn wenden, wenn er Hilfe bräuchte.

»Dann zieht endlich wieder Leben in die Bude ein!«, freute sich Nora.

»Aber du kennst ihn doch noch gar nicht«, wandte Susanne ein, »und weißt auch nicht, was er so für Angewohnheiten hat.«

»Da lassen wir uns überraschen«, beruhigte sie Vulpius. »Offenheit für neue Situationen und Herausforderungen sind im Alter besonders wichtig – und das Gefühl, noch einmal gebraucht zu werden.«

Am Abend rief ich Clemens Sauter an. Ich wollte seine Meinung zu der merkwürdigen Szene heute Morgen hören, als er mich so abrupt darum gebeten hatte, das Gespräch über Michel Sankara vor seinen Deutschschülern zu beenden und ihn später anzurufen.

Anfangs druckste er etwas herum, dann wurde er deutlicher: Seit dieser Wachmann, Dimitri Kosic, der in der Tatnacht relativ spät aufgetaucht sei, mit Ahmadi, dem Wortführer der Asylanten gesprochen hätte, gelte Michel Sankara unter ihnen als der Brandstifter.

»Moment mal«, unterbrach ich ihn. »Hab ich das richtig verstanden? Der Wachmann hat mit einem der Asylanten über Michel gesprochen? Ist das sicher oder vermuten Sie das nur?«

»Das hat Ahmadi mir gegenüber erwähnt, um sich zu rechtfertigen, dass er Michel verdächtigt.«

Dann zog er gegen diesen Ahmadi vom Leder, der setze alle unter Druck. Was hätte er nicht schon alles versucht, auf ihn einzuwirken. Ahmadi spiele den Unschuldigen und weise alle vorsichtig vorgebrachten Ratschläge zurück. »Der hat alle unter seinem Kommando – außer den Michel Sankara eben. Der lässt sich das nicht gefallen, wird aber sowieso von den anderen gemieden.«

»Und deshalb wird er gemobbt?«

»Wahrscheinlich, ja«, gab Sauter zögerlich zu. »Vielleicht will Ahmadi ihm auch nur die Sache anhängen, um ihn loszuwerden – oder ihn dazu bringen, wie die anderen vor ihm zu kuschen.«

»Kann man denn nichts dagegen unternehmen? Haben Sie darüber schon mit der Polizei gesprochen?«

»Die hat nichts gegen ihn in der Hand. Er verhält sich nach außen ruhig und höflich und keiner hat sich über ihn beklagt, auch Michel nicht. Aber ich spüre, wie er die Jungen unter der Fuchtel hat. Unseren Sozialarbeiter habe ich darauf schon angesprochen. Der ist genauso ratlos. Denn uns gegenüber gibt er sich konstruktiv und mustergültig. Das ist eine ganz schwierige Geschichte.«

»Weiß Engel denn Bescheid?«

»Der hat mich doch darauf aufmerksam gemacht!«, rief Sauter erregt in sein Telefon.

»Habt ihr schon mit diesem Wachmann gesprochen?«

»Kosic ist seit der Tatnacht nicht mehr bei uns aufgetaucht. Die Leute von diesem privaten Sicherheitsdienst wechseln ja ständig. Außerdem kommt jetzt nachts regelmäßig eine Polizeistreife vorbei.«

Sauter schüttete mir weiter sein Herz aus. Die Arbeit mit den Jungs mache ihm richtig Freude, aber die Bedingungen, unter denen sie hier ihr Leben fristeten, das gehe ihm doch an die Nieren. Die Nähe zur Schule sei sicher auch eine Chance, aber man müsse höllisch aufpassen, dass die Jungs nicht zu übermütig würden, besonders bei Unterrichtsende. Manche Eltern holten ihre Töchter nun persönlich mit dem Auto von der Schule ab.

Auf der Rückfahrt nach Stuttgart zermarterte ich mein Gehirn. Hatte Ellwanger nicht erwähnt, dass Michel mit dem Wachmann kurz vor der Rettung der Kinder verhandelt hätte? Aber Michel hatte davon nichts berichtet und Renzi auch nicht.

Renzi kam möglicherweise etwas später hinzu – aber was war mit diesem Wachmann? Welche Rolle spielte er in der Tatnacht? Hatte Sauter nicht berichtet, er sei danach nicht mehr aufgetaucht? Aber mit Ahmadi hatte er wohl danach noch gesprochen – oder war das bereits am Morgen dieses ersten Advents gewesen? Weder schien ihn die Polizei vernommen zu haben, noch hatte ihn Rita in ihrem Artikel erwähnt. Wie hatte ihn Sauter in seinem Telefonat genannt? Dimitri Kosic! Diesen Namen wollte ich mir einprägen.

DONNERSTAG, 1.12.

Ich musste dingend den Kopf freikriegen. Nebenbei sollte ich mich ja auch noch um andere Themen der Landespolitik kümmern. Nach einer kalten Dusche machte ich mich auf meine Joggingstrecke durch den Park der Villa Berg.

Es war kühler geworden und nieselte leicht, aber die Luft war wunderbar. Es roch nach Laub und Erde – und das mitten in der Stadt. Bald fühlte ich mich wiederhergestellt. Dann noch einmal heiß duschen, ausgiebig frühstücken und auf zu neuen Taten. Insgeheim musste ich mir eingestehen, dass ich mich auf ein bisschen Ablenkung vom Schoppendorfer Kriminalfall sogar freute.

Mit großen Schritten durchquerte ich das Foyer des SWR-Funkhauses und steuerte beschwingt den Aufzug an, der mich in mein Büro im sechsten Stock bringen sollte.

»Auch mal wieder da?« – »Ein paar Tage Urlaub gemacht?« – »Du warst doch hoffentlich nicht krank?« – Die Kommentare meiner lieben Kollegen auf dem Weg zu meinem Büro brachten mich wieder auf den Boden der Tatsachen zurück. Der liebe Alltag hatte mich schon eingeholt.

Den ganzen Vormittag hatte ich zu tun, meinen Schreibtisch abzuarbeiten. Drei Tage Schoppendorf und hier sah's aus wie nach einem dreiwöchigen Urlaub. Anfragen über Anfragen zu meinem Landesschaubeitrag über die Rettung der Schulkinder. Eine Mail von den Eltern dieser sechsten Klasse, die sich bitter darüber beklagten, dass keiner der Asylanten zu Wort gekommen und keinerlei Hinweis auf Michel S. gegeben worden sei. Im Anhang ein Privatvideo von dem spontanen Fest der Eltern am Ersten Advent mit den Asylanten. Ein Vater war sogar mit Nikolauskostüm aufgetreten. Hoffentlich hatte er keine Rute dabei. Durchaus brauchbares Bildmaterial, nicht mal verzittert.

Ich hatte es vorausgesehen! Man erwartete einen ausführlicheren Beitrag dazu. Ich konnte das Thema nicht totschweigen – und eigentlich wollte ich das auch gar nicht. Schon wieder hatte mich Schoppendorf am Wickel!

Heinz Engel und Michel Sankara als Interviewgäste, dazu die Bilder aus dem Video, einige Sequenzen aus dem ersten Beitrag – das würde schon was hergeben. Ich antwortete dem Amateurfilmer freundlich und fragte pro forma nach, ob ich das Video denn verwenden dürfe.

Voraussetzung war freilich, dass Nora Michel schon bei sich aufgenommen hätte. Dann könnte eine solche Sendung auch nicht dazu führen, dass er in der Asylantenunterkunft deshalb noch mehr gemobbt würde.

In der Redaktionskonferenz brachte ich meinen Vorschlag vor. Blaschke war begeistert, die lieben Kollegen hielten sich vornehm zurück, doch ich sah einigen von ihnen an, dass sie der Meinung waren, man hätte bereits zur Genüge über die Schoppendorfer Asylantengeschichte berichtet.

Wieder in meinem Büro, griff ich zum Telefonhörer und wählte Noras Nummer.

»Martini?«

»Nils hier. Weißt du schon was Neues über Michel?«

»Er packt gerade seine Habseligkeiten bei mir aus. Ist ja nicht viel. Heute Morgen hab ich bei der Polizei angerufen, danach beim Sozialamt und dann im Krankenhaus. Kommissar Böckle sagte, ihm falle ein Stein vom Herzen. Das sei die beste Lösung für Michel. Den Papierkram könne ich später erledigen. Dann hab ich ihn gleich im Krankenhaus abgeholt.«

»Böckle ermittelt im Fall der Brandstiftung?«

Nora lachte. »Der wird dir nicht erspart bleiben.«

»Wie geht es Michel denn?«

»Ach, der ist topfit und völlig aufgekratzt. Man sah ihm seine Erleichterung richtig an, als er hörte, dass er nicht zurück in die Unterkunft müsste. Ich hab dann Engel angerufen und der stand schon mit Michels gepackter Reisetasche aus dem Asylantenheim vor der Haustür, als wir bei mir ankamen. Bismarck hat anfangs ein bisschen gefremdelt, aber als ihn Michel gekrault hat, hat er ihn als neuen Mitbewohner akzeptiert. Ich hab ja noch ein großes Gästezimmer, ein bisschen Französisch beherrsche ich auch und morgen machen wir uns auf die Suche nach einer geeigneten Schule.«

Ich weihte sie ihn meinen Plan ein und sie war hellauf begeistert. Meine Bedenken wegen des Verdachts, der auf Michel lastete, schlug sie in den Wind. »Böckle sagt, das sei nur eine Spur unter vielen anderen. Er hält übrigens Michels Darstellung durchaus für plausibel, aber er müsse eben jedem Hinweis nachgehen. Komm doch heut Abend einfach bei mir vorbei, so gegen sieben? Dann könntest du ganz zwanglos mit Michel reden und mal vorfühlen, wie er dazu steht. Soll ich Rita und Susanne dazu einladen?«

»Das ist ein schöner Vorschlag. Ich freu mich drauf. Dann bis heut Abend.«

Ich sprach mit meinem Ressortchef, mit den Leuten von der Regie der Landesschau, wir überlegten gemeinsam mögliche Sendetermine. Nein, live wäre mir zu riskant. Lieber eine Aufzeichnung im Studio.

Dann rief ich Böckle an. Was er dazu meine? Großartige Idee, schallte es aus dem Hörer. Meine Bedenken ließ er ebenso wenig gelten wie Nora. Ermittlungstechnisch erhoffe er sich sogar einen Schub durch ein solches Interview in der Landesschau. Wenn jemand Michel was anhängen wollte, würde er dadurch provoziert und möglicherweise unvorsichtig werden. Ob ich schon mal bei Facebook reingeschaut hätte? Als ich verneinte, riet er mir, das schleunigst nachzuholen.

Ich war entsetzt. Der Brandanschlag war ganz in den Hintergrund gerückt. Wie ich schon befürchtet hatte, konzentrierte sich die Diskussion auf die Asylanten in Schoppendorf und den inzwischen namentlich bekannten Michel Sankara. Neben einigen überschwänglichen Äußerungen über seinen Einsatz am Sonntagmorgen viel Häme, böse Beschimpfungen, die von Ausländerhass nur so trieften, und mehr oder weniger versteckte Hinweise auf den Verdacht, er hätte selbst etwas mit der Brandstiftung zu tun. Wer steckte da bloß dahinter? Dieser Ahmadi? Aber der konnte ja selbst kaum Deutsch! Natürlich war auch jede Menge Blödsinn drunter, was wohl lustig wirken sollte.

Mir wurde klar: Den Verdacht gegen Michel könnte ich nicht ganz ausklammern, wenn es tatsächlich zu einem Interview kommen sollte. Ich käme nicht umhin, ihn auf dieses ominöse Päckchen Brandbeschleuniger anzusprechen – und ihn dann seine Version dazu berichten lassen, wie Nora es bereits am Montag vorgeschlagen hatte. Und die Prügelattacke in der Nacht? Würde ihn das nicht zum Märtyrer machen und die Diskussion in den sozialen Netzwerken weiter anheizen?

Zehn Minuten nach sieben stand ich vor Noras Villa und wartete auf das elektronische »Sesam, öffne dich!« In der halb offenen Tür sah ich, wie Susanne Friedle mir im Flur entgegenkommen wollte, wohl in der Absicht, mir zu öffnen. Im letzten Augenblick wich sie entsetzt der selbständig aufschwingenden Tür aus.

»Noras neuer Türöffner hätte dich fast beiseitegefegt«, begrüßte ich sie, während sie noch fassungslos auf die Tür starrte, die unbeweglich in ihrem jetzt ganz geöffneten Zustand verharrte.

»Sie funktioniert mit Lichtschranke. Erst wenn alle aus ihrem Schwenkbereich verschwunden sind, klappt sie zu«, versicherte Nora, die unter der Tür zum Wohnzimmer stand und verlegen lächelte, als sie erschlossen hatte, was gerade passiert war. Die Technik schien doch noch nicht ganz ausgereift zu sein.

»Ich kam gerade aus der Küche und wollte …«, sagte Susanne noch ganz verdattert.

»… der Technik die Schau stehlen«, ergänzte ich grinsend ihren Satz. »Jedenfalls freue ich mich sehr, dich hier anzutreffen.«

»Ich auch Nils, ich auch! Rita ist ja leider verhindert«, versicherte Susanne, die inzwischen ihren Schreck verarbeitet hatte. »Sie musste mit Brunhilde zum Tierarzt.«

»Was Ernstes?«

Sie feixte: »Brunhilde hat sich wohl die Nase in der Kühlschranktür eingeklemmt – Rita hatte sie zu spät bemerkt.«

»Autsch!«

Aus der Küche roch es verführerisch.

»Michel bereitet eine kleine Überraschung vor«, verkündete Nora mit nicht zu verhehlendem Stolz. »Er hat meine Vorräte inspiziert und mich dann einfach rausgeschickt.«

Der hat sich aber schnell eingelebt!, dachte ich mir. Kaum hatten wir uns um Noras großen Tisch gesetzt, erschien er mit lachenden Augen, einer umgebundenen weißen Spitzenschürze und einem großen Tablett mit fünf Desserttellern. Es duftete himmlisch nach Zimt und Himbeeren.

Er kredenzte jedem von uns seine Kreation und verkündete mit französischem Akzent: »Spätzle mit 'eiße 'imbeer.«

»Spätzle mit Himbeersoß!«, entfuhr es mir spontan und ich konnte ein Auflachen nicht unterdrücken, das ich aber geistesgegenwärtig in ein anerkennendes »Oh« auslaufen ließ.

Michel verteilte Kuchengabeln und sah uns erwartungsvoll an. Tapfer probierte ich und war verblüfft. So ungewöhnlich diese Spätzlekreation war, sie schmeckte gut! Außerordentlich gut sogar!

Nora, ihrem Lebensabschnittsbegleiter und Susanne ging es wohl ebenso, denn sie genossen das Dessert hingebungsvoll und mit Andacht.

»Köstlich! Superbe!«, rief Nora überrascht. »Hé comment t'as fait ça?«

Während wir unser Schälchen auslöffelten, gab Michel sein Rezept preis. Nora übersetzte: »Spätzle aus der Tüte weich kochen, inzwischen Himbeeren aus der Tiefkühltruhe mit etwas Zucker heiß machen und leicht andrücken, so dass sich eine sämige Soße bildet, die abgetropften Spätzle kurz durch zerlassene Butter ziehen, Zuckerraffinade und Puderzucker je zur Hälfte mischen, ein bisschen Zimt zufügen, und anrichten. – C'est tout!«

Michel ließ es sich nicht nehmen, nach der Spätzlesprobe in der Küche auch abzuspülen.

»Na, von dem kannst du dich ab jetzt verwöhnen lassen«, kicherte Susanne. »Kannst du mir den mal ausleihen?«

»Ich hab' ein gutes Gefühl«, sagte Nora glücklich, »und Heinz Engel hat mich darin bestätigt. Michel ist in Ordnung. Ich hab Vertrauen zu ihm gefasst – und er auch zu uns. Jetzt kommt es darauf an, dass er schnell richtig Deutsch lernt und da anknüpfen kann, wo er in seiner Heimat aus der Bahn gekippt ist.«

»Er ist auf dem besten Weg«, schaltete sich Gregor Vulpius ein. »Das habt ihr doch vorhin selbst schon mitbekommen. Übrigens hab ich mich auf der Fahrt vom Krankenhaus hierher ein bisschen mit ihm unterhalten – ein interessierter, aufgeweckter und sehr intelligenter Junge. Er kennt sich sogar etwas in der deutschen Geschichte und Literatur aus.« Er schmunzelte, beugte sich leicht vor und flüsterte geheimnisvoll: »Ihr müsst aber vorsichtig sein: Er versteht mehr Deutsch als wir alle ahnen!«

»Er hat Glück, dass er auf so liebe Menschen gestoßen ist, die sich so reizend um ihn kümmern«, jubelte Susanne und nahm Noras Hand. »Ich wünschte mir, dass alle Schoppendorfer so offen wären, über ihre gesammelten Vorurteile hinwegsähen und diejenigen ihrer unbelehrbaren Zeitgenossen einfach ignorierten.«

»›Bloßes Ignorieren ist noch keine Toleranz‹, sagt Theodor Fontane.« Vulpius stand vom Tisch auf und dozierte weiter: »Ihr kennt doch sicher die große Rede von Martin Luther King, die er vor über 60 Jahren vor Hunderttausenden in Washington gehalten hat – ›I have a dream‹? Einer seiner Träume war, ›dass eines Tages die Menschen sich erheben und einsehen werden, dass sie geschaffen sind, um als Brüder miteinander zu leben‹.«

Nora strahlte ihn an. Dann blickte sie in die Runde. »Was meint ihr? Setzen wir uns noch ein bisschen gemütlich zusammen?

Michel kam aus der Küche zurück und Nora wies auf die Sesselgruppe am Kamin. Sie stand nun ebenfalls auf. »Veuillez – vous asseoir ici?«

Im Kamin flackerte ein Feuer. Bismarck zog es vor, das Feld zu räumen und sich diskret zurückzuziehen.

»Soll ich ihn schonend auf dein Vorhaben vorbereiten?«, fragte mich Nora. Als ich nickte, begann sie Michel ins Bild zu setzen.

»Non, non«, wehrte er zunächst entschieden ab und redete aufgeregt auf Nora ein.

»Er fürchtet, dass seine Kameraden in der Asylunterkunft ihm das übelnehmen würden.«

»Aber er wohnt doch jetzt hier bei dir und läuft denen doch gar nicht mehr über den Weg!«

Nora wandte sich wieder zu Michel, übersetzte ihm meinen Einwand und schilderte ihm die möglichen positiven Auswirkungen, z.B. auch, dadurch vielleicht schneller einen Platz in einer Schule zu finden, vielleicht sogar im Gymnasium. Ein kleines Honorar wäre außerdem drin.

»Isch'ab Feinde«, rief Michel, zog sein Smartphone aus der Tasche, wischte darauf herum und reichte es Nora.

Sie erschrak sichtlich, als sie einige der Facebookkommentare gelesen hatte. »Das ist ja furchtbar!«

»Kommissar Böckle weiß Bescheid«, versuchte ich sie zu beruhigen.

Susanne deutete mit einer Handbewegung an, dass sie ihr das Smartphone reichen sollte. Auch sie blickte irritiert auf die Hasstiraden.

»Weißt du, wer das geschrieben hat? – Qui a ecrit ça?«, fragte Nora besorgt.

»Die misch kennen«, antwortete Michel auf Deutsch.

»Das muss nicht sein«, widersprach ich. »Irgendein ausländerfeindlicher Idiot liest eine Meldung und gibt seinen Senf dazu ab! Und dann geht das so weiter und löst eine Lawine aus. Vielleicht steckt nur ein einziger Blödmann dahinter!«

Nora übersetzte und fügte an, dass das Interview in der Landesschau ihm da kaum schaden könne. Im Gegenteil, diesen Leuten würde gezeigt, dass Michel Freunde habe, die ihn unterstützten, die an ihn glaubten, dass er sich nicht einschüchtern lasse. Das würde ihn nur stärker machen und sicher auch mehr positive Kommentare bei Facebook einbringen!«

Er wiegte seinen Kopf hin und her. »Je vais y réfléchir.«

Er würde es sich also überlegen, sein Widerstand begann zu schmelzen, stellte ich zufrieden fest.

»Bist du mit dem Auto da?«, fragte Susanne, als wir uns von Nora und Michel verabschiedet hatten. Engel war schon vor uns mit seinem VW-Bus losgefahren.

»Ich wohn doch hier gleich um die Ecke, in der Parkstraße«, erklärte ich ihr.

»Wie komm ich denn jetzt nach Hause?«, fragte Susanne ratlos, klimperte unwiderstehlich mit ihren Wimpern und blickte mir mit ihren meergrünen Augen tief in die meinen. »Ich hatte mich ganz darauf verlassen, dass Rita mich mitnimmt …«

Ich verstand, was sie von mir erwartete und antwortete mit gespielter Schüchternheit: »Wenn es dir nichts ausmachen würde, mit meinem alten Kugelporsche …«

»Aber nein!«, fiel sie mir um den Hals, dass ich erschrocken einen Schritt zurückwich.

»Hältst du Michel immer noch für verdächtig?«, fragte ich sie, als wir uns auf den Weg zu meinem Auto in die Parkstraße machten.

Sie zögerte. »Zugegeben, es fällt mir jetzt, nach den heißen Himbeeren mit Spätzle, schwerer. Andererseits – hätte er nicht genau das erreicht, worauf es ihm angekommen wäre, wenn er tatsächlich den Brand gelegt hätte?«

Ich brauchte eine Weile, um ihre Konjunktive zu zerlegen. Dann erzählte ich ihr von Sauters Beobachtung, von Ahmadi, der einen eisernen Druck auf die Jungs ausübe, und von Michels Außenseiterrolle.

»Den knöpf' ich mir vor«, erklärte sie aggressiv.

»Sei bloß vorsichtig! Der frisst kleine Mädchen!«, warnte ich sie lachend.

»Macho!«, wies sie mich zurecht und ich ließ es ihr durchgehen. Ganz so Unrecht hatte sie in diesem Fall nicht. Die Bemerkung war mir einfach so rausgerutscht.

»Sorg aber dafür, dass wenigstens Engel oder Sauter bei diesem Verhör dabei ist.«

»Eben nicht!«, konterte sie. »Ich weiß schon selbst, wie ich diesen Ahmadi zum Reden krieg'.«

FREITAG, 2.12.

Wir hatten uns für halb elf vor dem Schulzentrum verabredet. Ich war gespannt darauf, was Susanne bei Ahmadi erreicht hatte. Als ich mit meinem Käfer zum Parkplatz abbog, sah ich Rita. Sie hatte Brunhilde dabei. Ich begrüßte sie überrascht und bevor sie mir unser unerwartetes Zusammentreffen erklären konnte, bückte ich mich, um auch Brunhilde willkommen zu heißen und sie im Nacken zu kraulen. Sie fiepte mir fröhlich zu.

»Genau das will sie damit bezwecken!«, schmollte Rita. »Ständig will sie sich Aufmerksamkeit abholen, als ob sie die bei mir nicht bekäme!«

»Dann hau ihr halt nicht die Kühlschranktür auf die Nase«, frotzelte ich.

Rita geriet außer sich, schnappte nach Luft.

»Reingestreckt hat sie ihre Schnauze, ganz plötzlich! Ich hab sie erst bemerkt, als ich die Kühlschranktür bereits mit Schwung auf den Weg gebracht hatte. Gott sei Dank, hat sie sich nicht ernstlich verletzt, aber gejault hat sie, ganz fürchterlich, und mir einen gehörigen Schrecken versetzt.«

Rita nahm sie vom Boden auf, redete ihr liebevoll zu, Brunhilde legte ihren Kopf auf ihre Schulter und fiepte.

»Jetzt bist du es aber, die sie verwöhnt!«

Rita setzte sie wieder ab. »Ach, was verstehst du denn von Brunhildes komplexem Seelenleben.«

»Beim Tierpsychiater warst du auch schon mit ihr?«, konnte ich mir nicht verkneifen, mit ganz harmlosem Gesicht zu fragen.

Da kam Susanne beschwingten Schrittes aus der Flüchtlingsunterkunft.

»Er hat mich nicht gefressen, ganz im Gegenteil, wir haben uns sehr gut unterhalten. Er kann ein bisschen Deutsch, der Rest ging auf Englisch.«

Rita blickte irritiert. »Wo kommst du denn her? Und wer hat dich nicht gefressen?«

»Ein Herr Ahmadi«, verkündete Susanne selbstbewusst, »und was machst du hier mit Brunhilde?«

Sie bückte sich und kraulte den Rauhaardackel, der das sichtlich genoss.

Rita zog energisch die Leine zurück. »Ich warte auf Nora«, antwortete sie knapp.

Als sie unsere fragenden Gesichter sah, erklärte sie: »Ich hab sie begleitet. Nora ist mit Michel zu einem Gespräch mit der Schulleiterin eingeladen worden.«

»Und du durftest nicht mit rein?«, fragte Susanne mir ironischem Unterton.

»Das wollte ich Brunhilde nicht zumuten!«, antwortete Rita spitz.

»Jetzt sag schon, was hast du bei Ahmadi herausgefunden?«, fragte ich neugierig.

Susanne blickte sich um und als sie bemerkte, dass niemand außer uns in Hörweite war, begann sie leise: »Sehr höflich, sehr zuvorkommend war er, muss ich schon sagen. Ich hab ihn zuerst nach der Situation in der Unterkunft ausgefragt, habe angekündigt, dass ich einen Bericht für die Zeitung schreiben wolle, und dann habe ich ihn auf die Brandnacht angesprochen, die Einsatzbereitschaft der Asylanten gelobt und das Gespräch auf Michel gebracht. Da hat er losgelegt und keinen guten Faden an ihm gelassen. Das hättet ihr mal hören sollen! Verschlagen und hinterhältig sei er, niemand könne ihm hier trauen, ein Nigger eben – so hat er sich wörtlich und sehr geringschätzig ausgedrückt. Kein Wunder, dass man Michel jetzt wegen der Brandstiftung verdächtige.«

»Rassistische Vorurteile unter den Asylanten selbst?«, fragte ich zweifelnd.

»Die sind in der arabischen Welt leider noch weit verbreitet«, bestätigte Rita.

»Und was meinen Sie?«, habe ich ihn direkt gefragt«, fuhr Susanne ungerührt fort, »Wisst ihr, was er darauf geantwortet hat?«

Wir warteten gespannt.

»Ein Feuerwehrmann habe ihm selbst gesagt, dass es nur Michel hätte sein können!«

Da kam Nora mit Michel und sah uns überrascht an. »Nanu, so ein großes Empfangskomitee?«

»Wir sind nur zufällig hier«, beeilte ich mich zu sagen und erntete einen ungläubigen Blick. Aber sie ging nicht weiter auf meine Antwort ein, sondern sagte zu Rita: »Die Schule, genauer gesagt die Schülermitverantwortung, will Michel zu einer Podiumsdiskussion einladen, darüber solltest du unbedingt berichten.«

»Wann?«

»Dienstag nächster Woche, nach der großen Pause um zehn.«

»Da komm ich auch dazu«, schaltete ich mich ein, »das gibt einen guten Einspieler für das Gespräch mit Michel in der Landesschau – wenn er dazu bereit ist.«

Nora sprach kurz mit Michel, der mir freundlich auf Deutsch antwortete: »Gerne, ich freu mich drauf!«

Das wäre also schon mal gebongt!

»Ahmadi ist etwas älter als die meisten anderen Asylbewerber«, erzählte Susanne unbefangen, nachdem sie Nora über ihr Gespräch knapp informiert hatte, »vor allem auch reifer, eine ausgeprägte Persönlichkeit.« Sie fuhr sich mit der Hand durch ihr Haar. »Er hat sehr offen mit mir gesprochen, auch über die Probleme im Flüchtlingsheim.«

»Du scheinst ihm seine merkwürdige Wortwahl nicht übelzunehmen«, antwortete ich vorsichtig, da Michel äußerst besorgt zu uns herübersah, als er Ahmadis Namen aufgeschnappt hatte. Ich versuchte mit einem scharfen Blick, Susanne darauf aufmerksam zu machen, dass es wohl besser sei, vor Michel nicht so offen zu reden. »Willst du bei mir mitfahren?«

Susanne verstand und bedankte sich herzlich.

Auf dem großen Parkplatz vor dem Schulzentrum verabschiedeten wir uns von Nora, die Michel auf dem Beifahrersitz ihres Landrover einsteigen ließ. Rita setzte sich auf die Rückbank und nahm Brunhilde auf ihren Schoß.

Als Susanne neben mir Platz genommen hatte und der Landrover vor uns auf die Straße abgebogen war, fuhr sie mit ihrem Bericht fort: »Ahmadi hat mir erklärt, die Jungs bräuchten klare Verhältnisse. Deshalb unterstütze er sie, wo er nur könne. Häufig müsse er auch Streit schlichten, der eben vorkomme, wenn so viele junge Männer auf engem Raum beisammen seien.«

»Hat er auch die Prügelei geschlichtet, als Michel krankenhausreif geschlagen wurde?«, fragte ich ironisch.

»Ja,« antwortete Susanne. »Er habe sich vor Michel gestellt und die anderen angebrüllt, sie sollten sich benehmen.«

»Das glaub ich jetzt nicht! Obwohl er sich so abfällig über Michel geäußert hat?«

»Er hat gesagt, er traue Michel alles zu, aber das sei noch lange kein Grund, gewalttätig zu werden.«

»Allerdings«, stimmte ich zu, konnte mir aber eine weitere Spitze nicht verkneifen: »Ich fürchte, der hat dich ganz schön um den Finger gewickelt!«

»Ach, glaub doch was du willst«, fuhr sie mich an. »Jedenfalls habe ich einen deutlich anderen Eindruck von Ahmadi gewonnen, als Sauter dir berichtet hat.«

»Der ja täglich mit ihm zu tun hat!«, schob ich nach.

Sie schwieg beleidigt.

Währenddessen sortierte ich die neueste Entwicklung: Ein Feuerwehrmann habe Michel beschuldigt. Wer könnte das gewesen sein? Etwa Häberle selbst, der Brandmeister? Oder hatte sich Ahmadi das nur ausgedacht, um sein Mobbing gegen Michel fortzusetzen? Aber wenn es tatsächlich so gewesen sein sollte, warum hatte Häberle uns dann nicht konkreter seinen Verdacht geschildert? Vielleicht weil er gar keine weiteren

Beweise hatte? Oder hatte ihm die Polizei einen Maulkorb verpasst? Dann hätte er sicher nicht ausgerechnet mit Ahmadi gesprochen. Ich nahm mir vor, Rita darauf aufmerksam zu machen, dass wir ihm unbedingt noch einmal auf den Zahn fühlen müssten!

Ich ließ Susanne bei der Redaktion raus und fuhr in Richtung meiner Wohnung in der Parkstraße. Nächsten Dienstag die Podiumsdiskussion im Uhland-Gymnasium – das gab mir den Zeittakt vor für die geplante Sendung. Am besten gleich am darauffolgenden Tag! Ich stellte meinen Käfer kurz am Straßenrand ab, stieg aus, zog mein Handy und drückte Engels Nummer. Mailbox. Ob er Mittwoch Zeit hätte, nach Stuttgart zu einem Interview mit Michel Sankara zu kommen, sprach ich ihm drauf. Kaum war ich wieder eingestiegen, rief er schon zurück. Er freue sich sehr und bedanke sich für die Einladung, habe gerade mit Nora telefoniert und sie würde ihn mit nach Stuttgart nehmen. Gleich rief ich in der Landesschauredaktion an: Sendeplatz freihalten, Studio buchen – alles klappte auf Anhieb. Bis ich in die Parkstraße einbog, hatte ich die Sendung gedanklich fast schon vorbereitet.

Wochenende! Schnell noch das Laptop holen und ab nach Stuttgart! Bis Montag früh nahm ich mir vor, in meiner Stuttgarter Wohnung einfach nur mal richtig auszuspannen, Musik hören, eine schöne Radtour – den Rössleweg rund um Stuttgart wollte ich schon immer mal machen –, mal schauen, was es im Kino gab.

Frau Eisele war mit ihren Hochstammrosen beschäftigt, denen sie einen Wintermantel verpasste. Ich half ihr damit, das Vlies festzuhalten, während sie es oben und am Stamm fest verschnürte.

In einer spontanen Eingebung fragte ich sie: »Kennen Sie Mario Renzi?«

»Den Mario aus der Gartenstraße?«, fragte sie sofort zurück und ohne eine Antwort abzuwarten begann sie ausführlich zu berichten. »Seine Eltern kenn ich schon seit über zwanzig Jahren und ihn schon seit seiner Geburt. Der Mario hat viel Pech g'habt. Er isch ins Uhland-Gymnasium ganga, seine Eltern wara ganz stolz, aber in der Oberstufe, hat er Probleme kriegt. Zweimal hen se ihn net zum Abitur zug'lassa. Dann hat er die Schul abbrecha müssa. Jetzt fängt er a Ausbildung in Stuttgart a. Irgendsowas Neumodischs, Megatroniker oder so.«

»Mechatroniker«, berichtigte ich sie. »Eine Mischung aus Mechaniker und Elektroniker.«

»Eigentlich will er ja zur Berufsfeuerwehr, aber da braucht er zerscht a abg'schlossene Ausbildung. Bei der Freiwilligen Feuerwehr in Schoppendorf isch er ja scho a Weile.«

»Er macht eine Ausbildung in Stuttgart?«, fragte ich nach.

»Ja, aber er wohnt noch bei seine Eltern. In Stuttgart hat er noch koi Wohnung gfonda.«

Woher sie so gut Bescheid wisse, fragte ich sie.

»Sei Mutter singt mit mir im Kirchachor!«

Ich verabschiedete mich von Frau Eisele bis Montag und machte meinen Käfer reisefertig.

Da düdelte mein Handy. »Rita ruft an.«

»Bist du noch in Schoppendorf? Ich bin gerade auf dem Weg zum Feuerteufel, willst du mitkommen? Soll ich dich abholen?«

»Hat das denn nicht Zeit bis nach dem Wochenende?«

Stille.

»Rita, bist du noch dran?«

»Ich kann ihn auch alleine besuchen«, sagte Rita mit leicht vorwurfsvollem Ton. »Willst du jetzt mit oder nicht?«

»Wann kannst du denn da sein?«

»Bei Frau Eisele? In zehn Minuten.«

Seufzend trug ich meine Reisetasche wieder ins Haus zurück.

Rita parkte vor einer Mietskaserne in einem Wohngebiet aus den Siebzigerjahren. Es lag auf einer Hochfläche über der Talsenke, über die sich die Kernstadt ausgebreitet hatte. Dahinter schlossen die Ausläufer des Bäringer Berglandes den Horizont ab. Schöner Blick – wenn er nicht so rigoros zugebaut wäre. Eigentlich kein schlechter Platz für ein Wohngebiet, aber die Architektur war trostlos. Nüchterne Zweckbauten, die möglichst viele Menschen auf abgezirkeltem Raum unterbringen wollten. Gleichförmige Betonfronten mit Kastenbalkonen, wenig Grünflächen, dafür lange Parkplatzreihen vor den Riesenwohnbunkern. Alle 50 Meter ein Eingangsportal.

Wir schlenderten an einer Hausreihe vorbei, die nach der Adresse, die Rita notiert hatte, in Frage kam und landeten schließlich ziemlich in der Mitte des Blocks.

Neben der Eingangstür zu Glasers Wohnhaus eine schwer überschaubare Zahl von Briefkästen und Klingelknöpfen mit Namensschildern in verschiedenen Größen und Farben.

»Hast du ihn angerufen und unseren Besuch angekündigt?«

»Er hat kein Telefon. Vermutlich nur ein Handy.«

»Dann hat er keine Ahnung, dass wir hier unten stehen?«

Rita schaute nach oben, bevor sie Glasers Klingelknopf drückte und schüttelte den Kopf. Die Sprechanlage begann schon nach ein paar Sekunden zu knacksen.

»Ja?«, krächzte eine Stimme.

»Rita Delbosco vom ›Schoppendorfer Echo‹. Guten Tag Herr Glaser, hätten Sie ein paar Minuten Zeit für mich?«

Pause.

Dann krächzte die Stimme wieder: »Worum geht's?«

Rita verdrehte die Augen: »Ich bräuchte Ihren Rat als Experte, in Sachen Brandschutz – für einen Artikel.«

Aus dem Lautsprecher drang schepperndes Gelächter: »Guter Witz!« Glaser lachte wieder, bevor er gut gelaunt antwortete: »Dann kommen Sie mal hoch, sechste Etage links!«

Der Summer öffnete die Tür und wir machten uns auf den Weg.

»Ich sag ihm, du seist mein Praktikant«, raunte mir Rita auf dem Treppenabsatz im vierten Stock zu, als sie einen Moment verschnaufen musste.

Jetzt verdrehte ich die Augen. »Generation Praktikum«, kam mir gleich in den Sinn. So nannte man doch die jetzt Zwanzig- bis Dreißigjährigen. Noch mal zwei Etagen, dann hatten wir es geschafft.

Die Wohnungstür öffnete sich einen kleinen Spalt: »Weg da, könnt ihr nicht hören?«

Ein dumpfer Mief waberte aus der Wohnung ins Treppenhaus. Dann erschien der Kopf eines Greises. Dünne weiße Haare umgaben einen kahlen Schädel mit deutlichen Anzeichen von Altershaut, dünn wie Pergament mit zahlreichen roten und braunen Flecken. Aus dem blassen, faltigen Gesicht stachen zwei graue Augen. Glaser trug einen Hausmantel, an den Füßen Pantoffeln.

»Kommen Sie rein!«

Seine Stimme krächzte fast so, wie sie vorhin aus dem Lautsprecher zu hören gewesen war. Er hielt die Tür fest, sodass wir uns durch den schmalen Spalt quetschen mussten.

»Ist wegen der Katzen«, kicherte er und schob mit dem Fuß eine weiße Mietze mit buschigen Haaren beiseite, was diese mit einem vorwurfsvollen »Miau« quittierte.

Durch einen schmalen Flur führte er uns in sein Wohnzimmer, verscheuchte zwei weitere Schmusetiger von einem abgeschabten Sofa und bot uns Platz an. Wir hockten uns auf die Kante des Sofas, dessen Polster voller Katzenhaare waren, während er sich neben uns in einem Schaukelstuhl aus Rattan fallen ließ, der ächzend unter seinem Gewicht nachgab.

Erstaunlich wendig, fiel mir auf, obwohl ich ihn auf Mitte achtzig schätzte. Da entdeckte ich in der Zimmerecke gegenüber zwei Hanteln, jeweils mindestens fünf Kilo, daneben lag, etwas eingerollt, ein Sprungseil.

»Sie haben also in ihrem Zeitungsarchiv meinen Namen entdeckt, über meine Verurteilungen wegen mehrfacher Brandstiftung gelesen und wollen nun prüfen, ob Sie mir auch den Brand in der Schule noch zutrauen könnten«, sagte er uns fröhlich auf den Kopf zu. »Aber dass sich sogar das Fernsehen für mich interessiert« – er fixierte mich und begann spöttisch zu grinsen, »Landesschau, habe ich Recht, Herr Niklas?, das nehme ich mal als Auszeichnung!«

Selten hatte ich Rita so sprachlos erlebt. Ich sprang ihr zur Seite. »Herr Glaser, Kompliment, Sie haben messerscharf geschlossen, aber in einem Punkt möchte ich Sie korrigieren. Uns geht es nicht darum, Ihnen etwas in die Schuhe zu schieben. Wir möchten den jetzigen Täter besser verstehen und da könnten Sie uns wirklich weiterhelfen.«

Sein Grinsen erlosch mit einem Mal. Mit dieser Antwort hatte er wohl nicht gerechnet. Ich hatte ihn an einem wunden Punkt getroffen. Er schaute mich misstrauisch an, als ob er in meinen Zügen prüfen wollte, ob ich es ernst meinte oder ob das nur eine Finte von mir sei, um ihn zu Aussagen zu verleiten, die gegen ihn verwendet werden könnten.

Er schwieg einen Moment, dann hatte er sich wohl entschlossen, mit uns zu sprechen, denn er atmete tief durch und fragte, während seine Stimme einen beinahe kläglichen Klang annahm: »Soll ich vor Ihnen jetzt mein ganzes verkorkstes Leben ausbreiten?«

»Wie sind Sie eigentlich zum Brandstifter geworden?«, versuchte ihm Rita eine Brücke zu bauen. »Es ging Ihnen ja nicht darum, sich durch ihre Taten zu bereichern oder sich an irgendjemandem zu rächen. Wenn ich es richtig sehe, waren es vor allem öffentliche Gebäude, die Sie in Brand gesteckt hatten – so wie jetzt die Schule?«

»Sie haben sicher schon von Pyromanie gehört«, begann er unsicher. »Diese Krankheit – ich weiß aus bitterer Erfahrung, warum ich von Krankheit spreche – diese Krankheit bricht häufig in bestimmten Lebensphasen aus, episodisch, wie der Mediziner sagt. Eine Grundveranlagung ist zweifellos immer vorhanden, aber bestimmte Krisensituationen können Schübe auslösen. Bei mir liegt das Jahrzehnte zurück und nach meiner langjährigen psychiatrischen Behandlung weiß ich von meiner Gefährdung und glaube, damit umgehen zu können.«

Er begann, leise auf seinem Schaukelstuhl zu wippen und faltete seine Hände unter dem Kinn. »Bei mir hat diesen Schub eine tiefe Lebenskrise ausgelöst: Arbeitslosigkeit, Alkoholismus, Zerrüttung meiner Ehe, Scheidung, ein paar Jahre auf der Straße, Verlust des Lebenssinns, Depression. Verstehen Sie, was ich meine?«

Er legte eine Pause ein und beobachtete uns dabei scharf. Dann beugte er sich vor und sprach eindringlich, als ob er uns ein Geheimnis mitteilen wollte: »Eine Brandstiftung ist in einer solchen Lebensphase eine Aufgabe, ein Projekt, das geplant sein will und schließlich in einem spektakulären Höhepunkt zur Ausführung kommt.« Seine Augen begannen zu funkeln. »Sie gibt dem Leben plötzlich wieder einen Sinn, alle Lebensenergie, alle Gedanken konzentrieren sich auf dieses Vorhaben. Depression und Lethargie, die davor die Lebensgeister abgestumpft hatten, sind dann wie weggeblasen!«

Er lächelte, fast befreit, schaukelte nun heftig vor und zurück.

»Mir ging es nie darum, jemandem persönlich zu schaden. Freude an Feuerwerk hatte ich schon immer. Deshalb bin ich auch Pyrotechniker geworden, habe viele Feuerwerke im ganzen süddeutschen Raum inszeniert und auch einige Jahre beim Film gearbeitet. Dann kamen berufliche Fehlschläge und die Spirale führte immer weiter nach unten. Nach Haft und geschlossener psychiatrischer Anstalt fand ich keine Möglichkeit mehr für einen beruflichen Neubeginn. Ich habe zwar im Gefängnis mit einem Fernstudium begonnen, Psychologie, aber nicht abgeschlossen und war auch schon zu alt, um in einem neuen Beruf Fuß zu fassen. Hatte ja nur noch ein paar Jahre bis zur Verrentung. Seither«, er machte eine ausladende Bewegung mit seinem rechten Arm, die uns wohl auf sein jetziges kümmerliches Lebensumfeld aufmerksam machen sollte, »seither Sozialwohnung, Leben von der Stütze und meine Katzen.«

Er war auf seinem Schaukelstuhl in sich zusammengesunken, schloss die Augen und atmete mit den Schaukelbewegungen gleichmäßig ein und aus.

»Haben Sie keine Verwandte, Freunde, Nachbarn, die sich um sie kümmern?«

Er öffnete die Augen einen Spalt, blinzelte Rita hilflos an und schüttelte leicht den Kopf: »Ich hab zwei Kinder, längst erwachsen und verheiratet, aber sie wollen nichts mehr von mir wissen. Ich hab's wohl nicht anders verdient. Nachbarn ja, eine Art Zweckgemeinschaft unter Betagten. Ab und zu schauen ein Enkel und eine Nichte bei mir vorbei.«

»Könnten Sie sich vorstellen, dass der Brandanschlag auf die Schule ebenfalls von einem Pyromanen verübt wurde?«, versuchte ich an unser ursprüngliches Thema anzuknüpfen.

Da begannen seine Augen wieder eigenartig zu leuchten und er wandte sich zu Rita: »Das dachte ich mir gleich, als ich Ihren Artikel gelesen hatte. Eine Mischung aus innerer Erregung und tiefer Trauer überfiel mich da. ›Der hat jetzt sein Projekt!‹, dachte ich – und wird vermutlich ähnlich enden wie ich.«

»Wie, glauben Sie, könnte der Täter jetzt, also nach der Tat, vorgehen?«, schaltete ich mich wieder ein.

Ein weiteres Mal funkelten seine Augen und mit eigenartiger Geschäftigkeit erklärte er: »Jetzt geht es darum, die Tat zu vertuschen, vielleicht einem anderen in die Schuhe zu schieben und dann wieder Anlauf zu nehmen für ein neues Projekt.«

»Dann schließen Sie einen ausländerfeindlichen Hintergrund aus?«

Glaser ließ sein krächzendes Lachen ertönen. »Ich bin kein Kriminaler. Aber wenn einer die Assis hätte ausräuchern wollen, dann hätte er das Feuer direkt in der Turnhalle gelegt.«

»Aber die war doch verschlossen!«

Glaser lachte wieder, diesmal schrill, als hätte ich ihm gerade einen Witz mit einer zündenden Pointe erzählt. »Das hält keinen Brandstifter auf. Da gibt es verschiedene Wege, aber die zähle ich Ihnen hier und jetzt nicht auf. Nein, die Vorstellung, ein Brandstifter findet die Tür zum Asylantenheim verschlossen, dafür die Schultüre offen und plant dann schnell mal um, das ist absurd!«

Er prustete vor Lachen.

Rita räusperte sich und zischte ihn wütend an: »Mir ist da nicht zum Lachen zumute. Bei den Asylanten hätte es die Ärmsten der Armen getroffen. Viele der Flüchtlinge sind noch minderjährig. ›Asylanten ausräuchern!‹ Wie Sie sich da eben ausgedrückt haben! Solche zynischen Reden vergiften das Klima. Ist es nicht ein Gebot der Menschlichkeit, dass wir den Asylsuchenden helfen?«

Glaser blickte sie verwundert an. Mit einem Anflug von Spott wies er sie zurecht: »Ach was, Gebot der Menschlichkeit? Ja, in einem haben Sie Recht – Barmherzigkeit sollte tatsächlich keine Grenzen kennen. Aber das Machbare hat Grenzen! Wir haben zurzeit eine ungeregelte Einwanderung nach Deutschland, weil unsere Politiker nicht im Stande sind, diese zu organisieren. Und wenn sich daran nichts ändert, gerät unser Staat und unsere Gesellschaft aus den Fugen – nicht wegen den bedauernswerten Asylsuchenden oder unserem fortschrittlichen Asylrecht, sondern wegen dieser verdammten Unfähigkeit der Politik zu differenzieren – zwischen tatsächlich bedrohten Menschen, die zu uns kommen und zu Recht unser Asyl beanspruchen und anderen Zuwanderern, die eben häufig nicht so respektable Gründe nach Deutschland treiben! Die meisten Asylanten kommen doch zu uns, um sich ins gemachte Nest zu setzen! Sie missbrauchen unseren Sozialstaat! Schlimmer noch, sie höhlen ihn aus. Schauen Sie sich die Kerle doch an!«

»Meinen Sie denn, dass die Flüchtlinge aus Syrien, Afghanistan oder dem Irak sich aus Jux und Tollerei auf den Weg gemacht haben?«

»Jetzt hören Sie mir mal gut zu, verehrte Dame.« Er setzte seine Brille auf, griff nach einem Notizbuch auf der Kommode neben sich und blätterte kurz. »Da steht's. Wissen Sie was Bodo Ramelow, linker Ministerpräsident von Thüringen vor ein paar Wochen gesagt hat?« Er schaute über den Brillenrand zu Rita, dann las er vor: *Es geht um Völkerwanderung, machen wir uns nichts vor. Wenn wir jedenfalls nicht bald reagieren, wird uns am Ende alles auf die Füße fallen, egal, welches Parteibuch wir haben.* Den Linken kann man wirklich nicht vorwerfen, sie kümmerten sich nicht um Flüchtlinge. Aber Ramelow ist auch Regierungschef und als solcher trägt er Verantwortung!«

Bevor die beiden weiter aneinandergerieten, stand ich auf und bedankte mich bei ihm. »Sie haben uns mit Ihrer Einschätzung sehr geholfen, Herr Glaser. Ich bin Ihnen dankbar, dass Sie so offen mit uns über Ihre eigenen Erfahrungen gesprochen haben. Kommst du bitte, Rita?«

Sie verabschiedete sich knapp, stolperte über eine schwarz-grau getigerte Katze und verließ fluchtartig die Wohnung. Ich gab Glaser meine Karte, falls ihm noch was einfiele, und folgte ihr.

Als wir in ihren Alfa stiegen, war sie immer noch wütend.

»Den können wir wohl aus unserer Liste streichen!«, meinte ich

»Glaubst du?«, brauste sie auf, gab Gas und fädelte sich flott in die Ringstraße ein. »Körperlich und geistig ist er noch erstaunlich gut drauf, findest du nicht?«

»Du traust ihm doch in seinem Alter nicht noch so viel kriminelle Energie zu?«, lachte ich sie aus.

Rita blickte grimmig auf die Ampel, die gerade auf Rot schaltete. »Und wenn er ein letztes Mal in seinem Leben noch einmal den Kick spüren will, ein solches ›Projekt‹ durchzuziehen? Hast du nicht sein krankes Funkeln in den Augen bemerkt, als er von seinen ›Projekten‹ sprach? Was hat er denn noch zu verlieren? In seinem Alter bekäme er womöglich sogar Haftverschonung!«

»Dann müsstest du ihn ab jetzt rund um die Uhr beschatten. Denn dann nimmt er gerade Anlauf für sein nächstes ›Projekt‹.«

Die Ampel wechselte auf Grün.

»Also, halten wir mal fest«, begann Rita und schaltete erst bei hoher Drehzahl in den nächsten Gang. »Ad eins, Horst Glaser. Pyromane, der Brandanschlag ähnelt seinen anderen ›Projekten‹. Er geht zwar auf die neunzig zu, aber ist körperlich und geistig topfit und träumt vom Zündeln. Seine Äußerungen klangen deutlich ausländerfeindlich. Er könnte sogar dieses Graffito an die Wand der Turnhalle gesprayt haben.«

»Ad zwei«, übernahm ich, »Michel Sankara. Die Polizei stellt bei ihm Brandbeschleuniger sicher, die bei der Tat verwendet wurden. Seine Mitasylanten verdächtigen ihn. Er war in der Nacht als erster am Brandherd. Er tut sich als Retter hervor und wechselt vom Asylantenwohnheim in eine luxuriöse Einzelunterkunft.«

»Ad drei«, setzte Rita das Spiel fort. »Dave Schmelzle und die ›Schoppendorfer Heimatfront‹. Auch von ihnen könnten die rechtsradikalen Schmierereien an der alten Turnhalle stammen. Schmelzle und seine Mannen schauen von ihren Motorrädern dem Brandverlauf zu. Sie rufen zwar die Feuerwehr, machen sich dann aber schleunigst aus dem Staub.«

»Ad vier: Mario Renzi. Mitglied der Freiwilligen Feuerwehr in Schoppendorf. War als zweiter in der Tatnacht … – Moment mal!«

Während Rita mit Schwung zum Überholen auf die linke Spur setzte, versuchte ich mir die Aussage von Michel in Erinnerung zu rufen. »›Dann war da ein Junge‹, hat er gesagt. Das muss gleich nach seinem Feueralarm in der Turnhalle gewesen sei. Er ging raus, als er das Feuer gesehen hat, läuft zur Turnhalle zurück, gibt Feueralarm, geht wieder zum Brandherd und sieht dort plötzlich den Jungen – Mario Renzi, der inzwischen aufgetaucht ist!«

»Und wie hatte es Renzi dargestellt?«

»Er sei erst zusammen mit den Motorradfahrern gekommen, habe das Feuer gesehen, dann Michel, ging auf ihn zu und versuchte ihn anzusprechen.«

»Na ja, so groß sind die Unterschiede der beiden Aussagen nun wirklich nicht«, stellte Rita fest. »Außerdem hat er kein Tatmotiv.«

»Aber er könnte noch vor Michel am Tatort gewesen sein.«

»Ellwanger ist in der Nacht Streife gelaufen. Hast du noch im Ohr, woran er sich erinnert hat?«

Ich dachte konzentriert nach. »Der hat überhaupt nichts von Renzi erwähnt, aber von diesem Sicherheitsmann, Dimitri Kosic, hat er gesprochen. Er hätte ihn bei seinen Runden vermisst, dann sei er plötzlich da gewesen und habe mit Michel gesprochen.«

»Dimitri Kosic«, murmelte Rita versonnen, »da sollten wir mal ansetzen.«

»Das habe ich mir auch schon vorgenommen!«

»Wir brauchen die Daten der Sicherheitsfirma. Wer kann uns die geben?«

»Fragen wir doch zunächst mal bei Engel und Ellwanger nach oder gleich bei der Stadtverwaltung. Aber noch was müssen wir endlich klären: Wollte der Täter tatsächlich gezielt die Schule in Brand setzen oder hat er nur die offene Tür und die leicht brennbare Weihnachtsausstellung genutzt, um dort den Brand zu entfachen, und womöglich darauf gehofft, dass das Feuer schnell auf das Asylantenwohnheim übergreift, wie das dann ja auch um ein Haar passiert wäre?«

»Du hast doch noch Glasers Einschätzung in den Ohren«, wies Rita meine Überlegung zurück.

SAMSTAG 3.12., SONNTAG 4.12.

Freitagabend war ich gleich nach dem Besuch bei Glaser noch nach Stuttgart gefahren. Das Wetter hatte sich eingetrübt – nichts mit Radfahren. Der Rössleweg musste noch warten. Dann eben Weihnachtsgeschenke einkaufen.

Ich schlenderte über den Weihnachtsmarkt, rund um die Stuttgarter Stiftskirche. In die Regentropfen mischten sich immer mehr nasse Flocken. Ich zog die Kapuze über und freute mich an den Lichtern in den Buden, an den Auslagen, den verführerischen Gerüchen nach gebrannten Mandeln, Honig, Glühwein und Gewürzen. Das trübe Wetter passte recht gut dazu.

Immer wieder begegnete ich Polizistinnen und ihren Kollegen, die mir ins Bewusstsein riefen, wie angespannt die Stimmung seit Wochen war. Die Angst vor Terroranschlägen zog sich durch Zeitungsmeldungen, Talkrunden im Fernsehen und vor allem durch die Foren der Sozialen Netzwerke.

Ich fand einen bezaubernden Wachsengel für Frau Eisele. Er spielte mit geschlossenen Augen hingebungsvoll Geige. Ich kaufte noch drei kunstvolle Strohsterne dazu, die mir die Verkäuferin sorgsam in einen kleinen Karton packte. Beschwingt machte ich mich auf den Weg zum Schlossplatz.

»Hallo, Herr Niklas!«, hörte ich eine bekannte Stimme hinter mir. Ich drehte mich um und erkannte beim zweiten Hinschauen unter dem großen schwarzen Regenschirm Noras Literaturprofessor.

»Haben Sie was Schönes gefunden?«, Gregor Vulpius zeigte auf mein Päckchen, das ich unter den Arm geklemmt hatte.

»Danke, so viel wie bei Ihnen, war's nicht, aber ich bin sehr zufrieden«, sagte ich und wies auf seine schwere Einkaufstasche, die er inzwischen auf dem Pflaster abgesetzt hatte.

»Ich komme gerade aus der Landesbibliothek – ein paar Bücher für meinen nächsten Vortrag. Wollen wir zusammen einen Kaffee trinken gehen?«

»Gerne, wie wär's mit dem ›Grandcafé Planie‹, gleich dort drüben?«

Wir zogen über den Karlsplatz hinüber zu dem eigenartig verwinkelten Barockbau. Vulpius passte großartig in das Interieur des nostalgischen Grandcafés, das Wiener Kaffeehaus-Atmosphäre verströmte. Wir bekamen einen leeren Tisch unter der Reproduktion des Großstadt-Triptychons von Otto Dix zugewiesen, das provozierend das gesellschaftliche Leben der Zwanzigerjahre in Berlin aufs Korn nahm.

Vulpius setzte sich auf die gepolsterte Bank mit der hohen Rückenlehne und stellte seine Tasche neben sich. Ich nahm auf einem der geschmackvollen Holzstühle Platz.

»Ist Ihnen bewusst, in welchem historischen Gebäude wir uns gerade befinden?«

»Ich glaube, es war mal eine Kaserne«, sagte ich etwas unsicher und fühlte mich fast wie in der Schule.

»Sollte es ursprünglich werden, ja«, stimmte Vulpius gnädig zu, um dann jedoch nachzuschieben: »Es wurde dann aber als Zucht-, Arbeits- und Waisenhaus genutzt. Aber das ist schon über zweihundert Jahre her.«

»Und bis heute beherbergt es das Deutsche Institut für Auslandsbeziehungen«, trumpfte ich mit meinen begrenzten Kenntnissen auf.

Vulpius schmunzelte. »Vor etwa achtzig Jahren wurde Stuttgart zur ›Stadt der Auslandsdeutschen‹ erhoben. Hitler hatte ihr 1936 offiziell diesen Titel verliehen. Von hier aus sollten die eroberten Ostgebiete mit deutschen Bauern besiedelt werden. Nun ja, das ist lange her. Heute leistet dieses Institut eine unverzichtbare Kulturarbeit.« Er lehnte sich etwas vor. »Wissen Sie, was ich an Stuttgart so schätze?«

Was sollte ich da erwidern! Vulpius erlöste mich, indem er die Antwort auf seine Frage gleich selbst gab.

»Es ist die ausgewogene Mischung, die Verhältnismäßigkeit.«

»Aha«, staunte ich, ohne mir dabei etwas Konkretes vorstellen zu können.

»Sehen Sie«, erläuterte mir Vulpius geduldig seinen Urteilsspruch, »gerade hier, wo wir jetzt sitzen, wird das ganz deutlich. Hinter uns der Karlsplatz, die Markthallen, die Stiftskirche, das Bohnenviertel – typisch für eine umtriebige schwäbische Kleinstadt. Man könnte meinen, irgendwo in Nürtingen, Waiblingen oder Bietigheim zu sein. Gehen Sie mal in die Weinstube im historischen Schellenturm und probieren Sie dort den Zwiebelrostbraten mit einem Viertele Lemberger«, schwärmte er und fuhr gleich fort mit seiner Würdigung der Landeshauptstadt: »Gleichzeitig endet hier am Charlottenplatz die Kulturmeile einer weltoffenen Metropole mit beachtlichen architektonischen Höhepunkten. Wie aus einem Lehrbuch für Kunstgeschichte: Das Staatstheater aus dem Jugendstil mit seiner überwältigenden Eingangsfront, direkt daneben der Landtag aus den frühen Sechzigern, die spätklassizistische Staatsgalerie gegenüber, und gleich daran anschließend begegnen Sie der Postmoderne mit den Stirlingbauten: Musikhochschule und Neuer Staatsgalerie. Und im Nordwesten des Charlottenplatzes, das Alte Schloss mit dem Renaissanceinnenhof und das Neue Schloss aus dem Spätbarock als Zeugen einer eindrucksvollen Vergangenheit. Dennoch bleibt alles überschaubar, durchgliedert. Nicht zu vergessen die Stuttgarter Parks und Gärten, die sich kilometerweit hinziehen und bis ins Zentrum reichen! An den Hängen über dem Talkessel die wunderschönen Halbhöhenlagen mit den wohlhabenden Villen, die behäbig hinunter ins Tal äugen. Das ist einmalig!«

Als der Kaffee kredenzt war, sprach mich Vulpius auf die Sendung an, die ich mit Michel und Engel machen wollte. Ich gab ihm einen Umriss meines Konzeptes und er nickte wohlwollend.

»Wissen Sie«, meinte er dann versonnen, »die Auseinandersetzung mit dem Fremden ist ein Mysterium.« Er beugte sich wieder zu mir über den Tisch und sprach auf mich ein, als wolle er mich in geheimes Wissen einweihen: »Für viele Intelektuelle stellt die Konfrontation mit dem Fremden eine Bereicherung dar, weil sie bewusst oder unbewusst diese Auseinandersetzung mit dem Unbekannten suchen und in diesem Prozess sich selbst besser kennenlernen, eben weil sie sich definieren müssen. Verstehen Sie, was ich meine?«

Ich nickte zögernd, obwohl ich mir nicht ganz sicher war.

Befriedigt lehnte sich mein Gegenüber zurück und setzte neu an: »Der Mehrzahl unserer Mitbürger ist es dagegen unbehaglich, sich selbst definieren zu müssen. Sie ziehen es vor, sich als Angehörige einer Gruppe zu verstehen: Sei es als Fan eines Fußballvereins oder einer Band, als Rocker, als Stuttgarter, Württemberger, Deutscher. Das ist leichter und man braucht sich nicht kritisch seinem eigenen Verhalten zu stellen oder seine Einstellungen oder seine Denkweisen zu hinterfragen.«

»Sie sehen darin einen Grund für die weit verbreitete Ausländerfeindlichkeit?«

»Es ist eher der Nährboden, auf dem sie gedeiht. Er fördert das latente Unbehagen mancher unserer Zeitgenossen, ihre unterschwelligen Ängste gegenüber dem Fremden«, konkretisierte Vulpius, nahm einen Schluck Kaffee und dozierte weiter. »Dabei beruht dieses imaginäre kollektive Identitätsbewusstsein der Deutschen auf einem weit verbreiteten Irrtum. Gerade hier im deutschen Südwesten, im Herzen Europas, ist die Gesellschaft seit Jahrhunderten von Ein- und Auswanderung geprägt worden. Genau genommen gibt es den sogenannten ›Alteingesessenen‹ nämlich gar nicht. Er ist eine Fiktion. – Warten Sie mal.«

Er kruschtelte in seiner Tasche und zog ein schmales Bändchen heraus. »Da gibt es diese herrliche Stelle in Zuckmayers Drama ›Des Teufels General‹.« Er blickte mich kurz prüfend an und als er bemerkte, dass ich diese Stelle gerade nicht parat hatte, blätterte er ein wenig, rückte seine Brille zurecht und erklärte, die Augen über den Rand der Brille auf mich gerichtet: »Die Geschichte spielt in Deutschland zur Zeit der Naziherrschaft. Ein junger Offizier hat entdeckt, dass eine seiner Urgroßmütter den Rassenvorstellungen der Nazis nicht entspricht, das heißt, dass er keinen lupenreinen Ariernachweis hat. Sie war wohl Jüdin. Er ist verzweifelt und sein Vorgesetzter, kein Nazi, sondern einer, der sich seinen gesunden Menschenverstand bewahrt hat, setzt ihm den Kopf zurecht:

Und jetzt stellen Sie sich doch mal ihre Ahnenreihe vor – seit Christi Geburt. Da war ein römischer Feldhauptmann, ein schwarzer Kerl, braun wie 'ne reife Olive, der hat einem blonden Mädchen Latein beigebracht. Und dann kam ein jüdischer Gewürzhändler in die Familie, das war ein ernster Mensch, der ist noch vor der Heirat Christ geworden und hat die katholische Haustradition begründet. – Und dann kam ein griechischer Arzt dazu oder ein keltischer Legionär, ein Graubündner Landsknecht, ein schwedischer Reiter, ein Soldat Napoleons, ein desertierter Kosak, ein Schwarzwälder Flößer, ein wandernder Müllerbursch vom Elsass, ein dicker Schiffer aus Holland, ein Magyar, ein Pandur, ein Offizier aus Wien, ein französischer Schauspieler, ein böhmischer Musikant – das alles hat am Rhein gelebt, gerauft, gesoffen, gesungen und … Kinder gezeugt – und – und der Goethe, der kam aus demselben Topf, und der Beethoven, und der Gutenberg, und der Matthias Grünewald und – ach was, schau im Lexikon nach. Es waren die Besten, mein Lieber! Die Besten der Welt! Und warum? Weil sich die Völker dort vermischt haben. Vermischt – wie die Wasser aus Quellen und Bächen und Flüssen, damit sie zu einem großen, lebendigen Strom zusammenrinnen.«

Er klappte das Büchlein mit einem Knall zusammen und sah mich triumphierend an: »Alle Familien am Rhein, am Neckar und überall sonst in Deutschland haben einen sogenannten Migrationshintergrund, wenn sie zurück in ihre eigene Geschichte blicken, meistens reichen nur wenige Generationen.«

»Hat das mit ihrem neuen Vortrag zu tun?«, fragte ich neugierig.

Vulpius nickte: »›Fremd-Sein und Umgang mit dem Fremden in der Literatur‹.« Er nahm seinen letzten Schluck Kaffee und lächelte hintergründig: »Bei meinen Recherchen bin ich übrigens auf einen unglaublichen Satz von Karl Valentin gestoßen. Hören Sie genau hin: ›Fremd ist der Fremde nur in der Fremde‹.«

Ich lächelte unsicher. So ganz hatte ich die Tragweite dieses unglaublichen Satzes wohl nicht erfasst.

»Ich muss weiter, mein Zug«, sagte Vulpius. »Sehen wir uns nächsten Dienstag bei der Podiumsdiskussion im Gymnasium?« Er legte einen Zwanzigeuroschein neben seine Kaffeetasse. »Für uns beide. War nett, mit Ihnen zu plaudern.«

Eigentlich hatte ja vor allem er geplaudert, dachte ich mir und machte mich auf den Weg zu meiner Stadtbahnhaltestelle. Den ganzen Tag ging mir dieses merkwürdige Zitat von Karl Valentin nicht aus dem Kopf. Ich versuchte es hin und her zu drehen, um zu ergründen, ob hinter dem scheinbaren Nonsens nicht doch ein tieferer Sinn steckte.

Am späten Sonntagabend machte ich mich mit meinem Käfer auf den Weg nach Schoppendorf. Fast vierzig Jahre und über dreihunderttausend Kilometer hatte er auf dem Buckel und lief und lief und lief. Als meine Großtante Käthe ihn mir vererbte, kurz nachdem sie ins Seniorenheim gezogen war, war ich noch Student und der Käfer schon fast ein Oldtimer. Aber ich kam einfach nicht von ihm los. Inzwischen blieben Passanten stehen, blickten entzückt auf den Käfer und meistens waren sie dabei fröhlicher Stimmung.

Ich stellte das Auto in der Parkstraße bei Frau Eiseles Häuschen ab, stieg aus und atmete tief die klare Dezemberluft ein. Der zunehmende Mond stand als fast waagrechte Sichel am Himmel, wie ein Schiffchen. Richtig kalt war es noch nicht geworden an diesem zweiten Adventssonntag. Spontan entschloss ich mich zu einer kleinen Runde vor dem Schlafengehen, schlenderte die Parkstraße Richtung Innenstadt, vorbei an den gepflegten Vorgärten der Einfamilienhäuschen aus den Siebzigerjahren und als ich die Goethestraße erreicht hatte, spürte ich, dass etwas nicht stimmte.

Zuerst vernahm ich ein leises Rauschen, ein Knacken wie von brechenden Zweigen, obwohl es fast windstill war. Dann begannen die Vögel mitten in der Nacht aufgeregt zu zwitschern und flogen mir in Scharen entgegen. Da bemerkte ich am Himmel einen hellen Schein – der Widerschein der Lichter in der Innenstadt? Nein – der Lichtschein bewegte sich unruhig und wurde von einigen hohen Tannen zurückgeworfen. Da brannte es!

Ich begann meine Schritte zu beschleunigen. Das musste der Kindergarten sein! Ich rannte über die Straße und wich im letzten Moment einem Wagen aus, der mir mit deutlich überhöhter Geschwindigkeit entgegenkam. Noch im Laufen fingerte ich nach meinem Handy in der Jackentasche.

Der Kindergarten lag etwas zurückgesetzt von der Straße, umgeben von parkartigem Gelände. Unter den alten Bäumen da und dort ein Karussell, eine Rutschbahn, ein Sandkasten, eine Schaukel. Aus einem Fenster auf der Straßenfront des einstöckigen, langgezogenen Gebäudes schlugen die Flammen bereits lichterloh. Ich wählte die Notrufnummer, anschließend Ritas Handynummer und sprach ihr kurz auf die Mailbox.

Inzwischen gingen in der Umgebung Fenster auf, Bewohner liefen auf die Straße.

»Die Feuerwehr ist schon verständigt!«, rief ich laut und war wenig später von einer Gruppe aufgeregt diskutierender Menschen umringt.

»Grad vorhin, vor koine fünf Minuta, sind se mit ihre Motorräder durch die Goethestraß g'fahre«, erklärte ein älterer Mann in seinem Bademantel. »I wär fascht aus am Bett g'falla!«

»Die ›Schoppendorfer Heimatfront‹?«, fragte ich nach.

»G'seha hab I se net«, räumte er ein.

»Aber dadafür deutlich g'nug g'hert!«, sprang ihm seine Frau zur Seite.

»Kommen die hier öfter durch?«

»Eigentlich net«, sagte ein Nachbar.

Da hörte man bereits die Sirenen der Feuerwehr und wenig später traf auch schon die Polizei ein.

Die Nachbarn deuteten auf mich und die Polizistin eilte auf mich zu.

»Ich habe Sie verständigt«, kam ich ihrer Frage zuvor. »Nils Niklas vom Südwestrundfunk. Nein, nicht dienstlich unterwegs«, versicherte ich ihr, als ich ihre erstaunten Augen bemerkte. »Ich wohne hier gleich um die Ecke in der Parkstraße und habe noch eine Abendrunde gemacht.«

Sie notierte sich meine Adresse und Telefonnummer, fragte mich nach meinen Wahrnehmungen, nach dem Zeitpunkt, wann ich den Brand bemerkt hätte, dann wandte sie sich den anderen Leuten aus der Nachbarschaft zu.

Die Feuerwehr rollte die Schläuche aus und bekämpfte von mehreren Seiten gleichzeitig den Brandherd. Schwarz qualmte der Rauch zum Nachthimmel, allmählich nahm er eine graue Farbe an.

Als der Brand nach etwa einer halben Stunde gelöscht schien, drangen die Feuerwehrleute ins Innere des

Gebäudes vor, um sich zu vergewissern, dass alle Glutnester erloschen waren. Inzwischen hatte die Polizei das Gelände weiträumig abgesperrt und die Anwohner wieder in ihre Häuser geschickt.

Gerade wollte ich mich auch auf den Heimweg machen, da sah ich Ritas Sportcabrio heranflitzen. Sie fuhr direkt auf mich zu, ließ ihr Auto kurz vor dem Kindergartenareal stehen und begrüßte mich beim Aussteigen.

»War schon fast im Bett, da hab ich noch mein Handy abgehört!«

Sie zückte ihre Kamera und fotografierte das zerstörte Gebäude, die verkohlten Dachsparren und die Feuerwehr, die schon wieder dabei war aufzuräumen. Die Polizei war längst schon wieder weg.

Ich müsse dringend gleich mit in die Redaktion, redete sie auf mich ein.

»Die Zeitung für morgen ist doch längst gedruckt, reicht das nicht auch morgen früh?«

Rita schüttelte den Kopf. »In die Onlineausgabe müssen wir die Meldung schon mal posten. Du kannst mir unterwegs alles genau schildern, dann geht's auch ganz schnell und ich setz dich bei Frau Eisele in spätestens einer Dreiviertelstunde wieder ab. Versprochen!«

Ich gab mich geschlagen und stieg bei ihr ein.

Schmelzle mit seiner »Heimatfront« sei wieder in der Nähe gewesen, begann ich meinen Bericht, aber bei einem Kindergarten sei ein ausländerfeindlicher Hintergrund ja wohl auszuschließen.

»Sag das nicht«, widersprach Rita und peste mit gut siebzig über die nächtliche Ringstraße.

»Wieso?«

»Der Kindergarten steht schon seit zwei Jahren leer. Standortproblem. In den Einfamilienhäusern rund um die Parkstraße wohnen zu wenig Kinder. Die meisten Bewohner sind inzwischen im Alter von Frau Eisele. Die Stadt wollte hier ein neues Übergangswohnheim einrichten, für syrische Familien. Erst vor vierzehn Tagen haben wir darüber im ›Echo‹ berichtet. Du kannst dir nicht vorstellen, wie schnell es zu lautstarken Protesten der Anwohner kam.«

Über den Nachteingang des Zeitungshauses und die leeren, dunklen Flure, die unter der schummerig bläulichen Notbeleuchtung geradezu gespenstisch wirkten, erreichten wir schließlich Ritas Büro. Ihr erster Weg ging an die Kaffeemaschine. »Du auch?«

Ich nickte, ahnte, dass die Dreiviertelstunde sich wohl etwas in die Länge ziehen würde. Sie fuhr ihren PC hoch und bis er warm wurde, fragte sie mich: »Wieso warst du eigentlich so spät abends noch zu Fuß unterwegs?«

»Frische Luft schnappen. Reiner Zufall, dass ich am Kindergarten vorbeikam. Dass der Brand ausgebrochen war, kann noch nicht lange her gewesen sein. Ich sehe das Bild vor mir: Die Flammen schlugen aus einem Fenster. Das musste kurz zuvor eingeschlagen worden sein und hat das Feuer wohl mit Luft versorgt. Dass es wieder Brandstiftung war, liegt ja wohl auf der Hand.«

Der PC war der Meinung, erst mal Updates installieren zu müssen.

»Das darf doch nicht wahr sein«, schnaubte Rita.

Ich erzählte ihr, um die Zeit zu überbrücken, von meinem Treffen gestern Vormittag mit Vulpius. Sie hörte kaum zu und rührte in ihrem Kaffeebecher.

»Erst Zucker, dann rühren!«, sagte ich grinsend.

»Was?« Sie brauchte ein bisschen, dann warf sie mir einen strafenden Blick rüber und wandte sich wieder ihrem PC zu. »Gott sei Dank, er ist schon fertig!«

Während ich ihr berichtete, hämmerte Rita in ihren PC, als ob sie sich an ihm rächen wollte. Dann überspielte sie die Fotos von ihrer Kamera, wählte zwei davon aus und platzierte sie mit einem kurzen Text auf den Seiten der Onlineausgabe für Montag.

»Übrigens danke, dass du mich gleich benachrichtigt hast«, sagte sie, während sie weiter auf ihren Bildschirm starrte.

Ich war mir in diesem Moment nicht so sicher, ob das eine gute Idee von mir war. Ich sehnte mich nach meinem Bett. Stattdessen saß ich hier und trank Kaffee, was meine Nachtruhe auch nicht fördern würde.

»Weißt du, was ich mich gerade frage?« Rita begann ihr Laptop wieder herunterzufahren, blickte prüfend auf den Bildschirm und klappte es zu. Dann gab sie selbst die Antwort: »Ob dieser Fall nicht wieder genau zu Glasers ›Projekten‹ passt! Ein öffentliches Gebäude, niemand wird direkt persönlich gefährdet und ein Verdacht ist da, der von ihm als möglichem Täter ablenkt.«

»Willst du damit sagen, er hat Schmelzle mit irgendwelchen Tricks dazu gebracht, kurz vor der Tat mit seinen Jungs durch die Goethestraße zu brausen?«

»Das wäre ihm wohl schwergefallen«, gab Rita zu. »Außerdem wissen wir nicht, wer die Motorradfahrer waren. Dein Zeuge hat ja zugegeben, sie nur gehört und nicht gesehen zu haben. Nein, aber der mögliche ausländerfeindliche Hintergrund! Irgendwie komme ich nicht von dem Verdacht los, dass Glaser dahinterstecken könnte. Erinnerst du dich, wie er über die Asylanten geredet hat? Jedenfalls würde es mich nicht wundern, wenn die Spurensicherung morgen früh wieder einen ausländerfeindlichen Hinweis findet, wenn sie den Kindergarten genauer untersucht hat.«

Gegen halb drei morgens setzte mich Rita in der Parkstraße ab. Ich holte mir eine Flasche Bier aus dem Kühlschrank und hoffte, dass ich damit zur Ruhe käme. Ein zweiter Brandanschlag innerhalb so kurzer Zeit! Eigentlich hatte Rita recht. Das sah verdammt nach Glasers Beschreibung der Projekte eines Pyromanen aus. Aber wenn er tatsächlich der Täter war, dann hätte er uns doch nicht so freimütig in sein Seelenleben eingeweiht! Das passte doch gar nicht in seine Strategie! Auch hatte er uns glaubhaft versichert, nach seiner Haft und seinem Psychologiestudium seine Neigung im Griff zu haben.

Eine Viertelstunde später war die Flasche leer und ich zermarterte mir immer noch hellwach meinen Kopf.

MONTAG, 5.12.

Gegen Morgen musste ich wohl doch noch eingeschlafen sein. Im Unterbewusstsein hörte ich am frühen Vormittag Frau Eisele eine Etage höher herumwerkeln, was mich aber nicht störte. Im Gegenteil. Ich musste ja nicht raus.

Da düdelte mein Handy. Ich griff schlaftrunken danach und nahm mir vor, Rita einfach wegzudrücken. Dann schaute ich doch genauer hin. Es war nicht Rita.

»Böckle, guten Morgen Herr Niklas. Haben Sie gut geschlafen?« Ohne meine Antwort abzuwarten dröhnte er weiter auf mich ein. Ob ich heute Vormittag nicht in seinem Büro vorbeikommen könnte, nein, halb elf sei zu spät ob ich nicht gleich …? Ich wollte nicht zugeben, dass ich noch im Bett steckte und versprach ihm, mich zu beeilen.

»Sie sind unser wichtigster Zeuge«, erklärte der Kommissar. »Entschuldigen Sie, wenn ich Sie so überfalle.«

In aller Eile duschte ich, machte mich fertig und stürzte aus dem Haus.

»Ja wollet Se heit koin Kaffee drinka?« Frau Eisele hielt mich im Vorgarten auf. Sie kam gerade vom Bäcker. »Denket se no, heut Nacht hat der Kindergarta brennt.« Sie drückte die Bäckertüte fest an sich.

»Ich weiß, ich weiß«, antwortete ich und kramte in meiner Hosentasche schon ungeduldig nach dem Autoschlüssel. »Ich selbst hab ja die Feuerwehr alarmiert.«

»Jessas«, rief Frau Eisele und schlug die Hand vor den Mund.

»Deshalb muss ich jetzt gleich zur Polizei«, rief ich ihr zu, bereits beim Wagen, und ließ mich auf den Fahrersitz fallen.

Erschrocken und fast vorwurfsvoll sah mich Frau Eisele an. Ich kurbelte das Beifahrerfenster herunter und versicherte ihr, sie noch heute Mittag ausführlich zu informieren, was sie ein wenig besänftigte. Ich sollte zum Mittagessen kommen. Es gäbe was ganz Gutes. Als ich in den Rückspiegel blickte, sah ich, wie sie mir lächelnd nachwinkte.

Zehn Minuten später stand ich auf dem Parkplatz vor dem Polizeigebäude. Der Beamte an der Pforte telefonierte kurz mit Böckle, dann winkte er mich weiter und rief mir nach: »Erster Stock, Zimmer 104.«

Böckle erwartete mich bereits im Vorzimmer unter der Tür und führte mich gleich in sein Büro. Es war zweckmäßig eingerichtet, zwei PCs nebeneinander, großer Schreibtisch, unter dem Fenster ein langer Tisch mit zahlreichen Ablagen. Gleich neben der Tür ein Ficus in einem Gefäß mit Lavasteinen, daneben ein kleiner runder Tisch mit vier Stühlen.

»Sie arbeiten mit zwei Rechnern? Genügt Ihnen einer nicht?«

»Der eine läuft auf Intranet, mit dem anderen kann

ich frei surfen, mailen und schreiben«, erklärte Böckle auffallend freundlich. »Das hat sich bewährt. Ich kann gleich zu den Eingängen im Intranet schauen, wenn ich anderswo unterwegs bin.« Er machte eine Pause und lächelte mir freundlich zu. »Dass ich Sie einmal so sehnlich erwarte, hätte ich mir nie träumen lassen«, sagte er dann, immer noch sehr zuvorkommend, aber mit nicht zu überhörender Ironie. »Als erster am Tatort, wie damals bei der Explosion auf dem Baugelände.« – Er spielte auf die Geschichte mit der »Schrebergartenmafia« an. – »Wie machen Sie das?«

»Diesmal war es wirklich reiner Zufall.«

Ich schilderte ihm meinen spontanen Entschluss zu einer kleinen Abendrunde, meine ersten Eindrücke, als ich mich der Gartenstraße näherte. Da merkte er auf.

»Versuchen Sie sich jetzt genau zu erinnern, jedes Detail könnte einen wichtigen Hinweis geben. Schließen Sie die Augen, versetzen Sie sich in Ihre Lage gestern Nacht.«

Wollte er mich hypnotisieren? Ich tat ihm den Gefallen, dachte eine Weile ruhig nach – mit geschlossenen Augen –, die aufgescheuchten Vögel, der Lichtschein in einer der hohen Tannen und fasste meine inneren Beobachtungen in Worte.

»Sie kamen aus der Parkstraße?«, unterbrach mich Böckle, »aus welcher Richtung?«

»Osten, ja Osten müsste das sein. Ich ging in Richtung Innenstadt.«

»Dann mussten Sie die Goethestraße überqueren, als sie zum Kindergarten liefen.«

»Ja«, rief ich und öffnete die Augen. »Jetzt erinnere ich mich wieder, da kam ein Auto mit überhöhter Geschwindigkeit. Es fuhr mir entgegen.«

»Also auf die Parkstraße zu«, vergewisserte sich Böckle. »Können Sie es denn beschreiben?«

»Es war dunkel, ich sah es nur für einen kurzen Augenblick im Licht der Straßenlaternen – und drüben brannte der Kindergarten!«

»Konzentrieren Sie sich«, bat mich Böckle eindringlich.

Ich versuchte mir noch einmal die Situation vorzustellen und schloss wieder die Augen. Die Scheinwerfer, dann der Wagen, der dicht an mir vorbeifuhr, für einen Moment glaubte ich, den Fahrer hinter der Scheibe der Fahrertür zu sehen.

»Es war ein – Mann. Ich erinnere mich nur an seine Haltung. Er saß etwas verkrampft hinter dem Lenkrad. Sonst konnte ich nichts Auffälliges erkennen. Doch!«, korrigierte ich mich, immer noch mit geschlossenen Augen. »Er trug einen Schal und eine Wollmütze. Er hat mich wohl nicht gesehen, denn er schaute nicht zu mir herüber, nur geradeaus.«

»Ein älterer oder ein jüngerer Mann?«

Ich überlegte und schüttelte den Kopf. »Das kann ich nicht sagen. Ich sah ihn ja nur für den Bruchteil einer Sekunde.«

»Und der Wagen? Konnten Sie eine Farbe erkennen oder einen Autotyp?«

»Rot, älteres Modell, Polo oder Golf oder so etwas Ähnliches.«

»Und dann?«

»Ich hab den Wagen nicht weiter beachtet, ihm auch nicht nachgesehen. Meine Aufmerksamkeit galt ganz dem brennenden Kindergarten. Ich zog mein Handy und drückte die 112.«

»Wo hat es zu diesem Zeitpunkt gebrannt, ich meine wo genau? Stand schon das ganze Gebäude in Flammen?«

»Nein. Das Feuer war gerade dabei sich auszubreiten. Ich sah von der Straße aus die Flammen, also hat es zumindest schon im vorderen Teil gebrannt. Was mir merkwürdig vorkam – das eingeschlagene Fenster stand weit offen!«

»Das deutet darauf hin, dass es der Täter zuerst eingeschlagen hat, um an den Fenstergriff zu kommen und es zu öffnen. Fällt Ihnen sonst noch was ein?« Er schaute mich prüfend an.

Ich verneinte.

»Danke, das hat uns sehr weitergeholfen.«

Ich blickte Böckle verwundert an. Machte er sich lustig über mich?

»Es ist eine Spur, der wir nachgehen können«, meinte er nachdenklich, als er meine Überraschung sah. »Ein kleines Puzzleteilchen, von dem ich noch nicht weiß, wo und wie es ins Gesamtbild passt, aber ich werde es im Auge behalten und irgendwie glaube ich, dass es ein entscheidendes sein könnte.«

Er blickt mich zufrieden an.

»Ich fasse noch einmal zusammen. Prüfen Sie bitte, ob meine Darstellung mit Ihren Wahrnehmungen vereinbar ist. Was wir bisher wissen, ist, dass der Täter von der Straße aus in das Gelände eingedrungen ist. Er hat das verschlossene Gartentor aufgedrückt, wahrscheinlich mit einem kräftigen Fußtritt. Der Riegel ist einfach aus dem Schloss gesprungen. Dann hat er das Fenster geöffnet, ist in den Kindergarten eingedrungen, hat Benzin verteilt, das Gebäude wieder durch das Fenster verlassen und einen brennenden Brandbeschleuniger aus Trockenspiritus hineingeworfen. Anschließend wird er sich in aller Eile davongemacht haben, denn er musste mit einer Verpuffung rechnen. Möglicherweise sind Sie ihm begegnet, als er sich gerade mit seinem Wagen davonmachte.«

»Könnte es nicht auch sein, dass einer der Motoradfahrer …«

Böckle zuckte die Schultern. »Die Angaben der Ohrenzeugen sind ziemlich ungenau, aber möglich wäre es schon. Denkbar wäre natürlich auch, dass der Brandstifter zu Fuß gekommen ist, dann müsste er den Kanister in der Hand getragen haben – oder er hatte ihn zuvor irgendwo auf dem Gelände versteckt.«

Sein Telefon klingelte. Böckle nahm ab und hörte seinem Gesprächspartner mit gerunzelter Stirn eine Zeitlang zu. »Eine Botschaft?« … »Wann haben Sie den Bericht fertig?« … »Danke, Ihnen auch!«, verabschiedete er sich schließlich. »Die Spusi.« Als er meinen verdutzten Blick bemerkte, schob er nach: »Die Spurensicherung hat ihre Arbeit beendet, heute Nachmittag bekomme ich den Bericht. Aber eines scheint schon klar zu sein.«

Er zögerte etwas, als überlegte er sich, ob er mir die Nachricht anvertrauen dürfte.

»Behandeln Sie es noch vertraulich, aber ein rechtsradikaler Hintergrund wird immer wahrscheinlicher.«

»Doch die ›Schoppendorfer Heimatfront‹?«

»Nicht unbedingt, aber die Spusi hat eine Nachricht vom Brandstifter gefunden.«

»Etwa im Brandschutt?«

»Nein, sie hat das Gartentor untersucht. In einem der Pfeiler, an denen das Tor angeschlagen ist, gibt es einen Briefkasten. Normalerweise ist die Klappe seit der Schließung des Kindergartens verklebt, jetzt aber war sie offen, der Klebstreifen teilweise entfernt. Das fiel den Beamten auf und sie haben nachgeschaut. Sie fanden einen Brief, mit dickem Filzstift geschrieben: ›Keine Asylanten in Schoppendorf!‹ Darunter ein Hakenkreuz. Dieselbe Aufschrift hatten wir bei der alten Turnhalle festgestellt.«

»Die Graffitis an der Rückwand der Asylantenunterkunft? Ich dachte, es sei bereits geklärt, dass sie in gar keinem Zusammenhang zur Brandstiftung stünden?«

»Wer hat das gesagt?«

Ich berichtete ihm von meinem Gespräch mit Engel.

»So deutlich hatten wir das nie ausgeschlossen. Konnten wir auch gar nicht. Es war nur eine erste Vermutung, weil die Farbe völlig trocken war. Vielleicht hat Herr Engel sich das ein bisschen schöngeredet. Er hatte es ja auch ungeheuer eilig, alles zu übermalen. Aber nun drängt sich eine Verknüpfung mit der Brandstiftung im Kindergarten geradezu auf.«

»Haben Sie eigentlich den Wachmann der Sicherheitsfirma schon vernommen, der bei dem Anschlag letzte Woche Dienst hatte?«

Böckle stützte sich mit beiden Ellenbogen auf dem Tisch auf und legte sein Kinn auf die gefalteten Hände.

»Dimitri Kosic? Den hatten wir letzte Woche sogar einen Tag in Haft genommen.«

Ich staunte nicht schlecht. Da hatte ich Böckle unterschätzt.

»Und wieder freigelassen?«

»Wir konnten ihm nichts nachweisen.«

»Und mit welcher Begründung haben Sie ihn festgenommen?«

»Darüber darf ich Ihnen keine Auskunft geben.«

Auf dem Rückweg fuhr ich am Uhland-Gymnasium vorbei. Ich ärgerte mich über einen Radfahrer, der vor mir mitten auf der Straße fuhr, sodass ich ihn nicht überholen konnte. Er trug eine Schiebermütze, darunter kamen lange dünne weiße Haare zum Vorschein. War das nicht Glaser? Ich hielt am Straßenrand an und beobachtete, wie er zum Schulzentrum abbog und sein Fahrrad an einem Mäuerchen neben der Treppe abstellte. Ohne es abzuschließen, ging er zügigen Schrittes die Zufahrt zur alten Turnhalle hoch. Wollte er der Flüchtlingsunterkunft einen Besuch abstatten? Schnell stieg ich aus und spähte ihm nach. Als er oben war, schaute er kurz nach links und rechts, dann folgte er dem schmalen Weg, der zur Rückseite der Turnhalle führte. War er etwa am Auskundschaften für ein weiteres Projekt?

Ich beschloss, ihm hinterherzugehen. Oben an der Wegbiegung blieb ich stehen und blickte vorsichtig in die Richtung, die er genommen hatte.

Da sah ich ihn wieder. Er stand zwischen den Büschen vor der Rückwand der Turnhalle und befingerte die Wand. Was machte der da? Nach einigen Augenblicken trat er wieder auf den Weg. Ich zog mich schnell zurück und verschwand für einen Moment im Schulhaus.

Durch den Glaseinsatz in der Türfront äugte ich gespannt auf die Zufahrt. Da kam er und ging wieder hinunter in Richtung Treppe, wo er sein Fahrrad abgestellt hatte. Ich wartete sicherheitshalber noch etwas ab, dann verließ ich wieder das Foyer und lief zu der Stelle, wo er die Wand untersucht hatte. Auf einer Fläche von etwa zwei auf einem Meter war die Betonwand mit grauer Farbe überstrichen. Hier mussten die Graffitis übermalt worden sein. Aber warum interessierte sich Glaser dafür? Ich trat näher hinzu, bemerkte an den Schuhabdrücken, wo er gestanden hatte und dann sah ich es.

Der Deckanstrich war an einer Stelle mit einem scharfen Gegenstand – vielleicht einem Taschenmesser? – wenige Zentimeter abgekratzt worden, sodass die schwarze Farbe der Schrift durchschien. Was hatte das zu bedeuten?

Ich machte mich auf den Weg zu meinem Käfer und entdeckte ein Knöllchen unterm Scheibenwischer. Ich stand im Halteverbot! Grademal fünf Minuten war ich weg gewesen!

Ärgerlich zog ich den Wisch unter dem Scheibenwischer hervor und bemerkte, dass es sich um gar kein

Knöllchen handelte. Ich rollte das Papier auf und las in krakeliger Handschrift: »Neugier ist die Lust, die nichts bringt, außer Frust!« Darunter ein lachendes Gesicht. Post von Glaser? Hatte er mich bemerkt? Sollte ich mich jetzt ärgern oder mich freuen, dass ich keinen Strafzettel bekommen hatte? Ich beschloss Letzteres und machte mich auf den Weg in die Parkstraße.

Während der Fahrt dachte ich an das Gespräch mit Böckle. Kosic saß einen Tag in U-Haft. Es gab also einen handfesten Verdacht gegen ihn. Wegen eines Alibis konnte er nicht entlassen worden sein, denn in besagter Nacht war er ja am Tatort. Hatte seine Verhaftung mit seinem kurzzeitigen Verschwinden zu tun, als das Feuer gelegt wurde?

Dann rätselte ich über das merkwürdige Verhalten von Glaser und konnte mir keinen Reim darauf machen.

Nach dem Mittagessen bei Frau Eisele, Gaisburger Marsch mit extra viel Rindfleisch – Frau Eisele beharrte darauf, das Gericht aus Spätzle, Kartoffeln und Suppenfleisch in der Brühe mit feinenm Gemüschen, geschmelzten Zwiebelchen und Petersilie »Böckinger Feldg'schrei« zu nennen –, machte ich mich daran, die Sendung für Mittwoch vorzubereiten. Sollte ich vorher noch einmal mit den Beteiligten sprechen? Michel würde sicher von Gregor Vulpius und Nora Martini ausgiebig gebrieft und Heinz Engel, der machte sowas eh spontan und ließ sich keine Richtung vorgeben. Da schob sich die Nachricht über eine neue Mail von Rita unten rechts auf meinen Bildschirm. Ich klickte drauf.

Hallo Nils,

da du vermutlich grad am Rechner sitzt, über Mail: Ich hab die Sicherheitsfirma, bei der Kosic gearbeitet hat. Und stell dir vor, seit Ende letzter Woche arbeitet er dort nicht mehr.«

Ich mailte zurück:

Hallo Rita,

ich kann mir denken warum: Er war eine Nacht in Untersuchungshaft. Warum, wollte mir Böckle nicht verraten.

Wenig später ihre Antwort:

Hallo Nils,

ich fahr mal hin und versuch das rauszukriegen. Soll ich dich abholen?

Das Büro des Unternehmens »security first« befand sich im Industriegebiet Süd, in der Nähe der Großbaustelle bei den Schrebergärten und nicht weit entfernt von Ellwangers Häuschen – eine langgezogene Baracke in einem Hinterhof, umgeben von Lagerhallen.

Ein untersetzter Mann mit athletischem Körper, abenteuerlichem Tattoo am Hals und Goldkettchen am Handgelenk, gekleidet in eine schwarze Hose, eine gelbe Jacke mit Aufschrift »security first« und eine schwarze Wollmütze, begrüßte uns missmutig, als wir uns als Presseleute vorgestellt hatten.

Rita ließ sich davon nicht einschüchtern und trat sehr selbstbewusst auf: »Einer ihrer Mitarbeiter wird verdächtigt, den Brand im Schulzentrum gelegt zu haben.«

»Wer sagt das?«

»Wir haben mit der Polizei gesprochen. Aber bevor wir die Meldung in die Medien bringen, wollten wir Sie dazu hören.«

Ich sah, wie es in ihm arbeitete. Am liebsten hätte er uns hinausgeworfen. Andererseits wollte er wohl eine negative Berichterstattung über sein Unternehmen vermeiden.

»Wir haben ihn sofort entlassen, als wir hörten, dass ihn die Polizei verhaftet hat. Ein seriöses Sicherheitsunternehmen kann sich nicht leisten, einen Verdächtigen zu beschäftigen.«

»Dann stimmt es also mit seiner Vorgeschichte?«, fragte Rita und ich wusste, dass sie keinerlei Anhaltspunkt für ihre Frage hatte und auf gut Glück pokerte.

Wieder arbeitete es in ihm. Seine Kiefer begannen zu mahlen. »Wir sind ein expandierendes Unternehmen und stellen zurzeit viele Leute ein, alle werden überprüft. Aber Kosic hat uns verschwiegen, dass er vor Jahren verurteilt wurde.«

Rita triumphierte und pokerte fröhlich weiter: »Wegen Brandstiftung!«

Der Sicherheitsmann versuchte abzuwiegeln: »Ein Dummerjungenstreich. So hat er es jedenfalls uns gegenüber ausgedrückt. Er hat als Azubi bei seinem Meister in der Werkstatt ein Feuerchen gelegt, nachdem der ihn hinausgeworfen hatte. Viel ist damals nicht passiert. Er hat dafür eine Jugendstrafe bekommen.«

»Was macht Kosic jetzt?«

Er zuckte die Achseln. »Das interessiert uns nicht mehr. Er kommt aus Stuttgart. Dort wird er wohl nach Arbeit suchen.«

Wir sprachen noch über die schwierigen Beziehungen zwischen Polizei und privaten Sicherheitsdiensten, erfuhren, dass die Polizei einfach auf ihre Hilfe angewiesen sei und die Nachfrage nach Gebäudesicherung – übrigens auch nach Personensicherung – ständig zunähme und bedankten uns für die freundliche Auskunft.

»Wie du den zum Sprechen gebracht hast, das war ganz schön clever!«, sagte ich anerkennend, als wir wieder in ihren Alfa stiegen und vom Hof fuhren.

Sie ging auf mein Lob nicht ein, sondern fragte: »Was wissen wir von Dimitri Kosic und seinem Bezug zur Tat?«

»Kosic hatte am fraglichen Abend Dienst. Er sollte die alte Turnhalle bewachen. Ellwanger lief ehrenamtlich Streife und vermisste ihn, bis er ihn im Gespräch mit Michel sah, kurz nachdem dieser den Brand bemerkt hatte.«

»Verdächtig! Findest du nicht?«, meinte Rita. »Genau in der Zeit, als der Brand gelegt wurde, scheint er für eine gewisse Zeit verschwunden gewesen zu sein.«

»Du meinst, da hätte er die Graffiti anbringen und das Feuer in der Schule legen können? Aber musste er nicht damit rechnen, dass Ellwanger ihn dabei erwischt?«

»Wenn er ihn genau abgepasst hat? Er wusste doch, wie lange Ellwanger für die Runde braucht. Du kennst ja das Gelände um die alte Turnhalle. Ich schätze, um am Parkplatz entlangzugehen, dann das Stück über den Krokusweg bis zu den Anlagen hinter der Halle und auf der Gegenseite wieder zurück, das dauert mindestens zehn Minuten!«

»Diese Frist würde ihm kaum gereicht haben. Wie kommen wir da jetzt weiter?«, seufzte ich. »Sollen wir Kosic aufs Geratewohl in Stuttgart suchen?«

»Ich hab da schon eine Idee«, grinste Rita.

DIENSTAG, 6.12.

Die Podiumsdiskussion sollte im Musiksaal des Uhland-Gymnasiums stattfinden. Der Haupteingang war seit dem Brandanschlag geschlossen – aus Sicherheitsgründen, wie es offiziell hieß, außerdem waren die Handwerker dabei, die Eingangshalle zu sanieren und brauchten die Zufahrt für ihre Maschinen und Autos.

Über den Schulhof erreichte ich den zweiten Eingang, der von der anderen Seite in dasselbe Treppenhaus-Foyer führte. Ich erkannte den mit großen Bahnen abgehängten Bereich, hinter denen die Handwerker lautstark arbeiteten, und wunderte mich darüber, dass auf dieser Seite bereits alle Brandspuren beseitigt schienen. Allerdings waren die neuen Deckenbretter noch nicht eingezogen. Das fiel mir aber erst auf, als ich nach oben blickte.

Kichernde Teenies mit roten Nikolausmützen kamen mir entgegen und rannten an mir vorbei auf den Schulhof. Ich schaute ihnen belustigt nach.

Eine große Informationstafel gegenüber der Tür teilte mir mit, dass der Musiksaal im Erdgeschoss zu finden sei, Zimmer 106. Suchend blickte ich mich um. Da kam auch schon die Schulleiterin mit Nora und Michel die Treppe herunter.

»Herr Niklas, schön dass Sie heute auch dabei sind. Frau Martini hat mir gerade berichtet, dass Sie morgen ein Interview mit Michel Sankara in Stuttgart fürs Fernsehen aufnehmen. Wundern Sie sich nicht über die Nikoläuse ...« – Gerade sprang wieder eine Schar rotbemützter Gören an uns vorbei. – »Heute ist ja Nikolaus, Ihr Namenspatron wird gefeiert!« Sie lachte herzlich über ihren Witz, während ich mir notdürftig ein Lächeln abrang. Doch sie war noch nicht fertig mit mir. »Die Schülerinnen und Schüler der Oberstufe werden nachher freilich keine Zipfelmützen aufhaben. Sie sind schon sehr gespannt auf Michel und seine Geschichte. Ich übrigens auch. Die Schülersprecherin und zwei Teilnehmer der Dritte-Welt-AG werden die Veranstaltung leiten. Ich will nur zu Beginn ein paar Worte sagen. Gehen wir?«

Ohne eine Antwort abzuwarten schritt sie zügig mit Michel an der Seite voran und ich hielt mich mit etwas Abstand auf Noras Höhe.

»Sie wird übersetzen?«, raunte ich ihr zu.

Nora nickte.

»Dann könnte es heute ein wenig länger dauern.«

Der Saal war bis auf den letzten Platz gefüllt. Gregor Vulpius schaute zum Eingang und als er uns erkannt hatte, winkte er uns fröhlich zu. Er war schon mit Rita vorausgegangen, während Nora und Michel mit der Schulleiterin im Rektorat ein Vorgespräch geführt hatten. Wir sollten nach vorne kommen. Am Podium waren Stühle für die VIPs freigehalten.

Oben, auf einer leicht erhöhten Bühne, saßen an zwei in V-Form angeordneten Tischen eine Schülerin und ein Schüler, die Schülersprecherin und Heinz Engel, der wieder sein T-Shirt übergezogen hatte: »Jeder ist Ausländer, fast überall auf der Welt.«

Unter dem spontanen Beifall des Publikums sprang Michel freihändig aufs Podium – er benutzte nicht die Stufen – und winkte lässig in den Saal, bevor er sich neben Engel setzte, der ihn freudig begrüßte. Er trug einen langen, leuchtend roten Schal über einem weißen Pullover und schien kein bisschen aufgeregt.

Die wortgewaltige Schulleiterin hieß die Schülerinnen und Schüler der Oberstufe und die Gäste willkommen. Dann gab sie unerwartet schnell das Mikrophon an die Schülersprecherin weiter.

Das Mädchen bedankte sich eloquent bei ihrer Schulleiterin für die einführenden Worte und bat sie lächelnd, am Tisch neben Michel Platz zu nehmen. Sie wäre *heute* die *zweitwichtigste* Person, sagte sie mit deutlich vernehmbarer Betonung, wodurch der Hintersinn ihrer Worte nicht zu überhören war. Denn Frau Rasch würde dolmetschen, was der Hauptgast der Veranstaltung ihnen berichten wollte.

Sie tritt erstaunlich selbstsicher auf, dachte ich mir, ein echtes Talent! Die Schülersprecherin sprach von den Flüchtlingen, die seit einigen Wochen im Schulzentrum mitten unter ihnen lebten und von der Notwendigkeit, mit ihnen ins Gespräch zu kommen, und stellte anschließend die Diskussionsteilnehmer kurz mit Namen vor. Dabei hielt sie jedem für ein paar persönliche Worte das Mikrophon unter die Nase.

Als Michel an der Reihe war, lachte er entwaffnend in die Runde und versuchte es auf Deutsch: »'allo susammen, isch freue misch, dass isch 'ier bin und euch von meiner ›'eimat ersählen darf.«

Lautstarker Beifall und einzelne Jubelrufe.

Und Michel erzählte – auf Französisch, sodass die Schulleiterin Mühe hatte, in der gebotenen Geschwindigkeit zu übersetzen, denn Michel schaute sie immer wieder ungeduldig an, wann er denn endlich seinen Vortrag fortsetzen könnte.

Burkina Faso sei etwa so groß wie die alte Bundesrepublik vor der Vereinigung, habe aber nur 18 Millionen Einwohner, weniger als Nordrhein-Westfahlen. Die Hälfte der Bevölkerung sei muslimisch, 35 Prozent hingen Naturreligionen an und 15 Prozent seien katholisch. Er sprach von den religiösen Spannungen zwischen Muslimen und Christen, von der großen Armut im Land, vom Kampf gegen das Vordringen der Wüste, von der Hoffnung der Bevölkerung auf eine demokratische Zukunft, nach Jahren des Bürgerkriegs und vieler Putschversuche, auf den zunehmenden IS-Terror im Norden des Landes und in der Hauptstadt. Zum Schluss seines kurzen einleitenden Vortrags las er ein Zitat aus einem Interview seines entfernten Großonkels Thomas Sankara vor – auf Deutsch, erstaunlich akzentfrei, ich konnte mir vorstellen, wie er mit Nora gestern Abend geübt hatte:

Nehmen Sie meinen Fall: Von 1000 Kindern, die im gleichen Jahr wie ich geboren wurden, ist die Hälfte in den ersten drei Lebensmonaten gestorben. Ich hatte das unverschämte Glück davonzukommen. Ich hatte auch das Glück, in der Folge nicht Opfer einer jener Krankheiten zu werden, die wir hier in Afrika kennen und die die Menschen aus meinem Jahrgang weiter dezimiert haben. Ich gehöre zu jenen 16 Kindern von 100, die zur Schule gehen konnten. Das war eine weitere unerhörte Chance. Ich gehörte zu jenen 18 von 100 Eingeschulten, die bis zu einem mittleren Schulabschluss kamen, und zu jenen 300 Jugendlichen im ganzen Land, die ins Ausland gehen und ihre Ausbildung vervollständigen und bei der Rückkehr sicher sein konnten, einen Arbeitsplatz zu finden.

Auf die Frage, warum er die Flucht durch die Sahara und über das Mittelmeer auf sich genommen habe, um nach Deutschland zu kommen, berichtete Michel von seinen Eltern, die beim jüngst gescheiterten Putsch ums Leben gekommen waren, von seinen Verwandten, die den gestürzten und ins Ausland geflohenen früheren Präsidenten immer noch unterstützten und nichts mehr von Michel wissen wollten, da seine Eltern und sein Bruder sich für die Demokratiebewegung eingesetzt hatten, und von seiner Angst, ebenfalls ermordet zu werden. Sein Bruder habe ihn auf seiner Flucht finanziell unterstützt. Er lebe mit seiner Frau und seinen zwei Kindern noch in Ouagadougou.

Die folgenden Fragen der Schülerinnen und Schüler bezogen sich auf Michels Flucht.

Es sei kein leichter Entschluss gewesen, versicherte er. Aber er habe keine Möglichkeit mehr gesehen, im Land zu bleiben. Da sein Bruder Familie habe, hätten sie sich entschieden, dass er vorausgehen und in Deutschland um Asyl bitten sollte. Dann schilderte er seinen Fluchtweg durch Niger nach Lybien, Fahrten mit völlig überfüllten Bussen, Schlafen auf dem Betonboden des Busbahnhofs, nach 17 Stunden pro Tag in einem schlecht gefederten Bus auf unbefestigten Straßen, die Bestechungsgelder, die an den vielen Kontrollpunkten bis zur Grenze bezahlt werden mussten – an die Polizei, um nicht von den Beamten geschlagen und anschließend zurückgeschickt zu werden.

Das Geld habe ihm sein Bruder nach und nach überwiesen, damit er nicht, falls man ihn beraubte, alles auf ein Mal verloren hätte. Er schilderte die Ankunft in Agadez, am Rand der Sahara, seinen Aufenthalt in der Stadt mit den verwinkelten Lehmhäusern bei 45 Grad im Schatten, den es aber nur von den Mauern gab, wenn die Sonne nicht so hoch stand.

Früher sei hier mit Sklaven gehandelt worden, jetzt mache man die Geschäfte mit den Migranten. Jeden Monat kämen hier 3000 von ihnen durch. Agadez sei der wichtigste Umschlagplatz für Menschen aus Afrika auf dem Weg nach Europa.

Er hauste in einem Hinterhof, Getto genannt, mit vielen anderen zusammen, die auf eine Mitfahrgelegenheit warten. Wer einen Platz auf einem überfüllten Lastwagen nach Lybien bekommt – für etwa 200 Euro – kann sich glücklich schätzen. Und dann geht es hinein in die Wüste, tagelang unter sengender Sonne über die lybische Grenze bis zu einem Mittelmeerhafen. Wieder Tage, Wochen des Wartens, bis man einen Platz auf einem

Schlauchboot bekommt. Es sind nur ein paar Kilometer hinaus aufs Meer, sagen ihnen die Schleuser, dann holt euch die italienische Marine raus und bringt euch sicher hinüber nach Europa.

Und warum Deutschland?, wollte eine Schülerin wissen.

»Es ist ein reiches Land«, antwortete Michel auf Deutsch, »und die Menschen sind gut zu den Flüchtlingen.«

Geduldig beantwortete Michel, was die Schüler bewegte. Dann folgten kritische Stimmen, die sich an Engel wandten und die Unterbringung der Asylanten betrafen. Engel machte keinen Hehl von seiner Verärgerung über die beengten Zustände in der alten Turnhalle. Eine Übergangslösung sollte es sein, jetzt seien sie schon seit Wochen hier untergebracht. Geeignete Unterkünfte müssten dringend neu gebaut werden.

Fragen nach der Brandnacht wies die Schülersprecherin zurück. Es sei ausgemacht, dieses Thema auszusparen. Einsetzendes Gemurmel. Wussten die Schüler etwa vom Verdacht gegen einen der Asylanten, gegen Michel? Die Schulleiterin rettete die Situation. Sie habe auch ganz persönliche Fragen an Michel. Was er denn so in seiner Freizeit mache?

»Ich lese viel«, antwortete Michel auf Deutsch, »da kann ich besser die deutsche Sprache lernen.« Er zeigte auf Herrn Vulpius in der ersten Reihe. »Herr Vulpius ist Literaturprofessor und hat mir Comics besorgt: Asterix, Micky Maus und so.«

Die Schüler lachten.

»Und Fußball. In Ouagadougou habe ich in einer Mannschaft gespielt. Wir waren nicht ganz so gut wie Bayern München, aber es hat Spaß gemacht.«

Ob er auch den VFB Stuttgart kenne?

»Die steigen bestimmt wieder auf«, versicherte Michel und grinste. »Sie werden immer besser! Sie haben nur ein bisschen gewartet, damit es spannender wird.«

Die Zeit war wie im Fluge vergangen. Um meine Sendung morgen musste ich mir keine Sorgen machen. Michel könnte sie ohne Mühe alleine gestalten, so schlagfertig, wie er sich hier geben hatte.

Hanna Rasch bat uns nach Ende der Veranstaltung zu einem Gespräch in ihr Büro. Sie sei noch ganz aufgewühlt von Michels Bericht, was er denn für weitere Pläne habe.

Michel grinste und antwortete auf Deutsch. »Erst mal richtig Deutsch lernen, dann einen Schulabschluss machen.«

Nora mischte sich ein, erwähnte, dass Michel in Ouagadougou das Gymnasium besucht hätte. Hanna Rasch begann ihm auf den Zahn zu fühlen, fragte nach Unterrichtsfächern, wie lange er von der Schule weg sei und bot ihm schließlich an, in verschiedene Klassenstufen hineinzuschnuppern. Sie stellte ihm auch in Aussicht, seine Leistungen unter Hinzuziehung einiger Kolleginnen und Kollegen zu testen. Vielleicht könne er dann ja hier am Uhland-Gymnasium weitermachen? Wo er jetzt so viel Einsatz gezeigt hätte, würde er hier bestimmt viele Freunde finden. Sie sprach noch über den Brand, über die Handwerkerarbeiten, die sich jetzt doch länger hinzögen und die bisher erfolglose Suche der Polizei nach dem Täter.

Michels Miene trübte sich ein, Nora bat um Verständnis, dass sie nun aufbrechen müssten, ihr Begleiter warte unten am Auto auf sie.

Als die beiden abgezogen waren, nutzte ich die Gelegenheit, die Schulleiterin auf Mario Renzi anzusprechen. Ein unglücklicher Fall meinte sie. So ein lieber Kerl, aber auf dem Gymnasium leider völlig am falschen Platz.

Ich erzählte ihr von unserem Gespräch mit ihm und dem Brandmeister, erwähnte auch, dass er sich etwas zurückgesetzt fühlte gegenüber Michel und den anderen Asylanten, immerhin hätte er ja fachmännisch die Rettungsaktion geleitet, bis die Feuerwehr da gewesen sei, und habe auch gleich gewusst, wo die eingeschlossenen Sechstklässler zu finden waren.

Hanna Rasch blickte mich nachdenklich und ein bisschen betroffen an. Da habe man im Eifer wohl tatsächlich etwas versäumt, gab sie zu. Die Wahrnehmung habe sich ganz auf die Asylanten und ihren Einsatz konzentriert. Sie drückte ihre Hoffnung aus, dass sich Marios Berufswunsch erfüllen möge, fragte, ob ich Bescheid wüsste, wie es ihm in seiner Ausbildung erginge und begann mit einem Vortrag über die Notwendigkeit, schulische Karrieren frühzeitig beratend zu begleiten. Dann würden sich solche Fälle frühzeitig erkennen und Schullaufbahnen wie die von Mario rechtzeitig korrigieren lassen. Sie hätten ja in ihrem Kollegium eine ausgebildete Beratungslehrerin, aber die wenigen Anrechnungsstunden, die diese für ihre verantwortungsvolle Tätigkeit bekäme, reichten hinten und vorne nicht aus. Alle wollten aufs Gymnasium, glaubte sie sich rechtfertigen zu müssen, besonders die Eltern sähen es als ihr gutes Recht an, alle ihre Kinder Abitur machen zu lassen. Dabei gebe es viele Wege zu einem solchen oder gleichwertigen Abschluss und in erster Linie müsse man für jedes Kind die richtige Schule finden.

Ich schaute demonstrativ auf die Wanduhr über der Tür und wollte ihr signalisieren, dass ich jetzt auch aufbrechen müsse. Schließlich fasste ich mir einfach ein Herz, stand auf und bedankte mich für das aufschlussreiche Gespräch.

Auf dem Weg nach draußen begegnete ich Engel. Er sprach noch mit einigen Schülern über die Lebenssituation der Asylanten in der alten Turnhalle und gab mir ein Zeichen, kurz auf ihn zu warten.

Als er schließlich zu mir stieß, meinte er: »Die jungen Leute haben so viel Verständnis gezeigt und von Michel waren sie richtig begeistert. Wir sollten solche Veranstaltungen unbedingt fortsetzen. Werden Sie morgen in ihrer Sendung darüber berichten?«

»Erzählen Sie doch davon«, schlug ich ihm vor. »Das wirkt auf jeden Fall authentischer und sicher auch lebendiger. Und bringen Sie wieder ihr schönes T-Shirt mit! Das darf auf keinen Fall in der Sendung fehlen!«

Dann fragte ich ihn nach Dimitri Kosic. Der Sicherheitsdienst schicke seine Leute immer erst abends, meinte er nachdenklich. Kosic habe er nur einmal kurz gesehen, mit ihm gesprochen und eigentlich keinen schlechten Eindruck gehabt. Warum er seither nicht mehr aufgetaucht sei?

Ich dachte an Böckles mahnende Worte, seine Überprüfung und die folgende Entlassung noch vertraulich zu behandeln und sagte nur, dass bei den privaten Sicherheitsdiensten leider die Einsatzkräfte häufig wechselten.

»Ausgebeutet werden sie, gnadenlos!«, schimpfte Engel und ballte die Hand zur Faust. »Ich wette, keiner von denen bekommt den Mindestlohn gezahlt. Wenn sie den Mund aufmachen, werden sie entlassen. Die Konkurrenz unter den Sicherheitsfirmen ist knallhart und Interessenten für diesen Job gibt es anscheinend genug. Armes Deutschland, das sich nicht genügend Polizisten leisten kann.«

MITTWOCH, 7.12.

Die Aufzeichnung im Studio klappte reibungslos. Engel erzählte wortreich von der gestrigen Veranstaltung im Uhland-Gymnasium, ergänzte Michels Antworten auf meine Fragen, die wir aus der Technik simultandolmetschen ließen, besonders, wenn es um die schwierigen Lebensbedingungen der Asylanten in der provisorischen Unterkunft ging. Wir blendeten Bilder dazu ein, zeigten auch Ausschnitte aus dem Video, als die Eltern der Sechstklässler am Tag nach dem Brand ein spontanes Fest mit den Rettern gefeiert hatten. Engel schwärmte von seinen Jungs, von deren Arbeitseifer bei den Aufräumungsarbeiten.

»Die können anpacken, das glauben Sie nicht! Alle wollen sie endlich arbeiten und damit ihre Dankbarkeit gegenüber unserem Land zeigen. Das Geld, das wir für sie ausgeben, wird sich bald ausbezahlt haben.« Dann wieder einer seiner Hammersprüche: »Es sind andere, die die Staatskasse belasten. ›Die teuersten Flüchtlinge sind die Steuerflüchtlinge.‹«

Michel berichtete, wie er in der Nacht das Feuer bemerkt und seine Kameraden gewarnt hatte. Ich fragte ihn nach seinen Gefühlen bei der Rettung der Sechstklässler. Er habe nicht groß darüber nachgedacht, ob er Angst hätte. Die Zeit drängte und es musste gehandelt werden. Ich fragte auch nach Mario Renzi, der nach ihm die Feuerleiter hochgeklettert war. Er habe ihn zurückschicken wollen, erklärte Michel zögernd, er sei ja Feuerwehrmann, aber da sei er schon auf der Leiter gewesen und habe sich nicht weiter um ihn gekümmert.

Zum Abschluss ließ ich ihn über seine Flucht berichten, über seine Eindrücke hier in Schoppendorf und Michel ließ wieder sein fröhliches Lachen erklingen: »Alle sind hier so nett zu uns Flüchtlingen«, sagte er auf Deutsch.

Anschließend fuhren wir alle zusammen mit Noras Landrover in die Innenstadt. Es war etwas eng zu Dritt auf der Rücksitzbank, aber es dauerte ja nur ein paar Minuten. Wir fanden einen Platz in der Tiefgarage und bummelten mit Michel über den Weihnachtsmarkt. Noch nicht alle Stände hatten geöffnet und dennoch war die Stimmung zauberhaft. Kleine Flocken tanzten in der Luft und wenn sie auf dem Boden aufkamen, lösten sie sich in Nichts auf. Michel versuchte sie mit der Hand zu fangen und schaute ihnen fasziniert nach. Vulpius lobte Michels Fortschritte beim Deutschlernen, sprach mit ihm ausschließlich deutsch und erklärte ausführlich, wenn Michel etwas nicht verstand.

Da machte sich Noras Handy bemerkbar. Sie ging etwas zur Seite, wo es nicht so laut war, und redete erregt, während sie sich ihr anderes Ohr zuhielt.

Während Vulpius Michel einen Vortrag über das Schillerdenkmal hielt, das über die Buden ragte, drehte ich mich wieder nach ihr um. Sie war schreckensbleich geworden und blickte irritiert zu uns herüber. Ich entfernte mich leise von Engel, Michel und Vulpius, die Nora noch immer den Rücken zuwandten und das Denkmal betrachteten.

»Was ist los, geht's dir nicht gut?«

Sie schüttelte wortlos den Kopf.

»Ist es wegen des Anrufs? Was ist passiert?«

»Böckle hat sich gerade gemeldet. Sie haben in der Restmülltonne vor meinem Haus ein angebrochenes Päckchen Kaminanzünder gefunden.«

»Die haben deinen Müll durchwühlt?«

»Routineuntersuchung, meinte Böckle. Da Michel nun mal verdächtigt wird, haben sie die Umgebung meines Hauses einmal näher betrachtet, dabei eben auch in die Mülleimer im Vorgarten gesehen und rein zufällig dieses halbvolle Päckchen entdeckt. Sie wollten ursprünglich auch in Michels Zimmer nachsehen. Böckle hat sogar bereits einen richterlichen Beschluss für eine Hausdurchsuchung erwirkt. Aber das sei nun vorerst nicht mehr nötig. Weshalb hat er nicht gesagt, nur gemeint, ich solle mir keine Sorgen machen.«

»Soll er gleich zur Polizei?«

Sie schüttelte den Kopf. »Ich soll ihm zunächst gar nichts davon berichten. Sie würden sich selbst wieder melden. Verstehst du das?«

»Vielleicht will er ihn nicht unnötig beunruhigen?«

»Oder er hat vor, ihm eine Falle zu stellen!«

»Kannst du Michel denn kein Alibi geben?«

»Das hat mich Böckle auch gleich gefragt. Ich musste verneinen. Ausgerechnet an diesem Abend war er allein zu Haus. Gregor und ich waren eingeladen. Als wir zurückkamen, saß er vor dem Fernseher.«

»Können die Kaminanzünder nicht von dir stammen?«

Sie sah mich vorwurfsvoll an: »Na hör mal, ich verwende doch nicht dieses chemische Zeug!«

Da kamen sie fröhlich plaudernd auf uns zu.

»Wer war's denn?«, fragte Vulpius.

»Böckle«, antwortete Nora mit gespielter Gleichmütigkeit. »Ich erzähl dir das später.«

Ich bewunderte Nora. Sie war eine hervorragende Schauspielerin, redete fröhlich über dies und das und führte uns in die Stiftskirche, wo gerade die tägliche Orgelmusik zum Weihnachtsmarkt stattfand, Musik von Bach an der großen Mühleisen-Orgel, was Michel tief beeindruckte. Bald darauf verabschiedeten wir uns.

Nachdenklich machte ich mich zu Fuß auf den Weg nach Hause. Ich brauchte jetzt dringend frische Luft, um einen klaren Kopf zu bekommen. Erst am späten Nachmittag, unmittelbar vor der Sendung würde ich die Aufzeichnung noch einmal durchsehen. Da blieben noch ein paar Stunden. Ich überquerte zügig den Schlossplatz, um möglichst schnell in den Schlossgarten zu kommen, wo die Parkanlagen begannen und ich dem Trubel der City entronnen war. Nach einer guten halben Stunde Fußmarsch erreichte ich schließlich den Park der Villa Berg mit dem Funkhaus und den Studios. Von dort war es nur noch ein kurzes Stück in die Abelsbergstraße zu meiner Wohnung.

Spielte uns der Junge was vor? Einmal angenommen, dies wäre tatsächlich der Fall – was sollte das dann bitteschön für einen Sinn ergeben? Susanne hatte bei unserem Gespräch in der Redaktion des »Echo« gleich nach der Brandstiftung im Schulzentrum diesen seltsamen Verdacht geäußert und überlegt, welche Motive Michel als möglicher Täter hätte haben können. Das hatte ich gerade noch nachvollziehen können: Aufmerksamkeit auf sich lenken, als der große Held dastehen – aber durch die Rettungsaktion, nicht durch die Brandstiftung! – Sein Ziel hätte er ja erreicht: Er wohnte nicht mehr mit den anderen Asylbewerbern zusammen, von denen er gemobbt wurde, er war dem Einfluss dieses Ahmadi entflohen und er hatte jetzt eine klare Perspektive: Schule, Schulabschluss, Integration. Zweifellos hatte er vom Gang der Ereignisse profitiert. Aber dieser zweite Brandanschlag im Kindergarten – entlastete der ihn nicht sogar? Davon hatte er ja nun wirklich nichts! Alles Erreichte aufs Spiel setzen aus bloßer Freude am Zündeln?

Oder war er etwa hinter seiner fröhlichen Maske durch die Flucht so traumatisiert, dass er ein schizophrenes Doppelleben führte? Nein! Sein fröhliches, offenes Wesen, das konnte nicht alles gespielt sein! Aber wie kam dann dieses Päckchen Kaminanzünder in Noras Mülleimer und was hatte Böckles seltsame Zurückhaltung in diesem Fall zu bedeuten?

Die Beweislage gegen ihn verdichtete sich: Bei beiden Brandstiftungen wurden Kaminanzünder als Brandbeschleuniger verwendet. In beiden Fällen führten die

Spuren zu Michel. Beim Brand im Schulzentrum war er als Erster zugegen und auch den Kindergarten hätte er, rein zeitlich gesehen, ohne Weiteres in Brand stecken können, wenn er am späten Abend dieses zweiten Advents das Haus verlassen hätte, als Nora mit ihrem Begleiter außer Haus war. Es waren ja nur ein paar Minuten zu Fuß zum Kindergarten! Auch zurück in sein Zimmer hätte er unbemerkt wieder gelangen können, selbst wenn Nora inzwischen heimgekommen wäre. Er hatte ja sicher einen Hausschlüssel und Bismarck war mit ihm vertraut und hätte ihn nicht verraten.

Nun war er ja schon zu Hause, als sie zurückkamen. Vielleicht konnten die beiden ihm dann doch ein Alibi geben? Elf oder halb zwölf war es gewesen, als ich den Brand bemerkt hatte. Der Brand müsste also in der Zeitspanne kurz vor Elf bis kurz vor halb zwölf gelegt worden sein. Wenn Nora also halb elf, spätestens dreiviertel Elf wieder zu Hause war, wäre Michel entlastet. In Noras Haut mochte ich nicht stecken. Würde sie gegenüber Michel dichthalten können?

Ich hatte meine Wohnung erreicht, da entdeckte ich Ritas Sportwagen vor dem Haus. Sie hatte ihn dicht hinter meinen Käfer geparkt. Ihr Wagen war leer. Ich schaute genauer hinein, ob ich vielleicht irgendeinen Hinweis …? Da tippte mich jemand von hinten an der Schulter an. Ich fuhr herum.

»Vor deiner Wohnung treibt sich aber verdächtiges Gesindel herum, schaut in die geparkten Autos, sucht wohl nach Wertsachen!«

»Rita, was für eine Überraschung, kommst du mich besuchen? Woher wusstest du, dass ich nach der Aufzeichnung gleich nach Hause komme?«

»Reine Intuition«, lachte sie. »Nein, im Ernst, ich hab in der Gegend zu tun gehabt und gedacht, ich versuch's einfach mal. Wie du siehst, hat's geklappt. Ich hab interessante Neuigkeiten!«

»Ich auch«, seufzte ich.

»Ist die Aufzeichnung danebengegangen?«, fragte sie erschrocken.

»Die hat bestens geklappt, aber Böckle hat uns ein böses Kuckucksei ins Nest gelegt.«

»Deine Metaphorik war auch schon mal besser«, lachte sie. »Bei diesem Bild stimmt so gut wie gar nichts.«

Ich hatte keine Lust, auf ihren Spott einzugehen und berichtete ihr in Kurzform von unserem kleinen Ausflug zum Stuttgarter Weihnachtsmarkt und Böckles Anruf bei Nora. Sie runzelte die Stirn, sagte aber kein Wort.

»Und deine Neuigkeiten?« Bevor sie loslegen konnte, schob ich nach: »Hast du Zeit für einen Kaffee?«

Wir gingen nach oben. Während ich meine Jacke in die Garderobe hängte, stürmte Rita voraus ins Wohnzimmer und ließ sich in meinen Sessel fallen, ihren Mantel hatte sie einfach auf mein Sofa daneben geworfen. Ich nahm ihn, hängte ihn auf einen Bügel, den ich von draußen mitgebracht hatte und trug ihn zur Garderobe im Flur. Inzwischen betrachtete Rita neugierig meine Wohnung.

»Sind das alles Erbstücke von deiner Tante Käte?«, gluckste sie und wies auf mein halbhohes Büffet aus poliertem Nussbaumholz, den Nierentisch und das Plüschsofa.

»Mir gefällt's«, brummte ich. »Fünfziger- und Sechzigerjahre, robust und bequem.«

»Und wo ist der röhrende Hirsch?«

Ich verdrehte die Augen und ging zu meiner Kochecke. »Tante Käte hat einen exquisiten Kunstgeschmack und war mit einer Tochter von Oskar Schlemmer befreundet. Sie hat sogar noch ein echtes Bild von ihm. Das hängt bei ihr im Seniorenheim.«

»Und was hängt da so an der Wand?« Rita deutete auf ein paar Druckgrafiken von Picasso. Stierkampfszenen.

»Leider nicht echt, sonst wär's ein Vermögen wert.«

Während ich meinen Espressokocher mit Kaffeepulver füllte, begann sie schon zu berichten. Sie kenne einen Gerichtsreporter, Andreas Koslowski, der ihr noch einen Gefallen schuldig gewesen sei. Den habe sie heute Morgen besucht und mit ihm zusammen sein Privatarchiv durchforstet.

»Wonach denn?«, fragte ich mechanisch und schraubte die Kanne auf den Wassertank.

»Nach Dimitri Kosic, dem verschwundenen Wachmann. Koslowski hat sich an den Namen erinnert und wurde nach einigem Stöbern auch fündig.«

Hellhörig geworden, kam ich zu ihr rüber, brachte schon mal Milch, Zucker und Kaffeelöffel mit und setzte mich aufs Sofa. Der Kaffee würde noch etwas brauchen.

»Kosic ist mit seinen Eltern während des Jugoslawienkrieges nach Deutschland gekommen. Da war er noch ein kleines Kind«, begann Rita. »Die Familie stammt aus dem serbisch bevölkerten Teil Bosniens. Ende der Neunzigerjahre kam sein Vater dann vor Gericht. Darüber hatte Andreas damals berichtet und in einem Ordner auch den passenden Artikel dazu gefunden. Vater Kosic wurde beschuldigt, an dem Massaker gegen die Moslems in Srebrenica beteiligt gewesen zu sein. Aus Mangel an Beweisen musste die Staatsanwaltschaft das Verfahren aber einstellen.«

Sie machte eine Pause, schob mechanisch die Ärmel ihrer Strickjacke hoch. »Dimitri ist schon im Jugendalter als Anhänger einer islamfeindlichen Gruppe aufgefallen. Dann wurde er von seinem Meister gefeuert und hat ihm aus Rache seine Werkstatt angezündet. Das hat uns ja der Mann von der Sicherheitsfirma schon berichtet. Auch darüber wusste Koslowski Bescheid. Er fand seinen damaligen Artikel noch in einer Datei auf seinem PC. In einem gesonderten Anhang hat er später noch ein paar Anmerkungen zugefügt. Er meinte damals, das Kapitel ›Kosic junior‹ sei bestimmt noch nicht beendet. Und er hatte wohl recht. Ein paar Monate Jugendknast folgten, verschiedene Resozialisierungsmaßnahmen, die offensichtlich nichts bewirkten, denn vor einem Jahr wurde er bei einer Demonstration Rechtsradikaler wegen gewaltsamer Übergriffe erneut verhaftet, bald darauf aber wieder freigelassen.«

»Solche Leute kommen zum Sicherheitsdienst?«

Rita zuckte die Schultern: »Eigentlich müsste sich der Personalchef der Sicherheitsfirma von jedem Bewerber ein polizeiliches Führungszeugnis vorlegen lassen. Aber wer prüft das nach?«

Der Kaffee begann sich durch lautes Zischen bemerkbar zu machen. Ich ging in meine Kochecke und füllte zwei Kaffeebecher.

»Und wo ist Kosic jetzt?«

»Frag Böckle, aber ich fürchte, er wird es dir nicht sagen.«

»Aber wir sollten Böckle auf diese Informationen hinweisen!«, meinte ich entschieden. »Vor allem auch deshalb, weil dieser neue Verdacht auf Michel gefallen ist!«

Rita reagierte spontan: »Erinnerst du dich, was Glaser am Ende unseres Gesprächs gesagt hat? Nach dem ›Projekt‹ gehe es darum, den Verdacht von sich abzulenken und die Tat einem anderen in die Schuhe zu schieben. Dazu passt doch diese Geschichte mit den Kaminanzündern in Noras Mülleimer!«

»Ich weiß nicht«, antwortete ich zögernd. »Die Polizei hat das Päckchen rein zufällig gefunden.« Ich nahm einen Schluck Kaffee. »Aber nehmen wir einmal an, deine These würde zutreffen, dann wüsste der Täter, dass Michel bereits verdächtigt wird. Außerdem hätte er Hinweise darauf haben müssen, dass Michel von der Polizei überwacht wird. Wer könnte da in Frage kommen?«

»Fangen wir mal bei Kosic an«, meinte Rita. »Ich hab die Adresse seiner Eltern, bei denen er vermutlich noch wohnt. Hauptstätter Straße in Stuttgart. Weißt du, wo das ist?«

Wir machten uns gleich auf den Weg. Bevor ich mich in ihren Schlitten setzte, schob ich den Beifahrersitz ganz nach hinten. So ging's besser. Ich dirigierte Rita zur Neckarstraße runter. Während sie ständig von einer Spur auf die andere wechselte, um schneller voranzukommen, dafür an jeder Ampel anhalten musste, überlegte ich den besten Weg. Eigentlich einfach nach Süden, Richtung Marienplatz, vorbei am Landtag, der Staatsgalerie, der Landesbibliothek. Aber wo parken? Wir kamen an einem Fitnesscenter in der Nähe vorbei – mit begrenztem Parkplatzangebot. Alle Plätze natürlich belegt. Rita quetschte sich neben den letzten Wagen. Zur Hälfte stand sie nun auf dem Gehsteig – in Schräglage.

»Das geht schon«, meinte sie, »ist ja nicht für lange.«

Die Beifahrertür bekam ich nicht auf. Vielleicht zwanzig Zentimeter trennten uns vom Wagen daneben.

»Dann steig halt bei mir aus«, schlug Rita vor.

Ich krabbelte auf den Fahrersitz, zog meine Beine nach und wurstelte mich hinaus.

»Junge, Junge, ein bisschen Training täte dir auch gut«, spottete Rita.

Dann machten wir uns auf die Suche.

»Da, eines dieser Häuser muss es sein.« Rita zeigte auf die gegenüberliegende Straßenseite.

»Am besten wir gehen bis zur nächsten Ampel«, schlug ich angesichts des pausenlosen Verkehrs vor.

Doch Rita bewies Weltläufigkeit. »In New York klappt das auch anders ganz gut«, meinte sie und hielt mit erhobener Rechten den nächsten Wagen an. Dann packte sie mich an der Hand und zog mich wie einen Schuljungen bis zur Straßenmitte. Offenbar erregte ihr Manöver ein derartiges Aufsehen, dass der gegenläufige Verkehr von selbst stockte und wir zügig hinüberkamen.

Wir standen vor einem der hohen dunklen Wohnblöcke aus dem beginnenden 20. Jahrhundert, die den Bombennächten des Zweiten Weltkriegs standgehalten hatten. Früher einmal sicher keine schlechte Wohnlage, dachte ich mir, aber inzwischen ziemlich heruntergekommen.

Eine schmale Einfahrt führte zu einem Hinterhof, auf halbem Weg eine Eingangstür mit zersprungenem Drahtglas, daneben Klingelknöpfe. Rita begann, die Namen zu studieren.

»Wen suchen Sie denn?«, sprach uns ein junger Mann mit ölverschmierten Händen an.

»Wir wollen zu Kosic, Dimitri Kosic«, antwortete Rita.

»Das bin ich«, sagte er grinsend und begann mit einem graufleckigen Taschentuch seine Hände zu putzen. Wollte er uns gleich anschließend die Hand geben?

»Worum geht's denn«, fragte er freundlich und fuhr sich mit der Hand über den glatt rasierten Schädel, auf dem die Haarwurzeln bläulich schimmerten.

»Ich bin Rita Delbosco vom ›Schoppendorfer Echo‹ und hätte eine Frage wegen des Brandes im Schulzentrum.

»Und da fahren Sie extra zu mir nach Stuttgart?«, wunderte sich Kosic. »Da bin ich aber geschmeichelt!« Er blickte hinter sich in die Einfahrt hinein und fragte: »Macht es Ihnen was aus, wenn ich ein bisschen weiterarbeite? Ich hab gerade eine Maschine zerlegt, die bis heut Abend fertig werden muss.«

Rita schüttelte den Kopf und wir begleiteten ihn hinter das Haus zu einem Schuppen, neben dem einige Motorräder standen.

»War mal eine Garage«, erklärte er. »Aber die Autos von heute passen da nicht mehr rein. Ein Smart vielleicht.« Mit deutlichem Stolz sagte er: »Ich hab da jetzt meine Werkstatt.«

Auf einer Decke am Boden lagen Motorradteile, sauber aufgereiht, einige noch schmutzig, andere blank poliert, an einer Seitenwand des Schuppens stand der Torso einer alten BMW-Maschine. Im Hintergrund – in der Dunkelheit des fensterlosen Raumes kaum noch erkennbar – ein Regal, über und über mit Schachteln, Büchsen, Werkzeugen und mechanischen Teilen vollgestopft. An einem Griff der zur Hälfte geöffneten Doppeltür hing eine Lederjacke mit weißer Aufschrift, die ich nicht lesen konnte, allerdings glaubte ich zwei Siegrunen zu erkennen.

»Sind Sie nicht mehr beim Sicherheitsdienst in Schoppendorf beschäftigt?«, begann Rita ihre Befragung.

Kosic runzelte die Stirn. »Das wissen Sie doch sicher schon, wenn Sie mich hier aufgespürt haben. Ich weiß nicht, was die Ihnen erzählt haben. Ich hab gekündigt. Von mir aus, kurz nachdem die Bullen dort aufgekreuzt waren. War eh ein Scheißjob.«

»Und jetzt leben Sie von Kleinreparaturen an Motorrädern?«

Kosic grinste: »Sagen wir mal so, ich bessere damit

meine Stütze ein bisschen auf. Aber kommen Sie doch zur Sache, ich hab nicht ewig Zeit.«

Er verschwand in der Tiefe des Schuppens, suchte wohl nach einem passenden Schraubenschlüssel und drehte uns dabei den Rücken zu.

»Dann erzählen Sie uns doch, wie sie in der Brandnacht auf das Feuer aufmerksam geworden sind«, rief ihm Rita hinterher.

Er hatte den Schlüssel gefunden, drehte sich wieder um, kam aus seinem Loch hervor und hielt ihn uns triumphierend entgegen. »Mir fiel dieser …«, er stockte und grinste wieder, »dieser Schwarzafrikaner auf. Ich kam gerade aus den Anlagen hinter der Turnhalle. Was macht denn der da, dachte ich mir, denn ich sollte ja auf diese Leute aufpassen. Ich lief auf ihn zu und wollte ihn zur Rede stellen. Da bemerkte ich die Flammen. Der Schwarze rannte hinüber zum Eingang der Turnhalle, da sah ich einen Bekannten die Einfahrt hochlaufen.«

»Einen Bekannten?«, fragte Rita nach.

»Einen Kumpel von mir. Er macht hier in Stuttgart eine Lehre und wenn es ihm nachts nicht mehr nach Schoppendorf reicht, pennt er auch mal bei mir. Also, der ist doch bei der Feuerwehr, dachte ich und fragte ihn, ob die Feuerwehr denn schon da wär. Kommt gleich, keuchte er, schon verständigt. Da rennen plötzlich alle Asylanten aus der Turnhalle, ich geh hinein und schau nach, ob noch einer dringeblieben ist. Als ich wieder rauskomme, höre ich die Sirenen der Feuerwehr und sehe die Kinder, die Mario aus der Schule rausgeholt hat.«

»Waren Sie so lange in der Turnhalle beschäftigt?«, fragte ich stirnrunzelnd nach.

»Ich musste ja jeden Verschlag einzeln kontrollieren!«, erklärte Kosic gereizt. »Dienstvorschrift!«

»Als sie den dunkelhäutigen Asylbewerber zum ersten Mal sahen«, erkundigte sich Rita, »kam er da von der Turnhalle oder von der Schule?«

»Das haben mich die Bullen auch gefragt. Von der Schule natürlich. Es sah aus, als ob er ziemlich erschrocken wäre, als er mich sah, fast als ob ich ihn erwischt hätte.«

»Sie meinen …?«

»Ob er tatsächlich den Brand gelegt hat, weiß ich nicht«, unterbrach sie Kosic. »Aber für mich sah's so aus.«

Rita schwieg betroffen. Auch mir hatte es die Sprache verschlagen. Rita bedankte sich bei Kosic. Ich wünschte ihm noch viel Erfolg beim Schrauben, dann verzogen wir uns.

Unter dem Scheibenwischer von Ritas Wagen klemmte ein Zettel, dafür konnte ich jetzt bequem einsteigen.

Rita las kopfschüttelnd vor: ›Hast du deinen Führerschein in der Lotterie gewonnen? Ich hab alles fotografiert. Demnächst gibt's Post von der Polizei!‹ – Worüber sich die Leute alles aufregen!«

Auf dem Weg zum Funkhaus, wo sie mich absetzte, begannen wir mit der Auswertung der Befragung.

»Eigentlich klang das ganz plausibel«, musste ich eingestehen.

»Wenn er das auch bei der Polizei ausgesagt hat, ist Michel ziemlich belastet«, stellte Rita fest.

»Und doch hat Böckle Kosic für einen Tag festnehmen lassen«, meinte ich nachdenklich. »Wenn wir nur den Grund dafür wüssten. Wir hätten Kosic danach fragen sollen.«

DONNERSTAG, 8.12.

Der Beitrag in der Landesschau wurde in der Redaktion heftig diskutiert. Einigen Kollegen war die einmal mehr positive Flüchtlingsgeschichte zu dick aufgetragen. Seit Tagen werfe man uns tendenziöse Berichterstattung vor. Ich verteidigte mich: Was bitteschön, sei daran tendenziös? Alles habe sich genauso zugetragen!

Sven nahm mich als Ressortchef in Schutz und lobte mich bei der morgendlichen Besprechung vor versammelter Mannschaft. Er forderte mehr solcher Berichte ein. Ich freute mich über seine Anerkennung, trotzdem wurde mir ein bisschen mulmig, wenn ich mir ausmalte, in welche Situation ich geriete, wenn sich der Verdacht gegen Michel bestätigen würde.

Die Reaktionen auf unserer Webseite fielen überwiegend zustimmend aus. Ich schaute sie oberflächlich durch, doch da stach mir eine Mail ins Auge, die dann doch aus dem Rahmen fiel: Das sei ja wohl die Höhe, die Asylanten in Schoppendorf als Retter in der Not darzustellen, obwohl noch gar nicht erwiesen sei, ob nicht einer von ihnen selbst den Brand gelegt hätte. Unterschrieben war die Mail von Horst Glaser!

Fieberhaft versuchte ich mir unser Gespräch mit ihm in Erinnerung zu bringen. Außer seiner generell skeptischen Haltung gegenüber den Asylanten war mir nichts aufgefallen, was sein Insiderwissen erklären könnte. Woher hatte er diesen Hinweis? Bisher war keine Meldung hinausgegangen, die den Verdacht der Polizei erwähnt hätte. Hatte er sich das bloß zusammengereimt? Offensichtlich verfolgte er kritisch die Nachrichtensendungen über den Brandanschlag in Schoppendorf und kannte sich trotz seines Alters gut mit dem PC aus. Ob er auch bei Facebook war? Den durften wir nicht unterschätzen!

Den Nachmittag nahm ich mir frei, fuhr gleich nach meinem letzten Gesprächstermin um Elf mit der S-Bahn in die Stadt. Vulpius hatte mir vom Bohnenviertel vorgeschwärmt, um das ich bisher eher einen Bogen gemacht hatte. Dieser Teil der Stuttgarter Altstadt war im Krieg nicht zerbombt worden. Hier gab es noch die schmalen Gassen mit den letzten Stuttgarter Fachwerkhäusern, romantische Winkel, aber auch viel Armut und einige zweifelhafte Etablissements.

Ich kam an einem Restaurant mit afrikanischer Küche vorbei, an Antiquitätengeschäften, die ihre Schaustücke auf der Straße präsentierten, und schließlich fand ich mich am Leonhardsplatz wieder. Die Vesperkirche in der Leonhardskirche hatte Hochbetrieb. Für viele der Ärmsten war das jetzt im beginnenden Winter ein begehrter Platz, um sich aufwärmen und eine warme Mahlzeit zu sich nehmen zu können. Welcher Kontrast zu der weltstädtischen Atmosphäre der Königstraße! Die lag gerade mal dreihundert Meter von hier entfernt. Eine völlig andere Welt!

Ich überquerte die Hauptstätter Straße und stand plötzlich beim Hegelhaus. Ein übergroßes Porträt des

Schwäbischen Philosophen, der hier vor fast 250 Jahren geboren wurde, blickte kritisch auf mich armen Erdenbürger herab und verkündete mir gnädig: »Alles, was ist, ist vernünftig.« Ich kannte mich in Hegels philosophischem System nicht so gut aus, aber angesichts der Wirklichkeit in dieser schönen Stadt kamen mir doch einige Zweifel.

Hinter dem Rathaus erreichte ich wieder vertrautes Terrain, erledigte ein paar Weihnachtseinkäufe und ging auf Entdeckungsreise in einer der großen Buchhandlungen in der City. Dabei fiel mir ein Bändchen über Hegels Philosophie in die Hand. Ich blätterte darin und fand eine Stelle, in der Heinrich Heine über eine Begegnung mit Hegel schrieb: »Als ich einst unmutig war über das Wort: Alles, was ist, ist vernünftig, lächelte er sonderbar und bemerkte: ›Es könnte auch heißen: Alles, was vernünftig ist, muss sein.‹« Ich hätte Hegel an Heines Stelle geantwortet: »Alles, was vernünftig ist, sollte auch sein.«

Erst am Abend schaute ich noch einmal in meinem Büro vorbei – und traute meinen Augen nicht. Da saß Michel mit verschränkten Armen und gesenktem Kopf auf einem Stuhl vor meiner Tür! Er hätte sich nicht abweisen lassen und darauf bestanden, dass er dringend mit mir sprechen müsse, versicherte mir achselzuckend eine unserer Sekretärinnen, die so spät am Abend noch Dienst hatte. Ich begrüßte ihn mit einem fröhlichen Hallo, sah ihm aber gleich an, dass er völlig verzweifelt war.

Mit großen Augen blickte er mich an. »Sie müssen mir helfen«, begann er ohne meinen Gruß zu erwidern.

Ich ließ ihn in mein Büro ein und wir setzten uns an den kleinen Tisch für Besprechungen.

»Was ist denn passiert? Wo sind Frau Martini und Herr Vulpius?«

»Die wissen nicht, dass ich hier bin«, antwortete er stockend auf Deutsch. »Sie sind in Gefahr – wegen mir!«

Ohne weitere Erklärung reichte er mir einen Brief, mit dem PC geschrieben, adressiert an Michel Sankara unter Noras Adresse. Darunter nur ein Satz: »Wir fackeln deine neue Luxusbude ab, wenn du nicht endgültig aus Schoppendorf verschwindest.« Keine Unterschrift. Dafür ein großes Hakenkreuz.

Noch bevor ich ihm den Brief zurückgegeben hatte, zog er einen Zettel aus der Tasche, auf dem mit Filzstift in Druckbuchstaben stand : »Ich werde dich töten! A.« Auf der Rückseite stand in großen Buchstaben sein Name.

»Den habe ich heute Morgen auf der Straße gefunden, als ich vom Bäcker kam. Ich sah meinen Namen, da hab ich ihn aufgehoben.«

»Wie bist du denn hier hergekommen?«, fragte ich erstaunt.

»Mit dem Zug. Vom Bahnhof dann zu Fuß.«

»Jetzt gehen wir zunächst was essen und dann zu mir nach Hause«, schlug ich ihm vor und er begann ein kleines bisschen zu lächeln.

Ich führte ihn in den »Buschpilot«, eine meiner Lieblingsgaststätten in der Nähe. Das gepflegte Café-Restaurant lag mitten im Grünen am Rande des Parks der Villa Berg, gerade mal fünf Minuten vom Funkhaus entfernt. Auch im Winter gefiel mir die Lage zwischen den alten Bäumen, deren Kronen, wenn es dunkel geworden war, von den Parklaternen in ein magisches Licht getaucht wurden. Ihre knorrigen Äste und das Geflecht ihrer Zweige kamen dadurch erst voll zur Wirkung. Der richtige Ort zum Entspannen.

Wir bekamen einen Platz am Fenster und ich bestellte für uns beide geschmälzte Maultaschen, die Michel noch nicht kannte. Er kostete mit zunehmendem Genuss und begann sie mit Interesse kulinarisch zu analysieren.

»Pâtes farcies à la viande à la manières des raviolis, mais plus grands.«

Er verglich die gefüllten Teigtaschen fachmännisch mit den kleineren Raviolis, die ihm offenbar vertraut waren. Ich versuchte ihm den schwäbischen Namen dafür zu erklären: »Herrgottsbscheißer« – dieses Gericht gäbe es an Fasttagen, an denen man eigentlich kein Fleisch essen dürfe.

Er schaute mich verständnislos an.

Ich versuchte es ihm begreiflich zu machen: »Nix viandes, église, day of fasting.«

»Ah, jours de jeûnes!«, nickte er. Er hatte verstanden.

»Die Schwaben versteckten das Fleisch in der Teigtasche, damit es der liebe Gott nicht sieht.«

»Herrgottsbscheißer«, wiederholte Michel konzentriert. »Oui, Herrgott, c'est dieux, le seigneur, but what means ›bscheißer‹«?

Was hatte ich da begonnen!

»Schummeln, der liebe Gott wird beschummelt!«

»Beschummelt«, wiederholte Michel andächtig.

Ich kramte in den hintersten Ecken meines Sprachzentrums. »He was diddled!«

»Triché!«, rief Michel lachend und wiederholte noch einmal genüsslich »Herrgottsbscheißer«.

Als wir beim Nachtisch angelangt waren – Mousse au Chocolat blanc –, hatte ich das Gefühl, dass er sein inneres Gleichgewicht wiedergefunden hatte.

»Frau Martini hat keine Ahnung, dass du mich besuchst?«, vergewisserte ich mich.

»Nora und Gregor wissen nicht, wo ich bin«, gab er zu.

»Aber sie werden sich Sorgen machen, Angst bekommen.«

Ich machte ihm einen Vorschlag. Heute Nacht könnte er bei mir in Stuttgart bleiben, aber morgen müssten wir gleich zur Polizei nach Schoppendorf. Nora sollte er jetzt sofort anrufen und ihr sagen, wo er sei.

Er schaute mich betroffen an. »Nix Polizei, viel zu gefährlich!«

Es kostete mich meine ganze Überredungskunst, bis ich ihn schließlich überzeugt hatte. Notfalls könne er auch länger bei mir wohnen, gestand ich ihm schließlich zu.

Durch den nächtlichen Park gingen wir zu meiner Wohnung. Ich fragte ihn, ob er sich vorstellen könne, wer ihm die Morddrohung geschrieben habe. Ohne zu zögern nannte er Ahmadi. Dieser habe jemanden geschickt, der dafür sorgen sollte, dass er den Zettel fand.

Weshalb dieser Ahmadi ihn denn bedrohen würde, fragte ich nach.

»Ich weiß zu viel über ihn. Er denkt, ich könnte ihm gefährlich werden.«

Dann begann er zu erzählen, dass Ahmadi von jedem Mitasylanten Schutzgeld kassiere, immer wenn das Taschengeld ausgegeben werde, dass Ahmadi eigentlich ganz anders hieße, dass er mit Drogen zu tun habe und manche von ihnen zu Ladendiebstahl aufgefordert habe. Dann fragte er mich nach der »Schoppendorfer Heimatfront«, ob die ihm die andere Botschaft geschrieben habe. Ich sei mir nicht so sicher, dass sie tatsächlich dahinterstecke, wich ich aus.

Inzwischen hatten wir die Abelsbergstraße erreicht und Michel strahlte, als er meinen Käfer erkannte.

»Gutes Auto, fährt auch bei uns in Burkina Faso!«

Ich machte uns einen Tee und Michel erzählte mir von seiner Heimat – dreisprachig: deutsch mit französischen und englischen Brocken durchsetzt. Bei ihnen trinke man Bissap-Tee, aus den Blüten einer Hibiskuspflanze, Ingwer- und Tamarindensaft, aber auch Bier oder Palmwein. Die Küche sei eine Mischung aus amerikanischem Fast Food, französischen Rezepten, aber auch traditionellen, erfuhr ich. Eine Spezialität auf den Bauernmärkten seien getrocknete Raupen. Er freute sich sichtlich, als es mich schüttelte. In den Dörfern esse man vor allem To, einen Brei aus Mais oder Hirse mit Tomatensoße und viel Reis. Sie hätten zu Hause immer französische Küche gehabt. Am liebsten habe er aber »poulets télévison« gegessen.

»Fernsehhühner?«

»Oui, oui«, erklärte er. »Die Hühner werden auf dem Markt in Glaskästen gegrillt, die aussehen wie alte Fernsehgeräte.«

Die halbe Nacht schilderte er mir die Spezialitäten seines Landes, schwärmte von Aloco, frittierten Kochbananen, von Soumbala, Fou Fou und Couscous und ich spürte, wie gut es ihm tat von seiner Heimat zu erzählen.

Dann kam er plötzlich auf seine Eltern zu sprechen. Er beschrieb mir ihr Haus in einem Villenvorort von Ouagadougou. An einem Nachmittag wollten sie zu einer Wahlveranstaltung fahren, die sie mitorganisiert hatten. Eigentlich hätte er auch mitgewollt, aber seine Eltern baten ihn, auf das Haus mit ihren beiden Hunden aufzupassen. Kaum waren sie eingestiegen, fuhr ein Motorrad an ihr Auto heran. Der Mitfahrer auf dem Hintersitz zog eine Maschinenpistole und feuerte mehrmals auf das Auto, das plötzlich in Flammen aufging.

»Ich stand am Fenster und konnte nichts tun«, schluchzte Michel. »Ich rannte sofort runter vors Haus. Aber es war schon zu spät. Sie sind in ihrem Auto verbrannt.«

Ich legte meinen Arm um ihn und er lehnte sich an meine Schulter.

»Danke«, sagte er nach ein paar Minuten, die wir einfach still nebeneinandergesessen hatten. Er schnäuzte sich und schien sich wieder gefasst zu haben. »Es hat gut getan, mit einem Freund darüber zu sprechen.«

FREITAG, 9.12.

Gleich um acht rief ich bei Böckle an und setzte durch, dass Michel seine Aussage noch am Vormittag machen könne. Dann wählte ich Noras Nummer, beruhigte sie erst einmal, versicherte ihr, dass es Michel gut gehe, er singe gerade unter der Dusche französische Weihnachtslieder. Ob sie zu dem Termin mit Böckle nicht dazukommen wolle? Es könnte wichtig sein, gab ich ihr zu verstehen, ohne den Brief näher zu erwähnen, in dem angedroht wurde, dass ihr Haus angezündet werden sollte.

Nach dem Frühstück machten wie uns auf den Weg – zunächst ins Funkhaus. Ich stellte Michel meinen Kolleginnen und Kollegen vor und Sven überraschte mich mit seinen fließenden Französischkenntnissen. Von seinem Gespräch mit Michel verstand ich nicht mal die Hälfte. Ich erklärte ihm kurz die schwierige Situation, dass ich ihn dringend persönlich nach Schoppendorf bringen müsse.

»Hau schon ab«, meinte er lachend, »aber komm mit einer guten Story zurück!«

Michel verabschiedete sich auf Deutsch: »Auf Wiedersehen zusammen und fröhliches Arbeiten!«

Auf der Fahrt mit meinem Käfer nach Schoppendorf stellte ich mir die bange Frage, ob mir Michel tatsächlich die Wahrheit gesagt hatte. Was, wenn er uns wieder was vorspielte? Die Briefe hätte er ohne Weiteres selbst verfasst haben können. Kaum war mir dieser Gedanke gekommen, ärgerte ich mich schon über mein erneutes Misstrauen. Außerdem, wenn Michel gelogen hätte, würde sich das bei der Polizei schnell herausstellen.

Michel studierte inzwischen die Autobahnschilder und las halblaut die Ortsnamen vor. Plötzlich rief er laut »Schiller!« und deutete auf ein braunes Tourismusschild. Er hatte die Silhouette des Dichters erkannt. Das Stuttgarter Schillerdenkmal! Wir waren auf der Höhe von Marbach.

Auf dem Parkplatz wartete, wie ausgemacht, Nora schon auf uns. Ich musste sie wenigstens in groben Zügen über die Gründe von Michels Flucht aus Schoppendorf informieren, bevor sie oben von Böckle damit konfrontiert würde, dachte ich mir, sprach die Drohbriefe an, Details würde sie ja gleich erfahren.

»Er hatte Angst um uns«, lächelte sie befreit, ging zu Michel und umarmte ihn spontan.

Böckle hörte sich Michels Aussage an, nahm die Drohbriefe pflichtgemäß an sich und steckte sie jeweils in eine Klarsichthülle. Erst als Michel auf Ahmadi und dessen Nebenverdienste zu sprechen kam, fragte er interessiert mehrmals nach, griff schließlich zum Hörer und telefonierte mit einem Streifenwagen.

»Sofort in der Asylunterkunft festnehmen«, bekräftigte er zum Schluss, »es besteht Fluchtgefahr.«

»Ahmadi kommt hierher?«, fragte Michel entsetzt.

Böckle beruhigte ihn. »Er wird von unserem Erkennungsdienst überprüft. Sie werden nicht mit ihm zusammentreffen. Wir werden ihm zunächst nichts von Ihrer Aussage gegen ihn sagen und Sie auch nicht erwähnen.«

Nora übersetzte und Michel schien zufrieden.

Dann wandte sich der Kommissar an Nora. »Die Drohung, dass es einen Brandanschlag auf ihr Haus geben könnte, müssen wir ernst nehmen, nach all dem, was geschehen ist, obwohl ich mir vorstellen kann, dass es sich nur um einen Einschüchterungsversuch gegenüber Herrn Sankara handelt. Wir werden das sorgfältig prüfen und sicherheitshalber auch die Fingerabdrücke ihres Schützlings abnehmen. Das können wir gleich im Anschluss machen. Am besten wäre es, er würde vorerst nicht mehr bei Ihnen wohnen. Das könnte mögliche Täter in Sicherheit wiegen und sie vermuten lassen, dass ihr Plan aufgegangen ist.«

Offensichtlich schloss er nicht aus, dass Michel die Drohbriefe fingiert haben könnte.

»Er kann bei mir unterkommen«, bot ich an. »Ich müsste davor aber noch mit meiner Vermieterin sprechen.«

Ich rief kurz bei Frau Eisele an und eine halbe Stunde später standen wir vor ihrem Haus in der Parkstraße. Michel lachte über die Gartenzwerge. Als er Frau Merkel sah, runzelte er die Stirn.

Obwohl ich einen Schlüssel besaß, klingelte ich. Frau Eisele öffnete sofort – ich hatte sie schon zuvor hinter dem Küchenvorhang bemerkt.

Sie blickte etwas befangen auf uns beide, als sie da in ihrer Haustür stand. Doch bevor ich etwas sagen konnte, hatte Michel bereits die Begrüßung übernommen.

»Guten Tag, Frau Eisele. Ich freue mich sehr, dass ich zu Ihnen kommen darf«, strahlte er sie an.

Frau Eiseles Miene hellte sich mit einem Schlag auf.

»Des isch aber an netter junger Mann und mit so gute Maniera«, freute sie sich sichtlich. »Kommet Se doch rei, Herr Niklas und Herr Sankra.«

»Sankara«, verbesserte er sie mit seinem überwältigenden offenen Lachen, »aber sagen Sie bitte Michel zu mir.«

»Michel«, wiederholte Frau Eisele versonnen und betonte dabei die erste Silbe des Namens. »Darf I eich zum Mittagesse eilade?«

»Was gibt's denn?«, fragte ich spontan.

Sie schaute etwas verschämt zu Michel und antwortete: »Schupfnudla mit Apfelmus. Kochte Kartoffel hab I gnug und Mehl und Eier sowieso. Des reicht gut für uns alle.«

»Schupfnudla«, wiederholte Michel und ich verzichtete darauf, ihm den in Schwaben dafür üblichen, aber nicht ganz stubenreinen Ausdruck zu verraten.

Als Frau Eisele wieder in ihrer Küche verschwunden war, führte ich Michel in meine Einliegerwohnung und er staunte nicht schlecht, dass ich zwei Wohnungen besaß. Hier wohne ich nur vorübergehend, erklärte ich ihm, wenn ich mal ein paar Tage in Schoppendorf sei, das sei gemütlicher als im Hotel.

Interessiert trat er an das Bücherbord mit verschiedenen Bänden, vermutlich aus dem Besitz von Eisele junior. Er zog eine Ausgabe mit Gedichten von Heinrich Heine heraus.

»Hat er nicht auch in Paris gelebt?«, fragte er mich.

Ich nickte überrascht.

»Wir haben einige seiner Gedichte in der Schule gelesen, auf Französisch«, erklärte Michel. »Mein Vater hatte auch eine Ausgabe mit Gedichten von ihm.«

Dann fand er einen uralten Schulatlas, nahm ihn heraus und schlug eine Karte von Nordafrika auf. Er suchte Burkina Faso, deutete mit dem Finger auf die Stelle, wo er es vermutete und las verwundert: »Obervolta«.

Ich glänzte mit meinem Wissen: »So hat es wohl früher geheißen, bevor es Thomas Sankara umbenannt hatte.«

»Haute-Volta«, nickte Michel, »so hieß die französische Kolonie.«

Dann erzählte er, dass die Studenten in Ouagadougou bis heute Thomas Sankara verehrten und es sogar eine Partei gäbe, die seine Ziele weiter verfolgen wollte.

»Wir brauchen wieder eine Revolution«, meinte er. »Der Kampf zwischen den reichen Familien macht das Land kaputt. Das Volk muss das verhindern. Aber der Krieg wird so nicht aufhören.«

Dann zeigte er mir mit dem Finger auf der Karte seine Fluchtroute und erklärte mir die einzelnen Stationen. Hier beginne die Wüste, da gebe es Oasen und an dieser Stelle hätten sie endlich das Mittelmeer erreicht. Er nannte die Inseln zwischen der nordafrikanischen Küste und Italien. Ich staunte über seine geografischen Kenntnisse, die er dabei bewies. Dann fasste ich mir ein Herz und sprach ihn direkt auf die Motive der Flüchtlinge an.

»Du hast auf deiner Flucht doch viele Leute kennengelernt. Aus welchen Gründen haben sie sich auf die Reise gemacht?«

»Pour la richesse, die meisten,« antwortete er ohne zu zögern und zeigte auf ein paar westafrikanische Staaten. »In Gambia, Ghana, Benin, Burkina Faso – keine Arbeit, kein Geld. In den Dörfern ist es besonders schlimm. Einer aus der Familie wird auf den Weg nach Europa geschickt, alle hoffen auf ihn. Auch mein Bruder will nach Deutschland, aber mit seiner Frau und seinen zwei kleinen Kindern ist die Reise durch die Wüste und über das Meer zu gefährlich. Vielleicht können sie mit dem Flugzeug nachkommen, wenn ich bleiben darf.«

»Aber der Terror der Islamisten ist doch auch ein Grund zu fliehen?«, fragte ich nach.

»Oui, bien sûr!«, gab er zögernd zu. »Im Norden, aus Mali, kommen immer wieder Terroristen und es gibt inzwischen auch schon in Ouagadougou Terroranschläge. Aber die wenigsten fühlen sich wirklich politisch verfolgt.«

Er blickte mich kurz erschrocken an und versicherte: »Bei mir und meinem Bruder ist das anders. Der Führer der Putschisten, Gilbert Diendéré verfolgt uns. Er hat Thomas Sankara damals, vor dreißig Jahren, getötet. Schon unser Name Sankara genügt, dass seine Leute uns hassen.«

»Aber er ist nach dem gescheiterten Putsch doch verhaftet worden und sitzt im Gefängnis.«

»Sie werden ihm nichts nachweisen können«, Michel atmete tief aus, »und seine Leute sitzen immer noch in ihren Ämtern. Es wird nicht lange dauern und sie versuchen es wieder, mit oder ohne Diendéré.«

Wir gingen nach oben. Frau Eisele brutzelte noch in der Küche.

Michel klopfte an der offenen Küchentür, sie fuhr herum und er lächelte sie an: »Darf ich ein bisschen gucken?«

Frau Eisele nickte und rührte emsig im Topf, aus dem es verführerisch nach Apfelmus mit etwas Zimt roch.

»I mach des selber«, erklärte sie, »des schmeckt viel besser als aus am Glas.«

Ich streckte meinen Kopf vom Wohnzimmer aus durch die geöffnete Durchreiche und schnupperte.

Michel deutete auf die Pfanne, in der die dicken Kartoffelnudeln eine goldgelbe Färbung annahmen. »Schupfnudla. Soll ich sie ein bisschen umdrehen?«

Frau Eisele schaute überrascht auf und drückte ihm lachend einen flachen Kochlöffel aus Holz in die Hand. »Aber gut aufbassa, nix abrenna lassa.«

Sie begann die zerdrückten und gerührten Äpfel über einen Seiher zu passieren und schlug anschließend das Apfelmus mit dem Schneebesen cremig – mit etwas süßer Sahne, Vanillezucker und einem Schuss Zitronensaft. Michel schaute fasziniert zu ihr hinüber und wendete derweil gekonnt die Schupfnudeln in der Pfanne.

»Des macht der ja perfekt«, rief Frau Eisele hoch erfreut zu mir ins Wohnzimmer hinüber.

Michel half auch beim Anrichten und spülte anschließend gleich die Pfanne aus. Frau Eisele sah ihm wohlwollend dabei zu.

Beim Essen verriet sie ihm sogar ihr Rezept. Gekochte Kartoffeln, ein Ei, Mehl zu einem Teig verkneten, mit ein bisschen Muskat, Salz und Zucker, und dann schupfen. Sie zeigte Michel mit einer rollenden Bewegung auf der Tischdecke, wie das ginge.

»Und dann in heißer Butter backen?«, fragte Michel.

»Noi«, meinte Frau Eisele, »zerscht im Salzwasser sieda, bis ze oba schwimma. Verstehet Se, was i moin?«

»Wie Gnocchi!«, nickte Michel.

»Jetzt guck dr no den Kerle a!«, staunte Frau Eisele. Ob ihr bewusst war, dass sie mich gerade zu duzen begann?

SAMSTAG 10.12.

Frau Eisele hatte darauf bestanden, Michel in ihrem Gästezimmer unterzubringen. Auf dem Sofa in meiner kleinen Wohnung, das sei nicht das Richtige. Nach dem Frühstück kam Nora vorbei und brachte einige Sachen für ihn. Frau Eisele setzte noch einmal Kaffee auf und beide begannen mit Michel eine ausgiebige Unterhaltung.

Ich nutzte die Gelegenheit und verdrückte mich. Wollte mich noch einmal beim ausgebrannten Kindergarten umsehen. Auf dem Weg dorthin ging mir so einiges durch den Kopf. Wenn tatsächlich ein Feuerteufel wieder in Schoppendorf herumgeistern sollte, dann würde er sich vielleicht jetzt schon ein neues »Projekt« suchen.

Der Bekennerbrief im Briefkasten des Kindergartens und unser anfänglicher Verdacht, er könne von der Schoppendorfer »Heimatfront« stammen: Böckle hatte abgewinkt. Er kenne Schmelzle inzwischen mehr als ihm lieb sei. Aber so plump würde selbst er nicht vorgehen und quasi seine Visitenkarte am Tatort zurücklassen. Aber, wenn es mich beruhige, er habe ihm eine Vorladung schicken lassen. Montagvormittag würde er noch einmal vernommen.

Michels traumatische Erlebnisse beim Tod seiner

Eltern. Lebendig im Auto verbrannt und er schaut hilflos zu! Könnte das bei ihm eine zwanghafte Pyromanie ausgelöst haben? Kommissar Böckle war gestern ihm gegenüber gelassen aufgetreten, trotz der ständig wachsenden Indizien, die gegen seine Unschuld sprachen.

Ich betrachtete das Tor, das der Brandstifter einfach so aufgedrückt hatte, und versuchte, beide Flügel so aufeinander zu zu bewegen, dass der Schließblock wieder ins Schloss rutschte. Ging ohne Probleme. Auf der Unterseite des linken Flügels war ein senkrechter Riegel angebracht, den der Täter nur aus der Hülse im Boden zu ziehen brauchte, um das Tor zu destabilisieren. Dieses Tor hätte man nicht abschließen müssen! Das brachte jeder im Handumdrehen auf!

Während ich so sinnierte, war es mir, als ob ich in einer der Fensterhöhlungen im Innern des Gebäudes eine Bewegung wahrgenommen hätte. Jetzt folgte ein Knacken. Neugierig ging ich auf das Gebäude zu. Wieder hörte ich ein Geräusch, diesmal ein leises Poltern. Vorsichtig presste ich mich mit dem Rücken an die Wand neben dem Fenster und spähte seitlich hinein. Da war jemand zu Gange, schien nach irgendwas zu suchen! Dann wurde es still. Ich schlich zur Eingangstür, auf der Nordseite des Gebäudes. Da sah ich ihn von hinten. Mittelgroße, gebückte Gestalt, schwarze Samthose, braune Jacke, dünne weiße Haare um einen kahlen Schädel. Das war doch …

»Guten Morgen, Herr Glaser!«

Er fuhr herum, kniff seine Augen zusammen, wischte eilig seine Hand an seiner Jacke ab.

»Herr Niklas, was machen Sie denn hier?«, fragte er mich dann mit heiserer Stimme. Erstaunlich schnell hatte er sich wieder im Griff und grinste. »Wollten Sie sich auch ein Bild von der Zerstörung machen?«

»Ich wundere mich ein bisschen, ausgerechnet Sie hier zu sehen!«, sprach ich ihn mit gerunzelter Stirn an.

»Da geht es Ihnen ebenso wie mir«, kicherte Glaser.

Dann deutete er auf die Brandruine. »Das war kein Anfänger! Erinnern Sie sich noch an unser Gespräch vor ein paar Tagen? Der ließ sich nicht durch geschlossene Türen und Tore aufhalten.«

Ich ging auf seine Ausführungen nicht ein. So leicht wollte ich es ihm nicht machen. »Sie haben etwas gesucht zwischen den Trümmern, habe ich Recht?«

Glaser blinzelte mich mit einem Anflug von Nervosität an. »Kann schon sein, man überlegt sich, wie der Brand gelegt wurde, versucht den Verlauf zu rekonstruieren. Als Pyrotechniker macht man sich da so seine Gedanken.«

»Und? Haben Sie was gefunden?«

Glaser sah mich müde an. »Was geht jetzt wohl gerade in ihrem Hirn vor sich? Lassen Sie mich raten: Den Verbrecher zieht es an den Ort seiner Tat zurück?« Er lachte meckernd. »Da kann ich Sie beruhigen, dafür bin ich zu alt. Im Übrigen stellt sich doch die Frage: Wem hat der Brand eigentlich geschadet?«

»Den Asylantenfamilien, die bald dort einziehen sollten?«

»Ach was! Die bekommen jetzt eine schöne neue Unterkunft. Das alte Ding wird vollends abgerissen und ein moderner Neubau hingestellt. Für die Asylanten ist doch Geld zur Genüge da!«

Ich nutzte die Gelegenheit und sprach ihn auf die Mail an, die er an die Landesschauredaktion geschrieben hatte, als Reaktion auf das Interview mit Michel. Woher er denn von einem Verdacht gegen einen der Asylanten wüsste?

»Lesen Sie kein Facebook?«, krächzte er. Dann erhob er den Zeigefinger: »Das sollten Sie aber als Journalist, wenn Sie wissen wollen, was die Leute wirklich denken!«

Er nahm sein Fahrrad, das er gegenüber der Eingangstür am Zaun zum Nachbargrundstück abgestellt hatte, schwang sich erstaunlich flink drauf und radelte, ohne sich noch einmal umzudrehen, grußlos davon. Wollte er einem weiteren Gespräch ausweichen? Ich hatte ihn doch noch auf sein merkwürdiges Verhalten bei der alten Turnhalle ansprechen wollen!

Ich ging um das Gebäude herum, schaute die Spielgeräte an, die vom Brand nichts abbekommen hatten, das Karussell, einen Kletterturm, die Rutsche und stellte mir vor, mit welcher Freude die Flüchtlingskinder nach dem Wiederaufbau hier wohl einziehen würden, wenn sie den Spielplatz unter den alten Bäumen entdeckt hätten.

Kaum hatte ich wieder den kleinen Vorplatz an der Straße erreicht, als mich ein höllisches Knattern und Dröhnen umgab. Dave Schmelzle und seine Mannen! Sie kreisten mich mit ihren chromglänzenden Maschinen ein, drehten ein paarmal laut auf, dann schalteten sie auf ein Kommando von ihrem Häuptling ihre Motoren ab.

Schmelzle in schwarzer Ledermontur, Fransen an den Ärmeln seiner Jacke, baute sich vor mir auf, seine Harley zwischen den Schenkeln. Er nahm als einziger seinen Helm ab und schüttelte seine Mähne. Zu seinem schulterlangen dunkelblonden Haar trug er jetzt einen buschigen Schnurrbart. Verächtlich blickte er auf mich herab.

»Habt ihr den Nigger aus dem Verkehr gezogen? Ist jetzt wohl Untermieter bei Ihnen?«

Er lachte über mein erstauntes Gesicht.

»Uns bleibt nichts verborgen. Ist doch klar, dass der Nigger das Feuer gelegt hat, das habe ich dem Kommissar schon gesagt. Aber, weil das nicht sein darf, weil das eure Willkommenslaune verdirbt, werden Unschuldige verdächtigt. Ihr habt sie doch nicht mehr alle! Mal gespannt, wann die Polizei endlich die Katze aus dem Sack lassen muss!«

Er ließ seine Maschine wieder an und kurz darauf taten es ihm die anderen gleich. In den aufbrausenden Lärm rief er mit donnernder Stimme: »Wir wissen, was wir gesehen haben. Am Tatort war nur einer, als wir ankamen. Ganz erschrocken ist er weggerannt – und das war dieser Nigger, war ja nicht zu verwechseln! Da nützt es auch nichts, den Wachmann zu verhaften und ihn einzuschüchtern.«

Er setzte seinen Helm auf, klappe das Visier runter, hob die Faust und auf sein Signal flogen ein Dutzend Fäuste in die Luft und ein vielstimmiger Ruf übertönte die knatternden Maschinen: »Hoch – die – ›Schoppendorfer Heimatfront‹!«

Endlich zogen sie ab. Der letzte zeigte mir mit seiner behandschuhten Linken den Stinkefinger. Sein Gesicht konnte ich unter Helm und Visier nicht ausmachen, aber sein Motorrad trug im Unterschied zu den anderen ein Stuttgarter Kennzeichen, das ich mir geistesgegenwärtig einprägte.

Kaum waren sie verschwunden, bog eine schwarze Limousine in die Einfahrt zum Kindergarten. Da war aber heut was los!

»Tag, Herr Niklas«, begrüßte mich Böckle beim Aussteigen.

»Gerade habe ich mich angeregt mit Dave Schmelzle über Sie unterhalten«, empfing ich ihn. »Ganz im Vertrauen: er hat keine gute Meinung von der Polizei. Sie hätten ihm und seinen Mannen eigentlich noch begegnen müssen.«

Ich schilderte ihm mein Zusammentreffen mit der »Schoppendorfer Heimatfront«. Dann versuchte ich ihn aus der Reserve zu locken. Vielleicht ließ er ja doch was raus? Dabei erwähnte ich auch den Wachmann, Dimitri Kosic, und sprach den neuerlichen Verdacht an, der auf Michel gefallen war. Ich erzählte ihm auch von unserem Besuch bei Kosic in Stuttgart.

»Ja, Kosic hat ihn stark belastet«, gab Böckle zu. »Aber er selbst ist auch nicht frei von Verdacht. Wir werden uns nochmal um ihn kümmern müssen, nach all dem, was Frau Delbosco bei ihrem Stuttgarter Kollegen über ihn in Erfahrung gebracht hat. Gute Arbeit übrigens! Sie hat uns damit sehr geholfen.«

»Anscheinend hat Kosic guten Kontakt zu Schmelzle. Der war über seine Verhaftung bestens informiert. Gehört er selbst zu Schmelzles Club?«

Böckle schüttelte den Kopf. »Das haben wir schon abgecheckt. Aber die Leute in der Szene kennen sich untereinander und sind gut vernetzt.«

»Und Schmelzle oder einer von seinen Leuten? Haben Sie schon überprüft, ob nicht sie dahinterstecken könnten?«

»Natürlich, ja«, antwortete er mitleidig. »In beiden Fällen scheinen sie ein Alibi zu haben. Jeweils kurz davor waren sie vollzählig im TSV-Sportheim, ihrer Stammkneipe und haben gefeiert – alkoholfrei, wie er mir versichert hat! Das hat der Wirt bestätigt.«

Ich lachte ihn aus. »Und dieses Alibi hat Sie überzeugen können?«

»Er hat uns die Abrechnungen gezeigt«, schob Böckle mürrisch nach, »mit automatisch ausgedruckter Uhrzeit. Seine Kellnerin hat alles bestätigt.«

Ich nannte ihm das Stuttgarter Motorradkennzeichen und er notierte es sich. »Werden wir auch nachprüfen«, versicherte er.

»Aber was machen Sie hier eigentlich, wenn ich fragen darf?«, erkundigte er sich mit hochgezogenen Augenbrauen und sah mich lauernd an.

Ich lächelte nachsichtig. »Kleiner Spaziergang. Ich wohne hier in der Nähe, wie Sie ja wissen, ganz im Gegensatz zu einem anderen Neugierigen, den ich hier vor einer halben Stunde überrascht habe.«

Er betrachtete mich auffordernd von der Seite und ich

berichtete ihm von meiner Begegnung mit dem einstigen Schoppendorfer Feuerteufel Horst Glaser.

Böckle pfiff durch die Zähne und spielte den Erstaunten, dann winkte er ab. »Der taucht häufig auf, wenn es irgendwo gebrannt hat, ein tragischer Fall. Aber etwas anderes könnte Sie auch interessieren: Wir haben Ahmadi festgenommen und seine Identität überprüfen lassen. Um es kurz zu machen: Er lebt schon lange in Deutschland, kommt ursprünglich aus Libyen, hat sich den Namen Ahmadi möglicherweise aus religiösen Gründen selbst zugelegt und hat schon mindestens zwei Asylverfahren hinter sich, beide sind abgelehnt worden. Nicht zuletzt deshalb, weil er selber als Schleuser aufgetreten ist. Den Behörden ist er unter acht verschiedenen Identitäten bekannt.«

»Und weshalb lebt er in der Notunterkunft für Asylbewerber?«

»Er hat es eben von Neuem versucht und sich diesmal als Flüchtling aus dem Irak ausgegeben, mit gefälschtem Pass. Seine Vergehen reichen von Drogenhandel bis zu räuberischer Erpressung. Bis zu seinem Prozess bleibt er in Untersuchungshaft, danach wird er einige Jahre absitzen müssen. Abschiebung nach Libyen ist vermutlich nicht möglich, wegen der Zustände in diesem Land. Die Morddrohung gegenüber Michel Sankara hat er übrigens zugegeben, nachdem wir seine Fingerabdrücke auf dem Zettel gefunden und ihn damit konfrontiert hatten.«

»Dann kann Michel wieder zu Nora Martini zurück?«

Böckle nickte. »Vorerst zumindest. Ich habe ihn eben darüber verständigt, war gerade bei Frau Eisele und habe auch mit Frau Martini gesprochen.« Er grinste. »Bei so viel Frauenpower kann er nicht entkommen, falls tatsächlich an dem Verdacht gegen ihn was dran ist, was ich aber nicht glaube.«

Als ich ihn fragte, wie er zu dieser Einschätzung gekommen sei, zuckte er die Schultern: »Reine Intuition.«

Er verabschiedete sich und sagte beim Einsteigen: »Wenn ich Ihnen einen Rat geben darf: Stöbern Sie hier nicht weiter im Brandschutt rum.«

Ich lächelte schuldbewusst, da ich ja mehrere Absperrbänder überstiegen hatte.

Jetzt war er es, der mich auslachte: »Die Flecken gehen schwer raus. Sie ruinieren sich ihre Kleidung!«

Nora hatte uns für den Abend spontan zu einem kleinen Willkommensfest für Michel eingeladen: Rita, Susanne, Ellwanger, Sauter und Engel. Frau Eisele sollte auch kommen, aber so sehr sich Nora am Telefon auch Mühe gab, sie konnte sie nicht überzeugen. Sie fühle sich in so großer Gesellschaft einfach nicht wohl. Ich hegte den Verdacht, dass sie etwas sauer auf Nora war und es lieber gesehen hätte, hätte Michel noch einige Zeit bei ihr gewohnt.

»›Wer als Werkzeug nur einen Hammer hat, sieht in jedem Problem einen Nagel.‹«, empfing mich Engel an Noras Haustür. Den elektrischen Türöffner hatte sie für heute Abend sicherheitshalber ausgeschaltet.

»Wie war das?«, fragte ich Engel verdutzt, während ich meine Jacke in die Garderobe hängte. Mit solch einer Begrüßung hatte ich nun wirklich nicht gerechnet.

Engel betrachtete mich mit schräg gestelltem Kopf. »Fallen Sie bloß nicht auf Böckles Polizeilogik rein. Ahmadi macht uns schwer zu schaffen, ja. Aber ihn einfach verhaften und aus der Unterkunft nehmen, das wird der Sache nicht gerecht. Das hätten wir selbst hinkriegen müssen.«

Während ich mich mit ihm auf den Weg ins Wohnzimmer machte, gab ich zurück: »Machen Sie sich mal auf eine Überraschung gefasst!«

Sauter und Ellwanger saßen schon in der Sitzgruppe vor dem Kamin, Nora war mit Michel in der Küche zu Gange. Das passte gut. Da konnte ich die drei ehrenamtlichen Flüchtlingshelfer schon mal vorab über den Fall Ahmadi, seine unterschiedlichen Namen und Identitäten unterrichten. Auch dass er die Morddrohung gegenüber Michel bereits zugegeben hatte, ließ ich nicht aus. Während Engel und Sauter betroffen schwiegen, schüttelte Ellwanger fassungslos den Kopf.

»Dieser Verräter! Bereichert sich an der Not seiner Schicksalsgenossen und hat wohl keinerlei Ehrgefühl.«

»Vielleicht hätten wir früher misstrauisch werden sollen?«, gab Sauter kleinlaut zu.

»Hauptsache, er ist aus dem Verkehr gezogen«, brummte Engel mürrisch. »Da hab ich Böckle wohl Unrecht getan.«

Vulpius war hereingekommen und hatte uns im Stehen zugehört. Nun machte er sich durch Räuspern bemerkbar. »Schopenhauer sagt: ›Wir sind nicht nur verantwortlich für das, was wir tun, sondern auch für das, was wir widerspruchslos hinnehmen.‹ Bei aller Hilfsbereitschaft müssen wir die Augen offen halten.«

Da begann Bismarck, der uns bisher gelangweilt auf seinem Teppich neben dem Kamin zugehört hatte, leise zu winseln. Er stand auf und trottete zur Tür. Wenige Augenblicke später klingelte es. Als Vulpius sich auf den Weg machen wollte, hörten wir schon die Stimmen von Nora, Rita und Susanne.

Bismarck und Brunhilde begrüßten sich in der Diele mit »Woff« und »Wäff«. Nora führte Rita und Susanne herein und bat ihre Gäste zu Tisch.

»Michel hat wieder eine seiner spontanen Kompositionen vorbereitet, als kleines Zeichen seiner Dankbarkeit.«

Sie öffnete die Tür zur Küche und Michel erschien bald darauf mit einem großen Tablett mit Desserttellern, darauf hübsch angerichtet jeweils zwei kleine Maultaschen mit etwas Puderzucker bestreut, Preiselbeeren und einem Klacks – Zitroneneis. Dekoriert mit einem Blättchen Minze. Rita riss die Augen auf. Susanne begann zu kichern.

»So hab ich bei seiner letzten Kreation auch geguckt. Lass dich überraschen!«

Rita drückte vorsichtig mit ihrer Kuchengabel ein Stück Maultasche ab, schnupperte und probierte. »Die sind gefüllt mit was Nussigem, Süßem! Und dazu das Zitroneneis – das ist guuut!«

SONNTAG, 11.12.

»Könnten wir uns heute Nachmittag noch einmal treffen?«, Glasers Stimme am Telefon klang angestrengt, fast verzweifelt.

»Ja sicher«, antwortete ich. »Ist Ihnen doch noch was eingefallen?«

»Das lässt sich hier am Telefon nicht so leicht sagen. Am besten Sie bemühen sich noch einmal zu mir, so gegen drei? Ihre Kollegin dürfen sie gerne auch mitbringen.«

Kurz nach halb drei stand Rita mit ihrem Alfa vor meiner Wohnung. Als ich die Beifahrertür öffnete, schauten mich die schwarzen Augen von Brunhilde erwartungsvoll an.

»Das ist jetzt nicht dein Ernst!«, sagte ich leicht vorwurfsvoll. »Meinst du sie verträgt sich mit Glasers Miezen?«

»Sie bleibt im Auto«, beruhigte mich Rita. »Wird ja nicht so lang dauern.«

Ich nahm Brunhilde auf meinen Schoß, sie legte ihr Kinn auf meine Schultern, nachdem ich mich angeschnallt hatte, ich kraulte ihren Nacken. »Frauchen fährt ganz vorsichtig, da brauchst du keine Angst zu haben.«

Rita gluckste: »Willst du dich damit selbst beruhigen? Brunhilde ist seit Jahren meinen Fahrstil gewöhnt.«

»Und erduldet ihn mit stoischer Ruhe«, ergänzte ich sanft und kraulte weiter ihren Nacken. »Was bleibt ihr auch anderes übrig?«

Dann berichtete ich ihr ausführlich über mein Gespräch mit dem Kommissar. »Übrigens, es war Kosic, der Michel mit seiner Aussage bei der Polizei belastet hat. Das hat Böckle gestern rausgelassen. Aber Böckle scheint ihm nicht zu glauben.«

»Kosic und Michel haben doch miteinander gesprochen, gleich als Michel das Feuer entdeckt hatte!«

»Und über den Inhalt des Gesprächs gibt es offenbar zwei Versionen«, ergänzte ich.

Rita nahm den Faden auf: »Michel behauptet, der Wachmann wollte ihn in die Asylunterkunft zurückschicken.«

»Kosic hat wohl bei der Polizei ausgesagt, er habe Michel als Täter zur Rede gestellt.«

»Weißt du noch, wie Renzi das geschildert hat?«

Ich überlegte. »Der hat Kosic gar nicht erwähnt.«

»Und Ellwanger?«

»Weiß ich nicht mehr, aber den können wir ja leicht noch mal fragen.«

»Wenn Kosic zum fraglichen Zeitpunkt da war«, Rita bremste scharf vor einem Traktor mit einem Berg von Zuckerrüben im Anhänger. Ich flog nach vorn, mein Gurt rastete ein, instinktiv presste ich Brunhilde an mich, die zu strampeln begann, »dann stellt sich doch die Frage, warum nicht er selbst längst schon die Feuerwehr angerufen hat«, vollendete Rita seelenruhig ihren Satz.

»Moment!« Ich versuchte mir unser Gespräch mit Kosic noch einmal in Erinnerung zu rufen. »Uns gegenüber hat Kosic Michel gar nicht belastet. ›Er wollte ihn zur Rede stellen‹, hat er gesagt, aber es kam gar nicht dazu. Michel ist in die alte Turnhalle gerannt, dann kam Mario Renzi und sagte ihm, die Feuerwehr sei schon verständigt.«

»Obwohl sein Handyakku leer war und er gar nicht telefonieren konnte?«

»Vielleicht hat er Dave Schmelzle gefragt? Der hat mir gestern, als ich ihn beim Kindergarten traf, deutlich gemacht, dass kein anderer als Täter infrage kommt als Michel.«

Rita schnaubte. »Jeder erzählt was anderes! Irgendeiner sagt nicht die Wahrheit: Michel, Kosic, Renzi, Schmelzle …«

»Du könntest auch Ellwanger und Engel bei deiner Aufzählung hinzufügen. So kommen wir jedenfalls nicht weiter!«

Rita bog von der Ringstraße zum Wohngebiet ab. »Kannst du dir vorstellen, was Glaser uns sagen will?«

»Das werden wir bald von ihm selbst hören. Es muss etwas mit dem Fall zu tun haben und es scheint wichtig zu sein. Vielleicht hat er in der Brandruine des Kindergartens etwas Interessantes gefunden? Ach übrigens …« Ich erzählte ihr von Glasers Besuch bei den übermalten ausländerfeindlichen Graffitis an der alten Turnhalle.

»Hast du eine Vermutung, was er dort wollte?«

Fünf Minuten später kamen wir bei der Mietskaserne an, wo Glaser im sechsten Stock seine drei Zimmer bewohnte. Vor der Haustür stand in zweiter Reihe ein Krankenwagen. Fünfzig Meter weiter fand Rita eine Parklücke. Kaum waren wir ausgestiegen, kamen zwei Sanitäter aus dem Treppenhaus – mit einer Bahre.

»Das ist Glaser!«

Rita nickte und lief auf die Bahre zu.

»Er ist nicht ansprechbar, bitte treten Sie zurück,« wies sie einer der beiden zurecht.

Rita blieb stehen und sah betroffen zu, wie Glaser zum Krankenwagen getragen wurde.

Hinter den Sanitätern war eine ältere Frau aus dem Mietshaus getreten: In der einen Hand trug sie eine Reisetasche; mit der anderen stützte sie sich auf einen Krückstock. Als die Bahre im Wagen untergebracht war, gab sie dem Beifahrer die Tasche und blickte dem Wagen nach, der sich mit Blaulicht auf den Weg machte. Sie stand gebückt da und schaute noch, als der Wagen längst außer Sicht war.

»Rita Delbosco vom ›Schoppendorfer Echo‹«, stellte sich Rita vor. Die Frau fuhr herum, schwankte leicht, fing sich aber schnell mit ihrem Stock auf.

Entgeistert riss sie die Augen auf. »Mein Gott, bin ich jetzt erschrocken!« Rita traf ein strafender und gleichzeitig misstrauischer Blick.

»Das tut mir aber leid, entschuldigen Sie bitte«, säuselte sie. »Herr Glaser hatte uns zu einem Gespräch eingeladen. Ich wollte sie doch nicht erschrecken.«

Die Alte hatte sich inzwischen wieder gefasst und

machte mit ihrem Krückstock einen Schritt auf Rita zu.

»Gerda Lieblich. Ich bin die Wohnungsnachbarin von ihm. Vor zehn Minuten hab ich nach ihm gesehen, da saß er reglos in seinem Schaukelstuhl.«

»Ist er tot?«

Die Nachbarin sah sie bestürzt an und entgegnete leicht vorwurfsvoll: »Er hat geatmet und auch noch Puls gehabt!«

»Dann hatte er wohl Glück, dass Sie ihn gefunden haben«, schaltete ich mich ein. »Er hat ja sonst niemanden, der sich um ihn kümmert.«

»Ab und zu schaut ein Enkel bei ihm vorbei, erst gestern Nachmittag war er wieder da.« Sie beugte sich vor und sagte leise: »Seine Mutter soll nicht mitbekommen, dass er ihn besucht. Glasers Tochter will von ihrem Vater nichts mehr wissen. Dabei hat der Kleine sogar immer noch ein eigenes Zimmer in der Wohnung seines Opas. Das ist eine traurige Geschichte!«

»Leidet Herr Glaser unter einer Krankheit?«

Sie runzelte die Stirn. Überlegte sie gerade, ob wir von seiner Neigung wussten? Dann schüttelte sie energisch den Kopf. »Bisher hat er nie was gehabt, nicht mal eine richtige Erkältung. Meist hat er sich um mich kümmern müssen, wenn ich mal bettlägerig war. Wir haben gegenseitig Wohnungsschlüssel. In unserem Alter ist es gut zu wissen, dass ein Nachbar da ist, der ein bisschen aufpasst.«

»Wie schaffen sie das, täglich bis in den sechsten Stock?«, fragte ich sie teilnahmsvoll.

Sie blickte mich verwundert an. »Wir haben doch einen Aufzug!«

Und da hatte uns Glaser zu Fuß die Treppen hochsteigen lassen!

Brunhilde begann im roten Alfa zu toben. Rita verabschiedete sich schnell, ich winkte Frau Lieblich zu, die sich wieder auf den Weg ins Treppenhaus machte, und folgte Rita zum Wagen. Während sie Brunhilde befreite, fragte sie mich, ob ich sie bei der kleinen Runde, die der Hund wohl jetzt nötig habe, begleiten wolle. Zu dritt zogen wir los, einmal um den Wohnblock herum. Alles wie ausgestorben an diesem Sonntagnachmittag. Außer Gerda Lieblich schien niemand Glasers Abtransport ins Krankenhaus zur Kenntnis genommen zu haben.

Rita wartete geduldig auf Brunhilde, die an einem Baum schnupperte. »Was hatte er uns wohl mitteilen wollen?«

»Er klang recht aufgeregt am Telefon«, erklärte ich, »als ob ihm etwas auf der Seele brannte, vielleicht ein Geständnis?«

Ich erzählte Rita nun ausführlicher von meiner gestrigen Begegnung mit ihm beim ausgebrannten Kindergarten.

»Er war topfit, schlagfertig und flink wie ein Wiesel, als er mit seinem Rad davonfuhr – in seinem Alter! Irgendetwas muss ihn tief erschüttert haben«, rätselte ich. »Was er wohl in der Brandruine gesucht hat? Vielleicht kennt er den Brandstifter, vielleicht hat er sogar den Fall gelöst?«

»Auf jeden Fall weiß er was Entscheidendes, das er lieber uns als der Polizei anvertrauen wollte.«

Wir waren wieder an Ritas Wagen angekommen. Rita schnüffelte zwischen Vorderrad und Bordstein herum.

»Was hat sie denn jetzt wieder gefunden!«, schimpfte Rita. »Pfui!«

Sie zog ein knapp zehn Zentimeter langes dünnes Röhrchen aus ihren Zähnchen. Brunhilde schaute sie missmutig an.

»Guck mal, da steht Feuer!«, las Rita vor.

»Das ist das Unterteil von einem Kuli! Das Wort ging wohl auf dem Oberteil weiter.«

»Passt ja«, schmunzelte Rita.

»Feuerversicherung? Feuerungsanlagen?«, murmelte ich gedankenverloren beim Einsteigen. Das angekaute Kuliteil steckte ich ein.

MONTAG 12.12.

Für morgens zehn Uhr hatte ich mich mit Rita am Parkplatz beim Schoppendorfer Klinikum zu einem Krankenbesuch bei Glaser verabredet. Ob wir zu ihm vorgelassen würden, ob er überhaupt schon wieder bei Bewusstsein war? Was sollte ich ihm mitbringen? Blumenstrauß, Süßigkeiten, Multivitaminsaft? Ich entschied mich für eine Packung Pralinen. Die könnte ich weiterverschenken oder selbst vernaschen, falls es zu keinem Besuch bei Glaser kommen sollte.

An der Pforte erkundigten wir uns nach ihm. Ein zuvorkommender junger Mann mit blauem Pflegerkittel und schwarzer Hornbrille telefonierte in die Station und nannte uns freundlich Stockwerk, Abteilung und Zimmernummer. Anscheinend war Glaser wieder ansprechbar und einem Besuch würde nichts mehr im Wege stehen.

Mit einem überdimensionalen Aufzug fuhren wir nach oben. Hier drin hatten gut zwei Krankenbetten Platz oder ein Frischoperierter mit einem Stab von Ärzten und Krankenschwestern. Die langen Flure mit blitzblank gebohnertem Linoleum, Glastüren, die sich wie von Geisterhand öffneten, die lastende Stille in den Gängen und hin und wieder eine dahinhuschende Krankenschwester oder ein Pfleger im Laufschritt – das alles irritierte mich ebenso wie dieser penetrante Geruch nach Desinfektionsmittel, der mir schon nach kurzer Zeit auf den Magen zu schlagen begann. Ich war kein Typ für Krankenhausbesuche!

»Hier isses!«, sagte Rita und deutete auf ein Schild, auf dem zwei Namen standen: Horst Glaser und Jochen Maurer.

»Handwerker unter sich«, flachste ich, doch Rita überhörte geflissentlich meinen Kalauer, klopfte vernehmlich an der Tür und öffnete sie einen Spalt.

»Frau Delbosco! Kommen Sie doch herein!«, hörte ich die scheppernde Stimme Glasers.

Im Schlepptau von Rita betrat ich das Krankenzimmer. Im Bett am Fenster schnarchte leise ein Mann mit verrunzeltem Gesicht und halboffenen Mund, die Augen geschlossen.

»Der kriegt nichts mehr mit!«, sagte Glaser, der in einem schnittigen Sportdress am Tisch vor einer Zeitung saß. Er nickte mir kurz zu, als er mich bemerkt hatte, dann bot er Rita Platz an. Einen dritten Stuhl gab es nicht. Ich lehnte mich etwas an die Wand, war mir lieber, als mich auf Glasers Bettkante zu setzen.

»Wie geht es Ihnen denn?«, begann Rita mitfühlend. »Sie haben uns gestern ja einen schönen Schrecken eingejagt! Gerade als wir sie besuchen wollten, wurden sie abtransportiert.«

»Weiß auch nicht, ist mir noch nie passiert«, sagte Glaser und faltete die Zeitung zusammen. Es war nicht das »Schoppendorfer Echo«, sondern ein Blatt mit deutlich größeren Schlagzeilen. »Ich fühle mich wieder stabil, aber die Ärzte wollen mich noch ein paar Tage hierbehalten und gründlich durchchecken. Es war wohl die Aufregung.«

»Worüber haben Sie sich denn so erregt?«, fragte ich neugierig und überreichte ihm mein Mitbringsel. Er linste kurz in die Papiertragetasche der »Confiserie am Markt«, entdeckte die Pralinen und schien sich wirklich zu freuen. Für einen Moment huschte sogar ein Lächeln über sein Gesicht, dann zog er die Augenbrauen zusammen und blickte uns dramatisch an. »Ich möchte ein Geständnis ablegen. Um es kurz zu machen: Ich bin der Brandstifter.«

Rita und ich sahen uns entgeistert an.

»Da wäre doch eher die Polizei zuständig!«, sagte ich zu ihm und versuchte meiner heiseren Stimme einen freundlichen Ton zu geben.

»Sie beide gefallen mir entschieden besser!«, kicherte er. »Sie werden ja das Weitere dann veranlassen müssen. Wissen Sie, leicht ist mir die Entscheidung nicht gefallen, aber wochen- oder sogar monatelang den Stress durchzustehen, ob die Polizei mir nun auf die Schliche kommt oder nicht – ich hab mich da einfach überschätzt.«

Mit flinken Händen zog er die Pralinenschachtel aus der Tüte, entfernte die Folie, öffnete die Packung und hielt sie Rita hin. Sie lehnte dankend ab. Dann verharrte er einen Moment mit seiner Rechten über den Pralinen und entschied sich endlich. Genüsslich steckte er sich ein Nougatstück in den Mund, schloss die Augen und lächelte sanft.

Sprachlos sahen wir ihm dabei zu. Dann öffnete er wieder die Augen, krümmte den Zeigefinger seiner linken Hand und bewegte ihn wie die Hexe, die Hänsel und Gretel zu sich heranwinkt. Seine Augen nahmen einen magischen Glanz an und schelmisch verzog er seine Mundwinkel.

Der macht sich über uns lustig. Ich glaub ihm kein Wort, dachte ich mir. Jetzt wird er den Spaß, den er da gerade mit uns treibt, gleich mit irgendeiner Pointe auflösen und laut loslachen.

Doch Glaser vergewisserte sich zunächst mit einem kurzen Blick in Ritas Gesicht, dann in meins, dass er unsere ungeteilte Aufmerksamkeit besaß. Dann setzte er sich aufrecht hin, schloss für einen Moment die Augen und servierte uns in flüssigem Ton eine plausible Geschichte mit allen Details. Wie ihn der Feuerteufel noch einmal geritten und in seinen Bann gezogen hätte, wie er alles minutiös auskundschaftet und geplant hätte, die Weihnachtsausstellung im Foyer, die Lesenacht der Sechstklässler und die deshalb unverschlossene Schultüre, die Tatsache, dass ein Sicherheitsdienst die Turnhalle bewachte, dass der Brand bald bemerkt würde und die Kinder und Asylanten rechtzeitig von der Feuerwehr in Sicherheit gebracht werden würden. Aber ja nicht zu früh sollte das Feuer entdeckt werden, damit es sich prächtig entfalten könnte, dafür hätte er gesorgt und den Wachmann abgelenkt. Nur mit dem jungen Asylanten aus der alten Turnhalle hätte er nicht rechnen können. Beinahe hätte der alles verdorben. Trotzdem, die Feuerwehr kam mit Tatütata und Blaulicht, Lärmen, Hektik und die prasselnden Flammen! Ein überwältigendes Schauspiel.

Er redete sich in Begeisterung.

Das Feuer im Kindergarten, nun ja, nicht ganz so aufregend, aber doch auch ein herrliches Spektakel. Das habe er sich noch einmal im Leben gönnen wollen, jahrzehntelang habe er sich gezwungen, seine Neigung zu unterdrücken. Jetzt könne er abtreten, zu einem Prozess würde es vermutlich nicht mehr kommen, dafür würde er schon sorgen, aber seine Story wolle er doch noch in der Zeitung lesen.

»Geben Sie sich Mühe, Frau Delbosco! Es war meine letzte Darbietung!«

Er nahm sich noch eine Praline, steckte sie in den Mund, stand auf und legte sich flach auf sein Bett. Dann hob er den Kopf, lächelte uns glücklich an, wie ein Kind, und winkte uns hinaus, wir sollten nun sein Zimmer verlassen. Die Visite war beendet.

»Herr Glaser, gestatten Sie mir noch …«

Rita nahm mich bei der Hand und zog mich aus dem Zimmer. Er hatte mir ohnehin nicht mehr zugehört, sondern lag mit geschlossenen Augen wie sein Bettnachbar da, das Gesicht zur Decke gerichtet.

Fluchtartig verließen wir die Station.

»War das nun wirklich ein Geständnis oder ist er einfach übergeschnappt?«, fragte mich Rita auf der Treppe. Um auf den Lift zu warten, hatten wir keine Geduld.

»Seine Geschichte ist irre, aber es würde alles passen! Willst du gleich in die Redaktion und den Artikel für morgen fertig machen?«

»Ich weiß nicht«, zögerte Rita. »Sollten wir nicht

warten, bis ihn die Polizei verhaftet hat? Ich hätte dann auch bessere Bilder für den Artikel.«

»Dann auf zu Böckle!« Ich zog mein Handy und tippte seine Nummer, um uns anzumelden.

Während der Fahrt spürte ich eine große Erleichterung. Der Verdacht gegen Michel wäre nun endlich vom Tisch! Selbstverständlich tat mir der Alte leid, den seine Krankheit noch einmal erwischt hatte. Auch der Schaden, den er angerichtet hatte, schloss eigentlich jedes Gefühl von Freude aus. Aber angesichts der Befürchtungen, die wir in diesem Fall hatten, war das die erträglichste Lösung.

Eine Viertelstunde später parkte Rita mit quietschenden Reifen im Hof des Polizeipräsidiums in Schoppendorf. Am Glaskasten hinter der Eingangstür stürmten wir einfach vorbei.

»Kommissar Böckle wartet auf uns! Es eilt!«, rief ich dem erstaunten Beamten zu, der uns mit hochgezogenen Augenbrauen nachsah.

Wir meldeten uns im Vorzimmer an und wurden nach draußen gebeten, um einen Augenblick zu warten. Unruhig lief Rita auf und ab.

»Setz dich doch«, du machst mich ganz nervös!«

»›Schoppendorfer Feuerteufel gönnt sich zum Abschied noch einen Großbrand‹ – nein, das klingt zu ironisch, warte: ›Er kann's nicht lassen. Nach über 30 Jahren schlägt der Schoppendorfer Feuerteufel noch einmal zu‹. Wie findest du das?«

»Jetzt warte doch erst einmal seine Verhaftung ab!«

»Wenn er's wirklich war, muss das noch heute zum Satz für die morgige Ausgabe!«, rechtfertigte sich Rita.

Nach ein paar Minuten erschien der Kommissar persönlich und bat uns herein. Wir nahmen an einem Besprechungstisch in einer Ecke seines Büros Platz. Er bot uns Kaffee an, aber Rita winkte ab. Ohne einleitende Worte berichtete sie ihm gleich aufgeregt von unserem Krankenbesuch und Glasers überraschendem Geständnis. Böckle hörte ihr interessiert zu, aber irgendwie hatte ich das Gefühl, er nahm sie gar nicht richtig ernst.

Als Rita fertig war, grinste er sogar spöttisch. »Da hat Ihnen der alte Herr aber einen schönen Bären aufgebunden!«

»Wieso?«, fuhr ihn Rita an. »Glauben Sie, er wäre zu alt dafür? Dann lassen sie sich mal von Herrn Niklas erzählen, wie fit er noch ist oder zumindest vor seinem Zusammenbruch war. Sie müssen doch wenigstens von der Möglichkeit ausgehen, dass er die Wahrheit sagt. Wollen Sie wirklich von vorneherein seine Aussage anzweifeln?«

»Was heißt hier wollen?!«, trumpfte der Kommissar auf. Er stützte seine Ellenbogen auf dem Schreibtisch auf und legte sein Kinn auf die gefalteten Hände. So betrachtete er uns wie der Lehrer zwei Schulkinder, denen er gleich die Leviten verlesen wird. Dann ließ er die Bombe hochgehen. »Herr Glaser hat ein astreines Alibi.«

»Aber, er hat doch selbst …«, begann Rita, doch Böckle unterbrach sie gnadenlos.

»Ein Alibi mit verkehrten Vorzeichen«, prustete der Kommissar los. »Das hatten wir auch noch nicht. Wir können ihm nachweisen, dass er nicht der Täter sein kann!«

Ich fragte mich, was er daran so komisch fand. Dann war er's halt nicht. Doch Böckle lachte immer noch.

Nachdem er seine Tränen abgewischt und sich kräftig geschnäuzt hatte, erklärte er: »Wir wissen zufällig genau, wo Herr Glaser die Nacht zum Sonntag verbracht hat, in der die Schule angezündet wurde. Wegen seiner kriminellen Vergangenheit haben wir routinemäßig natürlich auch Herrn Glaser noch einmal unter die Lupe genommen – trotz seines hohen Alters – und wir brauchten gar nicht lange zu suchen. Wir sind nämlich inzwischen auch sehr gut vernetzt und als wir seinen Namen in unser Intranet eingegeben hatten, sind wir bei den Kollegen von der Verkehrspolizei fündig geworden.«

Er machte eine kurze Pause und richtete sich in seinem Stuhl auf, als wolle er mit dieser Bewegung seines Körpers andeuten, dass nun das Rätsel gleich gelöst wäre.

»Herr Glaser schlief in besagter Nacht unter polizeilicher Aufsicht seinen Rausch aus – in der Ausnüchterungszelle. Er hatte am Samstagabend an der Schoppendorfer Seniorenweihnachtsfeier teilgenommen und wohl ordentlich gebechert, auch Hochprozentiges soll dort herumgegangen sein. Jedenfalls fiel er einer Polizeistreife auf, als er nach Mitternacht laut Weihnachtslieder grölend in Schlangenlinien nach Hause fahren wollte. Die Kollegen luden ihn und sein Rad in ihren Bus und brachten ihn zur Ausnüchterung. Papiere hatte er keine dabei, Namen und Adresse wollte er partout nicht rausrücken, so blieb ihnen keine andere Möglichkeit, als ihn eben mitzunehmen. Sonst hätten sie ihn vermutlich in seiner Wohnung abgeliefert. Wir sind ja keine Unmenschen.«

»Aber weshalb erzählt er uns dann, er sei der Brandstifter?«

Böckle blickte mich mitleidig an. »Das ist eine gute Frage, vielleicht sollte sich ein Psychiater darum kümmern? Glaser wird ja noch eine Weile im Krankenhaus untersucht werden. Es ist nicht ausgeschlossen, dass er einen leichten Schlaganfall hatte und noch nicht ganz zurechnungsfähig ist.«

Er wurde wieder förmlich, griff sich eine Akte, blätterte kurz darin und sagte zu mir, als ob er mich nach dieser Enttäuschung ein bisschen trösten müsste: »In der anderen Sache sind wir ein Stückchen weitergekommen. Ihr Hinweis auf das Motorradkennzeichen war ein Treffer. Die Maschine ist auf einen in Stuttgart wohlbekannten und von der Polizei gesuchten Neonazi zugelassen. Höchstwahrscheinlich war er es selbst, der Ihnen den Finger gezeigt hat. Vorhin kam ein Anruf, dass ihn die Stuttgarter Polizei zur Überprüfung in Gewahrsam genommen hat. Die andere Spur hat leider noch zu keinem Ergebnis geführt. Den Fahrer in dem roten Golf oder Polo, der Ihnen in der Brandnacht entgegengekommen war, konnten wir noch nicht ermitteln. Schade, dass sie das Kennzeichen nicht gesehen haben. Falls Ihnen dazu noch etwas einfällt, geben Sie uns bitte umgehend Bescheid!«

Er schaute auf die große Uhr in seinem Büro. »In zwanzig Minuten kommt Schmelzle. Ich hoffe, dass wir heute Abend mehr wissen.«

Er blickte Rita eindringlich an. »Bitte halten Sie sich in der Berichterstattung über die Brandfälle noch zurück. Es wird nicht mehr lange dauern, bis wir mit der Sache durch sind, das spüre ich in den Fingerspitzen.«

»Wie kommen Sie darauf?«

»Reine Intuition.« Böckle grinste Rita an. Er blickte noch einmal auf die Uhr und erhob sich. Wir verstanden. Er wollte das Gespräch beenden.

Draußen gingen wir die Sache noch mal durch.

»Weshalb hat Glaser diese Schau inszeniert?«

»Weshalb will er, dass ich seine Story groß in der Zeitung bringe?«

»Wo er doch überhaupt nicht stolz darauf sein kann, da er ja nicht der Täter ist!«

Rita blickte mich überrascht an: »Das ist es! Seine Strategie unter veränderten Vorzeichen – erinnerst du dich, als er uns gesagt hat, nach der Tat komme es darauf an, den Verdacht auf jemanden anderen zu lenken? Jetzt will er, dass der Verdacht auf ihn fällt! Wir müssen uns fragen, wen er decken will!«

»Das hieße: Er weiß tatsächlich, wer der Täter ist, und stellt sich schützend vor ihn! Aber wer könnte das sein?«

Ich überlegte einen Moment, dann schüttelte ich den Kopf: »Vielleicht ist er doch einfach nur durchgeknallt. Realitätsverlust nach leichtem Schlaganfall. Böckle hat vermutlich Recht. Eher ein Fall für die Klinik!«

DIENSTAG, 13.12.

Woher Böckle seinen Optimismus nahm, war mir schleierhaft. Eine kuriose Situation: Ein geständiger Brandstifter, der die Tat unmöglich hatte begehen können, obwohl er ein plausibles Motiv hatte, einige Verdächtige, die aber aus verschiedenen Gründen kaum als Täter in Frage kommen konnten und ein Kommissar, der nach eigenen Angaben kurz vor der Lösung des Falls stand – rein intuitiv.

Als ich ihn heute Morgen angerufen hatte, um mich zu erkundigen, was die Vernehmung Schmelzles und des Stuttgarter Neonazis gestern denn ergeben hätte, berichtete er mir fast heiter, Schmelzle sei erst gar nicht erschienen, der Stuttgarter Neonazi zwar in Untersuchungshaft genommen worden, aber er verweigere jede Aussage. Wertete er das etwa schon als Geständnis?

Ich machte mich auf den Weg zum Uhland-Gymnasium. Für zehn Uhr hatte ich einen Übertragungswagen bestellt. Michel begann heute mit seinem »Schnupperunterricht«. Nach dem Aufsehen, das sein Interview in der Landesschau erregt hatte, wollte ich ihn im Kreis seiner Mitschüler zeigen, ihm und der Schulleiterin vor Ort ein paar Fragen stellen – vielleicht vor dem Hintergrund der Handwerkerarbeiten nach dem Brandgeschehen? Nein, das würde wohl ablenken und war auch viel zu laut. Die Schulleiterin sollte einfach mit ins Klassenzimmer kommen. Aber auch die treuen Helfer Engel, Sauter und Ellwanger wollte ich zu Wort kommen lassen – gelingende Integration als krönenden Abschluss der Berichterstattung über die bewegten Ereignisse in der Schoppendorfer Asylantenunterkunft.

Ob ich auch auf den Fall Ahmadi eingehen sollte? Vielleicht könnte ich Engel dazu ansprechen oder einige Asylbewerber? Diesen Gedanken ließ ich gleich wieder fallen. Heißes Eisen! Was müsste ich da alles beachten! Opferschutz, Persönlichkeitsrechte dieses Ahmadi, Stellungnahme der Polizei – und außerdem: Wem nützte denn eine solche Berichterstattung über Mafiamethoden in der Asylunterkunft? In erster Linie wohl den Rechtsradikalen.

Andererseits war da die Informationspflicht des Journalisten, nichts beschönigen, nichts verschweigen, unvoreingenommen berichten – und es bestand die Gefahr, dass anderweitig, beispielsweise über die sozialen Netzwerke, doch was durchsickerte über Ahmadis Asylbetrug, seine Schutzgelderpressung, seine Anstiftung zu kriminellen Handlungen. Dann interessierte sich womöglich noch »Bild« für die Geschichte! Eine verzwickte Situation! Man würde uns dann wieder tendenziöse Berichterstattung vorwerfen.

Die Sache in ein positives Licht rücken? Immerhin hatten ja die Asylanten selbst mit ihren tapferen Betreuern die Lage in den Griff bekommen. Aber eigentlich war es nur die Aussage Michels bei der Polizei gewesen, die dazu geführt hatte, dass Ahmadi aus dem Verkehr gezogen wurde – aufgrund der Morddrohung, die Ahmadi Michel auf dem Weg zum Bäcker hatte finden lassen. Wenn es denn tatsächlich so gewesen war. Sollte ich Michel auch den Erfolg von Ahmadis Festnahme zuschanzen? Wie würden seine Mitasylanten darauf reagieren? Er würde noch mehr zum Außenseiter, vielleicht sogar als Verräter abgestempelt werden!

Ich nahm mir vor, nach dem Themenblock mit Michel im Uhland-Gymnasium ganz unbefangen über die Lebensumstände der Asylanten zu berichten und einige von ihnen über ihre ersten Eindrücke im Gastland zu befragen. Das Rentnertrio Engel, Ellwanger und Sauter bezog ich am besten umringt von ihren Jungs ein, beginnend mit Sauters originellem Deutschunterricht, das gäbe lebendige Bilder und zeigte erste Integrationsleistungen!

Als ich, um abzukürzen, quer über den Parkplatz auf das Schulzentrum zulief, sah ich Michel alleine auf einer Treppenstufe sitzen. Ein brennendes Streichholz nach dem anderen machte sich auf den Weg nach unten und erlosch auf dem Boden.

»Sag mal, was machst du denn hier?«

»Das ist ein Spiel, das wir in Afrika gespielt haben, wenn wir eine solche Schachtel gefunden hatten.«

Er zeigte mir, wie's ging: Das Streichholz senkrecht auf die Reibefläche drücken – mit dem Zeigefinger der Hand, mit der man das Schächtelchen greift, dann mit Daumen und Zeigefinger der anderen Hand gegen das heruntergedrückte Streichholz schnipsen. Das Streichholz rutscht weg und entzündet sich dabei an der Reibefläche.

Er hielt mir die Schachtel Welthölzer hin und fragte, ob ich es nicht auch ausprobieren wollte. Ich schüttelte den Kopf und setzte mich neben ihn.

»Warum machst du das?«, fragte ich beklommen.

»Es macht Spaß, wirklich!«

»Woher hast du die Streichholzschachtel?«

Michel zuckte die Schultern. »Ich hab sie irgendwo gefunden.« Dann steckte er sie gleichmütig ein. Traurig blickte er auf die erloschenen Hölzchen vor sich. »So viele Menschen sind tot: meine Eltern, mein bester Freund auf der Flucht. Er wurde von einem Schleuser erschossen, weil er kein Geld zum Bezahlen hatte. Die vielen Toten in Lampedusa, die die Schiffe nachts gebracht und am Hafen einfach hingelegt hatten. Sie hatten die Fahrt auf den Schlauchbooten nicht überlebt.«

»Aber du bist jetzt hier und bekommst eine Chance!«, versuchte ich ihn aufzumuntern. Ich stand auf und zog ihn hoch. »Komm, es ist gleich zehn, da solltest du doch bei der Schulleiterin im Rektorat sein.«

Beschwingt ging ich die Sache an. Das Gespräch mit Schulleiterin und Michel lief locker, ihre Doppelfunktion als Gesprächspartnerin und Dolmetscherin kanalisierte ihren Redefluss, ein paar Äußerungen von Mitschülern, die begeistert von der Podiumsdiskussion erzählten, und Michel, der fröhlich wie immer seine Kommentare dazu abgab – ausschließlich auf Deutsch.

Er hatte in den letzten Tagen wieder erstaunliche Fortschritte gemacht.

Nach Ende des Interviews informierte mich die Schulleiterin, dass morgen die Vorbereitungen für den Schulball am Freitag in der Großsporthalle begännen. Lange habe man überlegt, ob man ihn nach dem neuerlichen Brandanschlag nicht lieber absagen sollte, dann aber mit Kollegium, Elternbeirat und der SMV einstimmig entschieden, das ganz bewusst nicht zu tun, weil man sich nicht einschüchtern lassen wolle. Michel würde bei dieser Gelegenheit noch einmal der Schulöffentlichkeit vorgestellt. Auch Mario Renzi, den anderen der beiden Lebensretter, habe man eingeladen und bei beiden wolle man sich auch gleichermaßen bedanken.

Sie drückte mir die Hand und sagte leise: »Sie haben mir da einen wichtigen Tipp gegeben und bei diesem Anlass können wir bei Mario was gut machen.«

Dann der Dreh in der Turnhalle, ohne Michel, der inzwischen in irgendeinem Klassenzimmer beim Unterricht saß, Engels lockere Sprüche: »Fremdenfeindlichkeit zeugt nur von eigener Schwäche«, Sauters gestenreiche Worterklärungen beim Deutschkurs, Ellwangers schwäbische Kommentare dazu: »Der macht des besser als an Profi!«

Anschließend meine Versuche, die Asylanten zu Äußerungen zu bewegen, und dann sofort die Frage, die ich eigentlich hatte vermeiden wollen: »Was ist mit Ahmadi? Warum ist er verhaftet worden?«

In einer spontanen Eingebung streckte ich Engel das Mikro hin.

Er zögerte keinen Augenblick und rettete die Situation. »Wer sich bei uns nicht an die Ordnungsregeln und an die Gesetze hält, muss die Konsequenzen tragen. Das gilt für Asylbewerber genauso wie für Deutsche.«

Ich war ihm dankbar für diese klare Ansage und kommentierte in die Kamera: »Einer der Asylbewerber sitzt wegen kleinerer Delikte derzeit in Untersuchungshaft. Auch das kommt natürlich in solchen Massenunterkünften vor.«

Im Anschluss an die Dreharbeiten saß ich mit Engel, Ellwanger und Sauter in einer Ecke der Turnhalle zusammen. Wie sich denn das Klima unter den Asylbewerbern nach Ahmadis Verhaftung entwickelt hätte, fragte ich sie.

Engel sah Sauter an, Sauter Ellwanger. Es sei schon besser geworden, aber es bestehe die Gefahr, dass Ahmadis Lücke besetzt werde.

Was er denn damit meine, fragte ich Ellwanger.

»In einer solchen Gruppe gibt es eben eine Hackordnung«, antwortete Engel für ihn. »Da baut sich ein komplex strukturiertes System auf, das ist auch in anderen Jungmännergruppen so – denken sie nur an die Bundeswehr.«

Und Sauter ergänzte: »Genauso wichtig wie Deutschunterricht ist es, den Leuten klar zu machen, welche Werte bei uns eben ganz oben stehen: Unantastbarkeit der Person, Würde des Menschen, freie Meinungsäußerung. Aber da reicht kein Schnellkurs zum Grundgesetz mit mehrsprachigem Faltblatt!«

»Das ist ein langer und steiniger Weg«, seufzte Ellwanger.

»Michel wird von ihnen immer noch als Brandstifter angesehen«, meinte Engel und sah mich verunsichert an.

War es eine Aufforderung an mich, etwas über unsere Nachforschungen rauszulassen? Zweifelte er inzwischen selbst an Michels Unschuld? Aber nach Böckles Reaktion über Glasers Geständnis hielt ich zurück. Stattdessen griff ich seine Feststellung auf und fragte: »Gibt es denn außer Ahmadis Beschuldigung dafür einen weiteren Hinweis?«

Engel schaute in die Runde. Ellwanger gab sich einen Ruck: »Einige behaupten, Michel hätte am Abend zuvor einen Benzinkanister herumgetragen. Aber so eine Behauptung macht schnell die Runde und am Ende glauben alle, sie hätten es selbst gesehen.«

»Aber der Brand im Kindergarten!«, rief ich, »wieso sollte er den denn auch noch auf dem Gewissen haben? Das legt doch nahe, dass ein anderer als Täter in Frage kommt!«

»Für die Jungs hier ist er eben der Schuldige, das hat sich in ihre Gedanken regelrecht eingefressen.«

Ich verabschiedete mich und trat den Heimweg an. Michels Zündeleien, als er da so allein auf der Treppe saß, wollten mir nicht aus dem Kopf gehen. Er hatte dieses Spiel mit dem Feuer mit seinen traumatischen Erlebnissen in Burkina Faso und auf seiner Flucht in Verbindung gebracht. War das etwa ein Hinweis darauf, dass er doch als Brandstifter in Frage kommen könnte?

Aber durfte ich diese harmlosen Spielereien so überbewerten? Ich erinnerte mich an ähnliche Zündholzspielchen in meiner Kindheit. Einmal hatten wir eine leere Kugelschreibermine mit abgekratztem Streichholzpulver gefüllt und dann in die Luft gejagt. Sollte ich ihn vielleicht das nächste Mal einfach direkt darauf ansprechen, was mich beschäftigte? Ich ärgerte mich über mich selbst. Hätte ich ihn vorhin nicht darauf hinweisen sollen, dass solche Spielchen in seiner Lage die Verdachtsmomente gegen ihn nicht gerade entkräften würden? Aber inwieweit war ihm denn überhaupt bewusst, dass er selbst zu den Verdächtigen zählte? Hatten wir ihn nicht alle sorgsam abgeschottet, einschließlich Kommissar Böckle?

MITTWOCH, 14.12.

Ich war wieder mal dabei meine Reisetasche zu packen. Bis der Brandstifter gefunden wäre – das könnte sich noch in die Länge ziehen! Sollte ich Frau Eisele den Engel und die Strohsterne vom Stuttgarter Weihnachtsmarkt zum Abschied schenken oder schön verpackt als Weihnachtsgeschenk dalassen? Mein Handy unterbrach meine Überlegungen. Michel.

»Hallo Michel, bist du heute nicht in der Schule?«

»Doch, doch, ich bin in der Schule«, rief er atemlos. »Der Täter! Ich hab ihn, glaub ich, ich hab sein Auto gesehen?«

»Was? Bist du dir sicher?«

»Ich glaub schon. Kannst du kommen? Ich such gleich Rita, die ist irgendwo in der Halle. Wir bauen gerade auf für den Schulball. Sie berichtet drüber. Komm zum Schulparkplatz, bei den Treppen.«

Aufgelegt. Was zum Kuckuck hatte der Junge gesehen? Wieso sein Auto? Woher sollte er es denn kennen? Egal, ich musste hin, auch wenn es vermutlich Fehlalarm war. Ich ließ alles stehen und liegen, lief zu meinem Käfer und rasselte los.

Zehn Minuten später suchte ich Michel am Parkplatz. Da stand er und sprach mit Rita. Als er mich sah, rannte er mir entgegen.

»Dort drüben!«

Auf halbem Weg zeigte er auf ein rotes Auto. Ein alter Golf mit verblichener Farbe. Blitzartig sah ich das Bild vor meinem geistigen Auge: Das war der Wagen, der mir in der Nacht beim Kindergarten entgegengerast war!

Michel stand schon da, als ich den Golf erreicht hatte und zeigte aufgeregt auf die Rücksitzbank. Inzwischen war auch Rita nachgekommen. In dem Durcheinander von Kleidungsstücken, leeren Wasserflaschen und Plastiktüten blitzte ein weißes Päckchen hervor.

»Genauso ein Päckchen hab ich in der Nacht auf dem Boden gefunden!«

Rita schaute mich mit gerunzelter Stirn an.

»Schau mal, das Foto, da vorn am Armaturenbrett!«

Ich streckte meinen Kopf so nahe an das Seitenfenster wie möglich. In einem schwarzen Plastikrahmen, der in der Mitte unter dem Radio klebte, erblickte ich einen Mann mit einem Jungen, die mir fröhlich entgegenlachten, ziemlich ausgebleicht mit Rosastich, aber gut erkennbar.

»Das ist Glaser!«, sagte ich überrascht zu Rita.

Rita drehte sich zu Michel um. »Hast du den Fahrer des Golfs auch gesehen?«

Michel schüttelte den Kopf. »Ich kam hier zufällig vorbei, sah das alte Auto, war neugierig und hab hineingeschaut. Mein Vater hatte auch mal einen roten Golf.«

»Guck dir mal den Kuli an!« Rita zeigte auf einen weißen Kugelschreiber auf dem Beifahrersitz, auf dem mit blauer Schrift »Feuerwehr Schoppendorf« stand. »Genau nach ›Feuer‹ sind Oberteil und Unterteil miteinander verschraubt.«

»Und so ein Unterteil hat Brunhilde im Straßengraben vor Glasers Mietshaus gefunden!«

Wenn ich in der Brandnacht beim Kindergarten doch den Fahrer erkannt hätte! Ich schloss die Augen, versuchte noch einmal, wie letzte Woche bei Böckle auf dem Polizeikommissariat, das Bild vor mein inneres Auge zu bekommen, sah den roten Golf und dann – natürlich!

Ich richtete mich auf und blickte mich um. Hatte uns jemand bemerkt? Dann deutete ich hinüber in Richtung Schulgebäude und wir zogen uns in die Nische der Treppe zurück, die vom Parkplatz hinauf zur Einfahrt führte.

»Dieses Auto raste mir am Abend, als ich den Brand im Kindergarten entdeckte, entgegen und jetzt erinnere ich mich auch an das Gesicht des Fahrers, das für einen Augenblick im Licht der Straßenlaterne aufleuchtete: Das muss Mario Renzi gewesen sein! Er hatte zwar eine Wollmütze auf und einen Schal um, aber das bleiche Gesicht mit den Pickeln. Jetzt sehe ich das genau wieder vor meinen Augen!«

»Dann wäre er der Brandstifter, in beiden Fällen!«, stellte Rita sachlich fest. »Und du irrst dich nicht?«

»Nein«, beteuerte ich. »Der Junge auf dem Bild neben Glaser ist vermutlich auch Mario, wie er vielleicht vor zehn, zwölf Jahren ausgesehen hat.«

»Und Mario Renzi ist Glasers Enkel!« Rita ging hinüber, beugte sich zum Fahrerfenster und blickte angestrengt auf das Bild am Armaturenbrett. »Jetzt wird mir manches klar!«

»Ich warte hier in der Nähe des Autos und stell ihn zur Rede!«, sagte ich.

»Ich ruf die Polizei«, entgegnete Rita. »Michel, du gehst am besten wieder ins Schulgebäude. Falls Renzi dort auftaucht, gibst du uns mit dem Handy Bescheid. Irgendwo da drin muss er sich ja herumtreiben.«

»Wahrscheinlich ist er zum Gespräch bei der Schulleiterin«, vermutete ich. »Er soll ja zum Schulball eingeladen werden.«

Sie ging zu ihrem Alfa, zog ihr Handy und stieg ein. Keine fünf Minuten später sah ich ihn auf der Treppe. Zielgerichtet steuerte er auf den roten Golf zu.

»Guten Morgen, Herr Renzi. Erinnern Sie sich noch an mich? Nils Niklas vom SWR. Haben Sie einen Augenblick Zeit? Ich hätte da noch eine Frage.«

Er blickte mich überrascht an, nickte nervös.

»Kann es sein, dass ich Sie in diesem Wagen in der Nacht, als der Kindergarten brannte, dort in der Nähe gesehen habe?«

Er brauchte einen Moment, bis er die Frage und deren Tragweite begriffen hatte und seine Miene verfinsterte sich.

»Hatten Sie dort auch diesen Brandbeschleuniger verwendet?«, hakte ich nach und zeigte auf die Rücksitzbank.

Fassungslos starrte er mich an, holte aus und versetzte mir blitzschnell einen gekonnten Haken an den rechten Unterkiefer, dass ich zurücktaumelte und zu Boden ging. Hastig schwang er sich in seinen Wagen. Als ich wieder auf die Beine gekommen war, startete er, fuhr mit Karacho aus der Parklücke und brauste los. Rita hatte uns beobachtet und blitzschnell geschaltet.

Sie hatte ebenfalls ihren Alfa gestartet, die Beifahrertür geöffnet und mir zugerufen, ich solle einsteigen. Kaum war ich drin, folgte sie dem roten Golf. Zwei Ampeln weiter hatten wir ihn erreicht. Er stand drei Autos vor uns in der Schlange. Er steuerte die Ringstraße an, vermutlich, weil er hoffte, uns hier im fließenden Verkehr besser abhängen zu können.

»Alles okay bei dir?«, Rita schaute kurz zu mir hinüber, während sie ungeduldig vor der roten Ampel mit dem Gaspedal spielte.

Ich nickte und fuhr mir kurz mit der Hand übers Kinn. Der Haken hatte gesessen.

Während sie losfuhr und ungeduldig hochschaltete, forderte sie mich auf: »Ruf Böckle an. Ich hab ihn grad erst dran gehabt. Er ist auf dem Weg zur Schule.«

Ich tippte seine Handynummer und nach ein paar Mal Klingeln meldete sich eine Kollegin.

»Wir verfolgen den Wagen von Renzi«, kam ich gleich zur Sache, »waren gerade bei der Kreuzung Südstraße-Ringstraße. Renzi fährt auf der Ringstraße Richtung Autobahn.«

»Versuchen Sie dranzubleiben«, hörte ich Böckles Stimme, »und halten Sie uns auf dem Laufenden.«

Renzi missachtete alle Verkehrsregeln, fuhr mit überhöhter Geschwindigkeit und bei Rot über die nächste Kreuzung.

»Junge, Junge, da kann ich nicht mithalten«, sagte Rita resigniert, fuhr aber weiter Richtung Autobahn.

»Er hat uns tatsächlich abgehängt!«, rief ich enttäuscht.

»Der kommt nicht weit«, versuchte mich Rita zu beruhigen. »Kommissar Böckle hat wie elektrisiert reagiert, als ich ihm unsere Beobachtung geschildert hatte. Die werden alles dransetzen, diesen roten Golf zu stoppen.«

Da konnten wir ihn wieder ausmachen, weit vor uns auf dem Autobahnzubringer. Sofort meldete ich mich noch einmal bei Böckle, um seine Lage durchzugeben.

»Unsere Kollegen erwarten ihn schon bei der Autobahneinfahrt«, beruhigte mich die Beamtin am Apparat.

»Aber Sie wissen doch gar nicht, in welche Richtung er fahren wird!«

»Wir überwachen beide Einfahrten«, erklärte sie gelassen.

Mitten in der Einfahrt Richtung Stuttgart sahen wir dann den roten Golf. Er stand ganz an den Fahrbahnrand gepresst. Rita hielt direkt hinter ihm, ungeachtet der wütenden Blicke der Autofahrer und des von ihnen veranstalteten Hupkonzerts, als sie sich an uns vorbeiquetschten. Ich drückte wieder Böckles Nummer und wenig später erschien der Beamte des Polizeifahrzeugs, das Renzis Verfolgung hätte aufnehmen sollen, neben uns. Er kratzte sich verlegen am Hinterkopf.

»Er ist uns im letzten Augenblick entwischt, zu Fuß, aber wir werden ihn kriegen. Ich habe schon alles Nötige veranlasst.« Er schaute kurz in den Golf. »Den Wagen müssen wir hier stehen lassen, bis die Spurensicherung da war. Aber Sie sollten jetzt dringend weiterfahren, wir sichern die Stelle gleich ab.«

Also fuhren wir auf die Autobahn Richtung Stuttgart. Bis zur nächsten Ausfahrt. Auf der Gegenspur dann wieder zurück.

»Mario Renzi«, sagte ich, als wir oben waren.

»Der Enkel von Horst Glaser.«

»Der einzige Verwandte, der sich noch um ihn kümmerte.«

»Um ihn zu schützen, hat Glaser sein Geständnis abgelegt,« überlegte Rita.

»Hast du noch das Bild vor Augen, die verblichene Fotografie vorne im Golf?«

»Der glückliche Großvater mit seinem fröhlichen Enkel.«

Wir schwiegen eine Weile, jeder in seine eigenen Gedanken vertieft.

»Ob sie beide von derselben Krankheit betroffen sind?«, fragte ich schließlich.

»Jedenfalls hat er mit bemerkenswerter krimineller Energie gehandelt«, entgegnete Rita vorwurfsvoll und setzte energisch den Blinker vor der nächsten Ausfahrt. »Wo wird er versuchen unterzutauchen?«

»Er wohnt bei seiner Mutter, ganz in der Nähe von Frau Eisele.«

»Glaub ich nicht, dass er da jetzt hin will. Da wird ihn bereits die Polizei erwarten.« Sie schüttelte heftig den Kopf.

»Bei Glaser? Aber der ist doch im Krankenhaus!«

»Und wenn er einen Schlüssel zu seiner Wohnung hat?«

»Möglich«, gab ich zu, »vielleicht sogar wahrscheinlich. Er soll dort ja noch ein Zimmer haben. Aber die Polizei wird ihn vorher schon schnappen.«

»Eher nicht!«, widersprach Rita und bog auf die Autobahneinfahrt Richtung Schoppendorf. »Bis die Beamten an Ort und Stelle sind und seine Spur ausgemacht haben, hat der sich schon ins Zentrum durchgeschlagen und da werden sie ihn kaum finden.«

»Sollen wir mal zu Glasers Wohnung fahren?«

»Einen Versuch wär's wert!«

Obwohl wir eben den Täter ausgemacht hatten, empfand ich keinerlei Triumphgefühl. Beide möglicherweise von derselben Krankheit betroffen! Was musste Glaser durchgemacht haben, als er herausgefunden hatte, dass sein Enkel hinter der Brandstiftung steckte!«

Eine Viertelstunde später parkten wir vor Glasers Wohnung.

Ich schaute auf die Uhr. »Er kann unmöglich schon da sein, selbst wenn er die Stadtbahn oder einen Bus genommen hat.«

»Vermutlich würde er auch nicht aufmachen, wenn wir jetzt klingeln«, sagte Rita und grinste.

»Sollen wir ihn hier vor dem Haus abpassen?«

Sie ging auf meine Frage gar nicht ein. »Wie hieß doch die Nachbarin, die seine Katzen versorgt?«

»Moment, sie hatte einen so schönen Namen, Lieblich, Gerda Lieblich.«

Wir stiegen aus und gingen zur Haustür. Rita studierte die Namensschilder.

»Hier!« Sie klingelte.

Nach einer Weile begann es im Lautsprecher zu knacksen.

»Ja?«

»Frau Lieblich«, flötete Rita, »Rita Delbosco vom Schoppendorfer Tagblatt und mein Kollege vom SWR, hätten Sie ein bisschen Zeit für uns?«

Stille. Wir blickten uns fragend an. Dann surrte der Öffner. Mit dem Aufzug fuhren wir hinauf in die sechste Etage.

Sie bat uns herein in ihr Wohnzimmer. Nussbaumschrankwand mit ausladenden Formen, Gelsenkirchener Barock, Plüschsofa, Marmortisch – gediegener Wohnstil der Siebziger Jahre. Auf dem Fensterbrett zum Balkon Orchideen in allen Farben.

»Die sind aber schön!«, rief Rita begeistert und begutachtete jede einzelne von ihnen.

Gerda Lieblich blühte auf und erklärte, wie sie hießen, welche Pflege sie bräuchten, wie alt sie wären.

»Die meisten habe ich selbst herangezogen«, erwähnte sie stolz.

Rita ließ sich kaum bremsen und lobte die Farbe der einen, die besonders ausgefallene Form der anderen Pflanze. Schließlich fragte Gerda Lieblich nach dem Grund unseres Kommens.

Rita lächelte sie milde an. »Wir waren auf Besuch bei Herrn Glaser im Krankenhaus«, begann sie. »Es geht ihm wieder gut und er möchte dringend nach Hause, aber die Ärzte checken ihn erst mal richtig durch, ist ja sicher auch sinnvoll nach seinem Zusammenbruch und in seinem Alter.«

Ich merkte, wie sie durch diese umfangreiche Einleitung Zeit gewinnen wollte und sich in der Zwischenzeit eine Strategie zurechtlegte. Was hatte sie bloß vor?

Gerda Lieblich nickte. »Ich hab ihn auch schon angerufen. Morgen darf er wohl nach Hause.«

»Ja, sehen Sie«, stimmte ihr Rita zu, »und da hat er uns gebeten, ob wir ihm nicht seinen Mantel mitbringen könnten. Eigentlich wollte er ja seinen Enkel bitten, aber der ist seit gestern nicht zu erreichen. Wir würden ihm gerne den Gefallen tun.«

Sie zögerte etwas, dann zog sie aus einer Schublade des Wohnzimmerschranks einen Schlüssel.

»Dann kommen Sie mal mit.«

Sie schloss Glasers Wohnungstür auf, scheuchte routiniert die Katzen weg, Rita folgte ihr ungeniert und machte mir ein Zeichen, ebenfalls in den Wohnungsflur einzutreten. Während Gerda Lieblich zielgerichtet ein Zimmer neben der Glastür zum Wohnzimmer ansteuerte und darin verschwand, öffnete Rita entschlossen eine andere Tür.

»Badezimmer«, murmelte sie, schloss sie wieder, um dann die Tür gegenüber zu öffnen.

»Das hab ich mir gedacht«, flüsterte sie und nickte mir zu. »Marios Zimmer.«

Sie ließ die Tür offen stehen. Wir blickten auf eine Wand, die mit einer Hakenkreuzfahne dekoriert war, daneben ein Banner mit der Aufschrift: »Deutschland den Deutschen, Ausländer raus!«

Da ging die Tür zum Schlafzimmer wieder auf und Gerda Lieblich erschien mit einer Plastiktüte, in die sie den Mantel bereits eingepackt hatte. Rita bedankte sich herzlich, Lieblich sah die offen stehende Tür, schüttelte den Kopf und schloss sie wieder. Wir verabschiedeten uns und gingen zum Lift.

»Und nun?«, fragte ich, während wir nach unten fuhren.

»Hier auf Mario Renzi zu warten, hätte wenig Sinn und ist wohl auch nicht nötig«, erklärte mir Rita.

Sie packte den Mantel in den Miniaturkofferraum ihres Alfa.

»Und was willst du mit Glasers Mantel anfangen?«

»Hast du mir denn vorhin nicht zugehört? Den bringen wir jetzt gleich zu ihm ins Krankenhaus, mit schönen Grüßen von seiner Nachbarin.

Horst Glaser hatte seine Reisetasche aufs Bett gelegt und zu packen begonnen.

»Ich dürfte eigentlich nach Hause«, sagte er unsicher. »Zwar wollten sie mich erst morgen gehen lassen, aber ich hab sie rumgekriegt.«

Das Bett am Fenster war leer.

Glaser bemerkte meinen Blick.

»Gestern haben sie ihn rausgeschoben. Wahrscheinlich in ein Sterbezimmer.«

Dann besann er sich kurz und fragte: »Wo sind denn die Polizeibeamten, haben Sie die nicht gleich mitgebracht?«

Er rechnete wohl fest damit, wegen seines Geständnisses von vorgestern verhaftet zu werden.

Rita schüttelte den Kopf. Freundlich bat sie den alten Herrn sich zu setzen und nahm ihm gegenüber an dem kleinen Tischchen an der Wand Platz. »Es geht um Mario.«

Glaser zuckte zusammen.

»Er ist auf der Flucht, die Polizei hat die Fahndung bereits ausgeschrieben.«

»Aber er war es nicht! Der Brandstifter bin doch ich!«, versuchte Glaser schwach zu protestieren. Als er unsere mitfühlenden Blicke sah, begann er zu begreifen. »Hat er die Taten schon gestanden?«

Rita schüttelte wieder den Kopf. »Aber die Polizei hat ihn zweifelsfrei überführt. Auch, weil sie inzwischen herausgefunden hat, wo Sie die Nacht zum ersten Advent verbracht haben.« Wieder zuckte er zusammen.

»Den Jungen trifft keine Schuld«, flüsterte er. Dann schrie er verzweifelt: »Seine Kumpel von dieser schwachsinnigen Bande haben ihn dazu gebracht. Die gehören zur Verantwortung gezogen.«

»Sie meinen die ›Schoppendorfer Heimatfront‹?«, fragte ich nach.

Glaser schüttelte den Kopf. »Nicht die. In Stuttgart hat er sich einer Gruppe von Neonazis angeschlossen. Er ist da in eine böse Gesellschaft hineingeraten.«

»Sie wissen sicher, dass er sein Zimmer in Ihrer Wohnung mit rechtsradikalen Symbolen dekoriert hat.«

Er blickte mich erstaunt an, wunderte sich vermutlich, woher ich das wüsste, dann stöhnte er: »Am liebsten hätte ich den Plunder in seinem Zimmer von der Wand gerissen und in den Mülleimer geworfen. Aber dann hätte ich Mario denen ganz ausgeliefert!«

Ich sprach ihn direkt drauf an: »Seit wann wissen Sie, dass Ihr Enkel die beiden Brände gelegt hat?«

Seine Hände zitterten. Mechanisch hatte er wieder mit dem Packen begonnen. Geschäftig steckte er zusammengelegte Socken in die Tasche. Dann hielt er inne.

»Wir haben uns doch vor ein paar Tagen beim Kindergarten getroffen. Erinnern Sie sich? Ich hatte schon längst einen Verdacht, aber ich habe mich nicht getraut, mit ihm darüber zu reden. Dann fand ich an diesem Samstagmorgen im Brandschutt einen Nietenknopf mit einem auffälligen Motiv, der mir bekannt vorkam. Mir waren diese Knöpfe einmal aufgefallen, als er mich besucht hatte. Ich hatte ihn darauf angesprochen. Auf jedem einzelnen war so ein Totenkopf zu sehen mit zwei gekreuzten Knochen. Den muss er sich von seiner Lederjacke abgerissen haben, als er eingestiegen ist. Dann die Schmiererei an der Turnhalle. Sie wissen ja, dass ich da nachgesehen hatte. Er hat denselben blöden Spruch hingesprayt wie er ihn in seinem Zimmer stehen hat.«

Er legte seinen Bademantel zusammen und stopfte ihn in die Reisetasche.

»Es war doch alles übermalt!«, entgegnete ich.

Er sah mich mitleidig an: »Ein Buchstabe an der richtigen Stelle hat mir genügt, meine Befürchtung zu bestätigen.«

Er hörte wieder mit dem Packen auf und sah hilflos zu Rita: »Was soll ich denn jetzt machen?«

Rita legte ihm ihre Hand auf die Schulter. »Kümmern Sie sich um ihren Enkel, wenn es zum Prozess kommt.

Besuchen Sie ihn im Gefängnis. Er braucht Sie dringender denn je. Ich fahr Sie jetzt nach Hause.«

Sie fragte mich leise, ob das für mich in Ordnung ginge und ob ich auch die Stadtbahn nehmen könnte.

SAMSTAG 17.12.

Nora hatte zum Adventskaffee eingeladen. Dass der Fall endlich gelöst sei und kein Verdacht mehr auf Michel laste, müsse gebührend gefeiert werden. Zu elft saßen wir um ihren großen Kamin, wenn man Brunhilde und Bismarck mitzählte, die einträchtig nebeneinander auf ihrem Lieblingsteppich lagen und müde zu uns herüberblickten.

Michel hatte mit Nora Weihnachtsplätzchen gebacken: Springerle, Spitzbuben, Ausstecherle, Nussmakronen. Jetzt lachte er uns mit blitzenden Augen an, als er mit dem großen Teller herumging und jedem zum Kosten anbot.

»Guck mal, ein Herz mit roten Streuseln«, freute sich Susanne und reichte es mir mit spitzen Fingern, sodass ich nicht umhin kam, es zu übernehmen. Sie kicherte: »Jetzt habe ich dir mein Herz geschenkt.«

Ich revanchierte mich mit einem Springerle: Auf dem viereckigen Gebäck prangte ein Ordensstern.

»Was ist denn das?«, feixte Susanne und schaute auf das merkwürdige Motiv, das man bei einem Weihnachtsgebäck kaum vermuten würde.

»Schau mal, ein Zeppelin!«, lachte Rita, die an meiner linken Seite saß, und deutete auf ein weiteres Springerle.

»Die Model hab ich von meiner Großmutter geerbt!«, rechtfertigte sich Nora. Die stammen noch aus dem Ersten Weltkrieg.«

»Dieser Ordensstern soll das Eiserne Kreuz darstellen, eine Kriegsauszeichnung für besondere Tapferkeit«, erklärte Vulpius.

Susanne blickte mich schräg von der Seite an.

»Für den furchtlosen Einsatz bei deinem Gespräch mit Ahmadi«, lachte ich.

»Was wird jetzt mit ihm?«, fragte Susanne teilnahmsvoll und knabberte ihr Eisernes Kreuz an. Bedauerte sie etwa, dass er verhaftet und somit aus dem Verkehr gezogen war?

»Abgeschoben werden kann er nicht«, sagte Rita. »Ich hab gestern noch mal mit Böckle gesprochen. Er kommt zwar wegen mehrfachen Asylmissbrauchs, wegen Erpressung und einiger anderer Delikte vor Gericht, aber da er ursprünglich aus Libyen stammt und das kein sicheres Herkunftsland ist, wird er uns erhalten bleiben. Ein zusätzlicher Verdacht auf Schleusertätigkeit kommt übrigens auch noch hinzu.«

Engel raunzte: »›Man darf jetzt nicht alles so schlecht reden, wie es wirklich ist.‹ – Aber zugegeben: So ein Kerl vergiftet nicht nur die Atmosphäre, wenn über Flüchtlinge geredet wird, sondern behindert auch jede Integrationsbemühung. Wenn ich nur daran denke, wie er meine Jungs dominiert hat. Gott sei Dank sind wir den jetzt los!«

»Fürs Erste zumindest«, fügte Ellwanger einschränkend hinzu.

»Und was ist jetzt mit diesem Renzi?« Sauter schaute Rita herausfordernd an. »Warum haben Sie darüber noch nicht im ›Echo‹ berichtet?«

»Da müssen Sie sich noch bis Montag gedulden. Böckle hat den Fall erst heute Morgen für die Presse freigegeben. Er wollte zunächst noch Renzis Verbindungen zur rechtsradikalen Szene klären. Eine vorzeitige Berichterstattung hätte die Leute möglicherweise gewarnt, meinte er.«

Nora runzelte die Stirn. »Dann hatte der Brandanschlag also doch einen fremdenfeindlichen Hintergrund? Ich dachte dieser Mario wäre wie sein Großvater Pyromane?«

Rita nickte. »Anscheinend hat die rechte Szene tatsächlich etwas damit zu tun, besser gesagt, eine ausländerfeindliche rechtsradikale Gruppe in Stuttgart steckt dahinter, die ›Schoppendorfer Heimatfront‹ allerdings wohl nicht, zumindest nicht direkt. Inwieweit Renzi alleine oder in ihrem Auftrag gehandelt hat, wird das Gericht vielleicht herausfinden. Dieser Wachmann, Dimitri Kosic, hat sich in Stuttgart mit Mario mehrfach bei Pegida-Demonstrationen getroffen und sich mit ihm angefreundet. Kosic wusste auch von den asylantenfeindlichen Schmierereien an der alten Turnhalle, auch dass sie von Renzi stammen, das hat er inzwischen eingeräumt. Er hat bei seinem nächtlichen Einsatz bewusst weggeschaut.«

»Wie hat es dieser Renzi eigentlich hinbekommen, dass er unbemerkt den Brand im Schulzentrum legen konnte?«, fragte Engel und setzte seine Kaffeetasse geräuschvoll ab.

Rita wies in meine Richtung. »Nils hat gestern noch einmal mit Kommissar Böckle gesprochen.«

So übernahm ich die Antwort: »Um es kurz zu machen: Mario Renzi hat im Foyer das Feuer gelegt, als er sich unbeobachtet fühlte.«

»Vermutlich hat er abgewartet, bis ich zu einer neuen Runde um die alte Turnhalle aufgebrochen bin«, mischte sich Ellwanger ein.

Ich nickte zustimmend. »Kosic hat ihn dann – nach Renzis Version – als Wachmann zur Rede gestellt, vielleicht war ja er auch irgendwie mitbeteiligt an der Tat. Dann ist Michel erschienen und Kosic wollte ihn in die Asylantenunterkunft zurückscheuchen.«

»Ich bin doch dann hinüber zur Turnhalle und habe die anderen gewarnt«, schaltete sich Michel ein, »und als ich zurückkam, war der Wachmann weg und Mario redete auf mich ein.«

»Kosic hat es vorgezogen, zunächst zu verschwinden, damit man ihn nicht mit Mario zusammen sieht. Ihn festhalten und der Polizei übergeben, wie es eigentlich seine Pflicht gewesen wäre, wollte er nicht, aus verständlichen Motiven«, erklärte ich weiter. »Er ist mit Mario befreundet und wollte ihn decken. Später hat er es sich anders überlegt und ist dann wieder aufgetaucht, als Ellwanger zugegen war. Wahrscheinlich hat er eingesehen, dass er sich selbst verdächtig macht, wenn er sich einfach davonstiehlt.«

»Dann wurde Mario aktiv, ganz nach der Strategie seines Großvaters«, erklärte Rita. »Er setzte alles daran, den Verdacht auf Michel zu lenken, sprach ein paar Asylanten an, die brachten ihn mit Ahmadi zusammen, der diesen Verdacht gern zum Anlass nahm, gegen Michel zu intrigieren. Er überredete seinen Freund Dimitri, Michel zu belasten und was dann geschehen ist, wisst ihr ja.«

»Beim Kindergarten ist Mario Renzi ganz ähnlich vorgegangen«, ergänzte ich. »Er hat ein Fenster eingeworfen, ist eingestiegen, hat Benzin verspritzt und von außen dann einen brennenden Kaminanzünder hineingeworfen. Dann ist er mit seinem roten Golf, den ihm Glaser nach seinem bestandenen Führerschein überlassen hatte, davongebraust und hätte mich beinahe überfahren.«

Michel stand auf, Nora lächelte ihm aufmunternd zu, dann verschwand er in der Küche.

»Wie wurde Mario denn gefunden? Der Polizei ist er ja entwischt!«, meldete sich Susanne zu Wort.

Rita lachte kurz auf. »Das ist merkwürdig gelaufen: Die Polizei hat das ganze Gelände um die Autobahneinfahrt stundenlang abgesucht – ohne Erfolg. Die Aktion wurde schließlich abgebrochen und Mario zur Fahndung ausgeschrieben. Wir haben uns inzwischen in Glasers Wohnung umgesehen, weil wir darauf setzten, dass Renzi bei seinem Großvater untertauchen würde. Anschließend haben wir Glaser im Krankenhaus besucht. Als ich ihn in seine Wohnung gebracht hatte, gab es noch keine Spur von seinem Enkel. Aber kurz darauf hat dann Glaser bei der Polizei angerufen, sie könnten ihn jetzt bei ihm abholen. Mario hat tatsächlich bei ihm Zuflucht gesucht und sein Großvater ihn davon überzeugen können, dass es besser sei, sich zu stellen.«

Betroffene Stille.

»Pyromanie als nachgewiesene Krankheit wäre ein Strafmilderungsgrund«, beendete Vulpius das eingetretene Schweigen. Dann fuhr er fort: »Ob er allerdings tatsächlich die Neigung seines Großvaters geerbt hat oder sein fanatischer Hass auf die Asylanten ihn zu seinen Verbrechen geführt hat, wird vor Gericht schwierig zu klären sein. Ohne diese rechte Szene in Stuttgart und in Schoppendorf und Leute wie Dave Schmelzle wäre es aber wohl nicht so weit gekommen. Die sind die eigentlichen Brandstifter!«

Susanne sah Vulpius nachdenklich an: »Vielleicht hat Mario Renzi sich auch unterschwellig mit den Taten seines Großvaters identifiziert, vielleicht ihm auch imponieren wollen – eigentlich ein trauriger Fall.«

»Nicht nur«, widersprach Nora. »Glaser hat seinem Enkel gezeigt, dass er zu ihm steht, dass er sogar bereit war, die Schuld auf sich zu nehmen, die er ihm gegenüber sicher auch empfunden hat, und er hat ihn dazu gebracht, sich der Polizei zu stellen. Glaser hatte gelernt, Jahrzehnte lang mit seiner Neigung zu leben, ohne erneut straffällig zu werden, und dies seinem Enkel jetzt zu vermitteln, wird seine künftige große Aufgabe sein! Ich hoffe nur, dass es ihm auch gelingen wird, ihn von diesem verheerenden Einfluss der Rechtsradikalen wegzubringen.«

Vulpius räusperte sich. »Ich sehe eine ganze Menge

weiterer positiver Aspekte bei der Geschichte: den Einsatz, den die Asylanten bei der Rettung der Kinder gezeigt haben, die Überführung Ahmadis, die den Asylanten deutlich macht, dass in unserem Land Verbrechen geahndet werden, die engagierte Hilfe bei der Integration der Flüchtlinge durch Leute wie Engel, Sauter und Ellwanger, und nicht zu vergessen Michel, der bei der Podiumsdiskussion in der Schule und in der Landesschau um Verständnis für die Flüchtlinge geworben hat, auf seine ganz natürliche Art.«

»Es ist doch erstaunlich, wie schnell er Deutsch gelernt und sich hier eingelebt hat«, sagte Susanne. »Wie geht es jetzt mit ihm weiter?«

»Ich habe gestern mit meinem Rechtsanwalt seinen Fall durchgesprochen«, antwortete Rita. »Er sieht gute Chancen, dass sein Asylantrag durchgeht und will sich auch persönlich darum kümmern, ehrenamtlich. Auf ein Honorar hat er ausdrücklich verzichtet. Nach den Weihnachtsferien beginnt Michel in einer zehnten Klasse im Uhland-Gymnasium mit dem regulären Unterricht und wenn das gutgeht, könnte er in einem halben Jahr mit der Kursstufe und der Vorbereitung zum Abitur beginnen.«

»Dass das klappt, dafür werden wir schon sorgen«, erklärte Vulpius, griff nach Noras Hand und drückte sie.

Da öffnete sich die Tür zur Küche und Michel kam mit einem großen Servierbrett herein.

»Eine kleine Aufmerksamkeit des Hauses oder ein *Amuse Gueule* als Gruß aus der Küche«, kündigte Nora an.

Michel verteilte Dessertteller und Kuchengabeln. Auf jedem lagen drei kleine, goldgelbe und in Butter gebackene Schupfnudeln, wie er sie bei Frau Eisele kennengelernt hatte, allerdings leicht variiert. Eine Hälfte war jeweils mit Schokolade überzogen, daneben ein Klecks Schlagsahne, aus der Tülle gespritzt und mit Schokoladenraspel verziert.

»Bubaspitzle«, grinste er über das ganze Gesicht.

ULRICH MAIER
Gift im Brezelteig

978-3-8392-1772-6 (Paperback)
978-3-8392-4807-2 (pdf)
978-3-8392-4806-5 (epub)

DIE BREZELAFFÄRE Die Welt in dem beschaulichen Städtchen Bäringen ist aus den Fugen. In der Schule am Ort ist der Teufel los. Gleichzeitig hält die Bäringer ein mysteriöser Erpressungsfall in Atem. Brezelfabrikant Eberle soll 10.000 Euro zahlen, sonst wird sein Brezelteig vergiftet. Zwischen Gewalteskalation, ungebremstem Medienkosum und geschäftlichen Machenschaften suchen die Journalisten Nils Niklas und Rita Delbosco nach Spuren und stoßen schon bald auf eine Verbindung zwischen den Vorfällen an der Schule und dem Erpresser.

MARCUS IMBSWEILER
Spätlese

978-3-8392-2128-0 (Paperback)
978-3-8392-5499-8 (pdf)
978-3-8392-5498-1 (epub)

TÖDLICHES DUTZEND Große Ereignisse werfen weite Schatten: Wenn im Januar Donald Trump ins Weiße Haus einzieht oder im September der deutsche Bundestag gewählt wird, gibt es auch für den Heidelberger Privatermittler Max Koller jede Menge zu tun. Denn auch am Neckar bleibt man von der Weltpolitik nicht unberührt. In 12 Kurzkrimis werden die Themen des Jahres 2017 noch einmal durchgespielt: vom Terrorismus über die Flüchtlingsdebatte bis zum europäischen Schlingerkurs und Fake News. So aktuell waren Krimis noch nie!

GMEINER SPANNUNG

WWW.GMEINER-VERLAG.DE
Wir machen's spannend